「ああ、イけ。俺も、そろそろ……!!」
シメオンも限界なのだ。
変則的な愛撫をやめ、
短いスパンで激
ら、
ワスレナの両手に
右手と左手、左手と
ま、
二人は
た。
「あーっ…
」

ラルーナ文庫

黄金のつがい

雨宮四季

三交社

CONTENTS

Illustration

逆月酒乱

黄金のつがい

本作品はフィクションです。
実際の人物・団体・事件などにはいっさい関係ありません。

鈍色《にびいろ》の曇り空から、生温《なまぬる》い雨が不均等に降り注ぎ始めた。

ダウンタウンの汚い路地裏に倒れ伏した痩《や》せこけた体が、パサパサになった紅茶色の髪が、まだらに濡《ぬ》れていく。管理されていない自然の降雨は、あたりに漂う饐《す》えた生ゴミの臭《にお》いを無意味にかき混ぜるだけだ。

ミドルタウン以上の居住区なら湿度管理や清掃を担う雨を含め、全ての天候は厳密に管理されている。各家庭に置かれた情報端末《キュービック・チューブ》に毎日送られてくるデータをきちんとチェックしておけば、突然の雨に見舞われることなどない。そもそもこのような路地裏にティーンの少年が迷い込んだ時点で、円盤のような形をしたラウンド・ガーディアンに発見され家族の元へ戻されるだろう。

家族か、と、疲れきった少年は皮肉っぽい声でつぶやいた。一見地味ながら目鼻立ちの整った、品の良い顔立ちである。少年の持つ魅力がそれだけではなかったことが全ての原因だった。

興奮を隠しきれない瞳《ひとみ》で自分を見る父。そんな父への軽蔑《けいべつ》と、息子への嫌悪感を隠しきれない母。

彼らを責めるつもりはない。世界の八割を占める平凡なタイプ・ノーマルである二人にとって、自分の存在はあまりにも重すぎたのだ。生まれてすぐに殺してしまうか、しかるべき施設に預けて存在してなかったことにする親も多いらしいのだから、手元に置いて育ててくれただけ僥倖《ぎょうこう》であると思うべきだろう。

その結末が、実の父親に襲われかけて、激怒した母の手によりダウンタウンに放り出されるということであったとしても。母の怒りの底に、父に先を越されかけた嫉妬《しっと》が混じっていると分かっていても。

「もう、いい」

次第に強くなっていく雨が、ものを考える気力も体力も奪い去っていくようだ。情報端末《キュービック・チューブ》で死ぬほど流れているソープ・オペラでも、こういう展開はざらにある。不幸に生まれ、不幸に育ち、不幸に死ぬかわいそうな子供。

「ドラマならここで、誰《だれ》かが僕を助けてくれるんだろうけどな……」

そんなことを考えた瞬間、雨に混じって盛大なファンファーレが空から降ってきた。

驚きに見開いた瞳に映るのは、灰色の雲を従えるようにして空を飛ぶ銀色の飛行船だ。柔らかな流線型を描く機体の下で、興奮した女性MCの立体ヴィジョンが叫んでいる。

『本日のゲストは、なんとゴールデン・ルールのお一人！　航空力学の専門家、シメオン・ルミナリエ博士です!!　二十代半ばという若さ、タイプ・インペリアルの中でも最上級の美貌《びぼう》の持ち主でいらっしゃる上に、頭脳も大層明晰《めいせき》な方なんですよ!!　マスコミ嫌いで有名ですが、今回は特別に……』

『私の専門は航空工学だ』

仕事とは思えないほどはしゃぐ女性MCに、低く落ちついた男性の声が冷静な訂正を入れた。MCのほうも若くてかなりの美人であり、十二分に目を引く存在のはずだが、今回ばかりは比較対象が悪い。

最初の印象は真っ白、だった。純白のコートに身を包み、立派な椅子《いす》の背もたれへ大儀そうに身を預けた黒髪緑眼の大男。明らかに気乗りしない様子だったが、面倒《めんどう》くさそうに濃い眉《まゆ》を寄せた様さえまぶしいばかりの美貌である。

ただし、たおやかさや儚《はかな》さといった、いわゆる女性的な要素は皆無。雄の色香を凝縮したような美形だった。博士という職業には不必要なくらいに体格がよく、薄紫のシャツに閉じ込められた厚い胸板が窮屈そうである。

どうやらこの飛行船は、情報端末《キュービック・チューブ》の特別番組を居住区の区別なく拝ませてやろうとの意向で飛んでいるらしい。理由は考えるまでもない。ゴールデン・ルールのシメオン様とやらが出ている番組だからだ。

「……はは」

苦笑して、青紫の瞳を伏せる。

ゴールデン・ルール。この世界の頂点に君臨する者たち。働かなくても生きていけることを象徴する、汚れやすそうな真っ白い衣装を着込んだ、エリート中のエリート。なるほど、件《くだん》の航空工学の専門家様も、真っ白なコートを見事に着こなしていらっしゃる。

エリートにエリートをかけ合わせて保たれているゴールデン・ルール一族の中でも、シメオンの美貌はとびきりだと思えた。なにせ死にかけてぼんやりした視界にはうるさいぐらいの、迫力ある美形でいらっしゃるのだ。白い手袋に包まれた長い指先が軽く前髪を払う、そのしぐさだけで一体何人が恋に落ちるだろうか。

ゴールデン・ルールの活躍ぶりを遠く聞きながら雨に打たれて死に逝《ゆ》くなんて、神様とやらもなかなか洒落《しゃれ》が効いている。どうせソープ・オペラなら、シメオン様が突然助けに来てくれるあたりが視聴者受けするのでは？　もちろん彼は自分に一目惚《ぼ》れして愛を誓い、二度とこんなつらい目に合わせないと約束してくれるのだ。

くだらない考えが、唇を笑みの形に弛緩《しかん》させた時だった。

誰かの気配が近くに生じた。無遠慮に踏み降ろされた足が近くの水たまりをかすめ、跳ね上げられた汚い雨水が脇腹《わきばら》に染みを作る。

「おい、貴様、一体どうした。旅行者……ではなさそうだな」

ぼんやりとした瞳を上げると、男がこちらを覗《のぞ》き込んでいるのが分かる。霞《かす》んだ視界の中でも、彼のがっしりとした肉体を包む衣装が黒いことと、後光のようなすばらしい金髪は分かった。

絶妙なタイミングであっただけに、一瞬高鳴った胸が落胆に沈んでいく。ゴールデン・ルールの一族は、シメオンを含めて全員黒髪に緑の瞳なのだ。やっぱりあんな人が来てくれるわけがないか、などと考えていると、金髪の男がスンと鼻を鳴らした。

「……発情フェロモン？　貴様……ザ・ワーストか？」

思いがけない言葉に、はっと瞳を見開く。

最後の情けとして打たれた発情抑制剤は、まだしばらく効いているはずだ。おかげさまで持ち物を取られはしたが、最悪《ザ・ワースト》だの哀れな血筋《ミザリー・ブラッド》だのと蔑《さげす》まれる自分たちにありがちな、性犯罪の犠牲にならぬうちに死ねると思っていたのに。

「あなたは……、タイプ・インペリアル……？」

怯《おび》えと期待が入り交じった声で、おずおずと問いかけた。

今の状態の自分からでもフェロモンを感じ取れるということは、まさか彼は、ゴールデン・ルールではなくても、本当にタイプ・インペリアルなのか？　平凡だが世界の多数を占めるタイプ・ノーマルでもなく、人間でありながら発情期を有し、性犯罪を誘発するとして蔑まれる自分たちタイプ・コンセプションでもなくて？

「いずれは完全にそうなる」

不思議な言い回しを口にした男は、いまだ聞こえてくる女性ＭＣの浮かれた声に辟易《へきえき》と唇を曲げた。

「下品な女だ、吐き気がする。どいつもこいつも、ゴールデン・ルールどもに尻尾《しっぽ》を振りおって……」

不敬罪に取られかねない言葉に目を丸くしていると、男が手を伸ばしてきた。痩せ細った二の腕を取られ、引きずり上げるようにして立たされる。

いつしか疲労感などどこかに消し飛んでいた。クリアになった視界に映るのは、煮詰めた黄金のように重たげな金髪を少し伸ばした美青年だ。やはりゴールデン・ルールの中の誰かではないが、不遜《ふそん》な笑みといい、鍛え上げた肉体といい、彼らに勝るとも劣《おと》らぬ風格を感じさせる。

見れば見るほどいかにもタイプ・インペリアルらしい、傲慢《ごうまん》なまでの自信にあふれた男だ。それでいてインペリアルを前にした時特有の引力を感じないのは、先ほどの不思議な言い回しと関係しているのだろうか。

「貴様、インペリアルどもばかりに都合のいいこの世界が憎くないか」

ぱらぱらと降り続ける雨に混じって落ちてきた声が、冷えた肌に染み通る。一瞬耳を疑ったのは、それがずっと少年の心の底で澱《よど》んでいた言葉でもあったからだ。

「私はサンスポットを率いるディンゴ。お前、名前は？」

「ぼ、僕は……」

流されるまま開きかけた唇を、ぎゅっと噛《か》み締めた。

「……ありません」

「ない？　名前がないのか？」

「……ないんです。僕は生まれてすぐに、死んだことになっているので……あ」

うなだれた少年の細いあごをディンゴの手が取った。青紫の瞳をしげしげと覗き込み、呼びかける。

「ワスレナ」

え、と見開かれた双眸《そうぼう》にうっすら微笑《ほほえ》んでみせてから、彼は呆気《あっけ》なく指を離した。

「貴様の瞳の色だ。勿忘草《わすれなぐさ》、という花に似ている。だから貴様は、今日からワスレナだ」

急展開に戸惑《とまど》う少年に向かって、神のごとくに宣言する。

「私と共に来い、愛らしいワスレナ。もしかするとお前はわたしの半身……、いや、片翼《ベターハーフ》になれるかもしれない」

「片翼《ベターハーフ》……？」

それは使い古しの奇跡。福音としてはあまりに頼りない単語だ。しかしディンゴの声帯を通せば、かつてはワスレナも見た輝きを取り戻したように感じられた。

不安はあった。気に懸かることもたくさんあった。

だがそれ以上に、目の前の男に必要とされた幸福がワスレナの心を揺らした。最悪《ザ・ワースト》と呼ばれたことは少し心に引っかかっていたが、もしも本当に、ディンゴの片翼《ベターハーフ》になれるなら。

生まれてきた意味を、やっと見出せるかもしれない。

「……は、はい……、ディンゴ様‼」

汚れた顔に明るい笑みを浮かべたワスレナは、ディンゴに従い路地裏を抜け出す。

『まあ、シメオン様は、セブラン様の弟君なのに片翼《ベターハーフ》を信じていないんですか⁉︎』

甲高い女性MCの声も耳に入らない。ましてや面倒そうに答えるシメオンの声など聞こえるはずもない。物陰を離れ、自分たちの背後を守るようについて来た影に気づくこともなく、ワスレナはただ前を行くディンゴだけに意識を集中させていた。

この世界の人間は、三つの血筋《ブラッドタイプ》に分かれている。いわゆるABO式血液型の区別とは異なり、どちらかというと体質の違いなのだが、慣例としてそう呼ばれている。

八割はタイプ・ノーマル、いわゆる一般人だ。抜きん出た才能はないが圧倒的多数派であり、他の二つのタイプのように宿命に踊らされることはない。

一割はタイプ・インペリアル。「支配の血筋」「黄金の血筋」とも呼ばれる。強力なカリスマを持ち、多岐に渡る才能を発揮する彼らは正しくエリート。政治家になる者も多く、彼らの意向が世界を左右すると言っても過言ではない。

最後の一割がタイプ・コンセプション。彼らにはインペリアルのような特別な才能がない代わりに発情期があり、本人の意志にかかわらず強力な催淫《さいいん》フェロモンを出してノーマルやインペリアルを惑わせる。また発情期のコンセプションは体質が変化し、男女問わず妊娠が可能で、そのために「孕む血筋」と呼ばれているのだ。

コンセプションを「無能な淫乱《いんらん》」と見る風潮は根強く、かつては発情期にかかわらずコンセプションを犯しても強姦《ごうかん》罪が適用されないなどの差別を受けていた。一族の大半がインペリアルであるルミナリエ家、通称ゴールデン・ルール当主が穏健派のジョシュアに変わってからは表面上の改善はなされたものの、生理的嫌悪感は拭《ぬぐ》い去れていないのが実情である。最悪《ザ・ワースト》、哀れな血筋《ミザリー・ブラッド》、果ては雌犬の血筋《タイプオブザビッチ》などの豊富な蔑称《べっしょう》がその証拠だ。

特にワスレナのように、両親のどちらもタイプ・コンセプションではない、突然変異的に生を受けたコンセプションは悲惨だ。子供のタイプが分かった途端に堕胎《だたい》する者が後を絶たず、生まれてすぐに殺されたり、施設に入れられる者が大半。両親の慰み者になっていたなどの、胸が悪くなるような例もあった。

だから僕は、幸せなコンセプションなんだ。ダウンタウンの片隅でディンゴに拾われてから五年、ワスレナは繰り返し自分にそう言い聞かせてきた。

五年前は捨てられた子猫のようだったワスレナも、今ではすらりと背も伸び、しなやかな肉体を持つ青年へと成長した。コンセプション特有の翳《かげ》りを含んだ容貌《ようぼう》は幾分神経質そうではあるが、生まれ持った品の良さは消えていない。そこにディンゴの教育の賜物《たまもの》であるしたたかさと高慢さが加わった結果、どこかアンバランスな魅力が周りの目を惹《ひ》きつける。

成長したのは容姿だけではない。各種訓練を叩《たた》き込まれた現在は、ゴールデン・ルールへの反旗を翻す地下組織「サンスポット」の立派な構成員である。組織の基地である無認可ジオフロントに一室を頂戴《ちょうだい》し、世界に変革をもたらすべく戦っているのだ。

首領であるディンゴの愛人である、などと陰口を叩かれていることも知っているが、なんとも思わない。そのような薄っぺらい関係ではないことは、自分たちだけが知っていればいいのだから。

もしかすると今日にも、自分たちは片翼《ベターハーフ》になれるかもしれないのだから。よく言われるように出会った瞬間薔薇《ばら》色の光に包まれたりも、触れ合うだけで多幸感を覚えたりもしないまま今に至るが、実験が成功すればきっとそうなるはずだから。

「……ッ、ん」

その思いだけがワスレナを支えている。普段は数日置きに、発情期にある今は毎日のように朝から胎内に吐き出される熱い白濁の感触にも、華奢《きゃしゃ》なうなじに食い込む犬歯の痛みにも、あの日雨と共に降ってきた希望にすがれば耐えられる。

「……どうだ？　ワスレナ」

四つん這《ば》いになった細い裸体に後ろから覆い被《かぶ》さり、執拗《しつよう》に噛み痕《あと》を刻んでいるディンゴに聞かれ、ワスレナは戸惑いつつも首を振った。

「ディンゴ様と繋《つな》がった感覚は、あります……」

こんなことをしなくても、出会ったあの日から身も心もあなたのもの。その想いを飲み込んで、彼が求める内容だけを差し出した。

「ですが……半身誓約が成功したかどうかは、よく、分かりません。ディンゴ様はどうですか……？」
チ、と舌を打ち鳴らす音が返事だった。ワスレナとは対照的に、体のラインにフィットしたボトムの前以外乱れのないディンゴが素っ気なく離れていく。
尻《しり》の奥に埋まっていたものが抜け出る感触に身を震わせたワスレナは、体力を使い果たして敷布に突っ伏した。床の七割を占めるキングサイズのベッドの上は、何時間にも亙《わた》って繰り返された情交のためにぐしゃぐしゃだ。

セックス以外に使用されない室内はディンゴの趣味を反映して豪奢《ごうしゃ》な作りではあるものの、空虚さは拭えない。一度も口に出したことはないが、ワスレナはこの部屋が大嫌いだ。ディンゴの役に立てない自分を、もっと嫌いになるからだ。

と、ディンゴがワスレナのあごを取って上向かせる。念のために自分でも状況を確認するつもりのようだ。

死にかけていたワスレナを救ってくれた神。疲労も忘れ、その美しい容《かんばせ》をうっとりと眺めるワスレナだったが、ディンゴはもう一度盛大に舌打ちをした。

「くそ、また失敗のようだな。貴様を見ても、特に何も感じない」

失敗。何も感じない。何度も繰り返された言葉のナイフが、今日も無慈悲に胸を切り裂いた。

「でも、僕は……あなたがほしくて、たまらない」

「それは貴様が発情期だからだろう。要するに、また失敗したわけだ」

にべもなく切り捨てられたワスレナは、じくじくとうずく体を押さえつけるようにうずくまったまま謝罪する。悲しいが彼の言うとおり、成功していれば発情フェロモンの放出は収まるはずなのだ。

「申し訳ありません、ディンゴ様……まだ僕は、お役に立てなかったようで……」

「フン、まだ、か。お前も諦《あきら》めの悪いやつだ。やはり貴様には、私の半身になるなど無理だったのではないか？　まして片翼《ベターハーフ》などは、な」

半身とは、タイプ・インペリアルとタイプ・コンセプションの間のみに発生する一対一の繋がりのこと。そもそもコンセプションがフェロモンを発するのはフリーのインペリアルを誘うためであり、半身誓約を結べば発情期の苦痛からは解放される。中でも片翼《ベターハーフ》となると別格で、ソープ・オペラでは頻出するが実際の例は限りなく少ない、選ばれたインペリアルとコンセプションの組み合わせだ。

生まれながらに蔑まれる宿命のコンセプションであるが、インペリアルの片翼《ベターハーフ》となれば別である。引き合う二人は本能によって分かちがたく結び合わされ、最高のパートナーとして互いの人生を豊かに彩るのだ。たとえ他に恋人、もしくは配偶者を持つインペリアルやコンセプションであっても、片翼《ベターハーフ》の引力には決して逆らえないという話だ。

逆に言えば、コンセプションと半身誓約を結べるのはインペリアルだけである。その理論を実証すべく、ディンゴは今日もワスレナを抱いた。

能力、容姿、カリスマ。あらゆる面に優れ、それゆえにゴールデン・ルール当主であるジョシュアの影武者まで務めた経緯を持つディンゴだが、彼はインペリアルではなくノーマルである。ジョシュアの影となるをよしとせず、主《あるじ》の暗殺を企《たくら》んで敗走したディンゴは反ゴールデン・ルールを標榜《ひょうぼう》する「サンスポット」を組織し、自らをインペリアルへ改造する実験を行っていた。

つまりワスレナは、インペリアル化実験の検証体として拾われたのである。体を繋げたまま、インペリアルがコンセプションの特定の部位を噛む半身誓約を行うために。

噛むのは人体の急所のどこかであることが多く、コンセプションによって異なるが、インペリアルにはどこに歯を立てるべきかが本能的に分かるという。ぼんやりとでも繋がりを感じるのだから、ワスレナの噛むべき場所はうなじに違いない。半身誓約が成功すれば発情期は収まるはずなのだ。しかし、生憎《あいにく》と今回も失敗のようだが。

「いえ、そんなことは……！　繋がった感触は、確かにあるんです。お願いします、ディンゴ様。どうかもう一度、僕にチャンスを……!!」

取りすがるワスレナを忌々しげに睨《にら》んだディンゴは、細い首を鷲摑《わしづか》みにした。何度も強く嚙みつかれ、血まみれのうなじに指先が容赦なく食い込む。

「私が何度、お前にチャンスをやったと思っている。男に媚《こび》を売るしか能がないのか、この雌犬《タイプオブザビッチ》の血筋が……!!」

ある予感を覚え、反射的に逸《そ》らそうとした視線をあごを摑む手に固定される。いや、と訴える目の奥を覗き込まれ、意志の波動を叩き込まれた。

ディンゴとの間に生まれたばかりの微弱な繋がりが、粉々に弾《はじ》け飛ぶ。

「あう、うぅ!!」

世界が砕け散ったような痛みが全身の神経を焼く。苦悶《くもん》の叫びを上げたワスレナは、もだえながら敷布に倒れ込んだ。

「うぐ、う、うぅ……!!」

片翼《ベターハーフ》同士でなくても、半身誓約を結ぶことができる。ただしそれは永続的なものではなく、インペリアルの側からは一方的な解除が可能だ。

半身誓約の解除はコンセプションに大きな苦痛を与える。場合によっては死に至る者さえいる。無理やり半身誓約を結ばれ、呆気なく解除されて精神を病《や》むコンセプションの悲劇は少なくはなったが、いまだ皆無ではない。インペリアルの中には征服したコンセプションの数を誇るような、たちの悪い者も存在するからだ。

その点、ディンゴはまだ完璧《かんぺき》なインペリアルではないため、半身誓約も中途半端なもの。よってワスレナも死にはしないが、そのことがまたディンゴを苛立《いらだ》たせるという悪循環を生んでいた。

「私だけではなく、貴様のコンセプションとしての本性をもう少し磨いたほうがよさそうだな」

何気ないつぶやきが背筋を凍《い》てつかせる。彼はまた、発情期にある自分を部下たちに与えるつもりなのだ。

「やめて……ください、僕はもう、あなた以外、は……」

「事が始まれば自らまたがって腰を振る淫乱が、何を言うか」

強い雄の種を求める発情期のコンセプションに、相手の区別などつくはずがない。無慈悲にせせら笑ったディンゴだが、その時部屋の扉が開き、癖のある銀髪を長く伸ばした青年が近づいてきた。造作自体は悪くないが、表情がないに等しいため不気味な印象が特に強い。

ディンゴの側近の一人であるヴェニスだ。彼も低レベルだがタイプ・コンセプションであるため、ワスレナのフェロモンに惑わされることなく首魁《しゅかい》に話しかける。ちなみにディンゴは抗フェロモン剤を服用中だ。

「ディンゴ様」

ひそひそと耳打ちされた内容に、ディンゴが形良い眉をひそめた。

「……ゴールデン・ルールだと？　クソ、セブランめ、ジョシュアが回復するまでの代理の癖にいい気になりおって……!!」

腹立たしさを隠しもしない一方で、ディンゴの決断は冷静かつ迅速だった。

「しかし、ジョシュアと違って弟のほうは狡猾《こうかつ》だ。あいつに見つかった以上、やむを得ん。ここは引き払う」

「はい、すでに準備を始めております」

心得顔でうなずくヴェニスを引き連れ、ディンゴはさっさと部屋を出て行こうとした。

「お、お待ちください！」

慌てたのはワスレナである。半身誓約の解除によるダメージは深く、まだ全身に痛みが根を張っているが、ベッドヘッドにすがって必死に上体を起こした。

「待ってください、ディンゴ様!!　僕も連れて行ってください……!!」

置いて行かないで、と訴えるワスレナに対し、ディンゴの態度は素っ気ない。

「お前はひとまず、立ち上がれる程度にまで回復することを優先させろ。緊急事態だ、足手まといの面倒を見ている余裕はないからな。私たちは準備がある。一人で歩けるようになったら来い」

「待っ……て、せめて、発情抑制剤、を……」

ワスレナの由来になった瞳に涙の膜が張る。苦笑したディンゴは、しなやかな紅茶色の髪をそっと撫《な》でてくれた。

「そんな顔をするな、ワスレナ。いずれお前は、私の片翼《ベターハーフ》になるのだろう？　インペリアルは片翼《ベターハーフ》を見捨てたりしない、そうだな？」

「……はい‼」

少し甘くなった声音に触発され、ワスレナの瞳の縁から涙が零《こぼ》れ落ちる。「貴様は私が何を言っても泣くな」と笑ったディンゴは、そのままヴェニスを伴って部屋の外に出た。

「ディンゴ様、ワスレナは本当に、あなたの片翼《ベターハーフ》になれるのですか？」

サンスポットの構成員たちが忙《せわ》しなく走り回る廊下を並走しながら、ヴェニスが問いかけた。

「なら、私たちが逃げ出す前に回復が間に合うだろう。なにせ片翼《ベターハーフ》なのだからなぁ？　そんなことより、セーフハウスはどのエリアのものを使うのだ」

一瞬だけ嘲笑《ちょうしょう》をひらめかせたディンゴは、すぐに表情を引き締めて撤退準備に頭を切り換える。役立たずの子猫には、嘲《あざけ》りを与える暇さえ惜しいとばかりに。

半身誓約の解除。発情期。二つの苦しみの間で悶絶《もんぜつ》していたワスレナは、まず先に半身誓約解除の苦しみから解放された。これもまた、ディンゴのインペリアル化が完全ではないからだろう。

「抑制剤、を……」

ふらつく足を踏み締めて、なんとかベッドから降りることに成功する。しわだらけのナイトガウンを床から拾い上げて羽織り、乾いた精液まみれの体を隠した。

中に出されたものが垂れて内股《うちまた》を濡らしていくのが分かるが、悠長に始末している時間が惜しい。早く自室に戻って抑制剤を服用しなければ。

後からディンゴの叱責《しっせき》を受けるかもしれないが、半身誓約の実験をしないなら、一刻も早く薬の力で発情期を終了させたい。彼以外の人間に触れられ、身も世もなく蕩《とろ》ける自分を嘆くのはもう嫌だ。

壁にすがるようにして戸口まで辿《たど》り着くと、そっと外の様子を窺《うかが》う。発情フェロモンを発散させている状況だ、可能な限り人目は避けたい。指一本ほど扉を開いて確認したところ、幸いあたりには誰もいなかった。

だが、ほっと息を吐いて外に出た瞬間、違和感に気づく。

本当に誰もいない。気配さえない。よく見れば廊下に積まれていた資材がいくつかなくなっており、備蓄電力で弱々しく輝く非常灯以外の灯《あか》りも消えていた。主電源が落とされているのだ。

思わずいったん室内に目を戻し、壁に埋め込まれた時計の表示を確認する。まだ昼すぎだ。

薄暗いジオフロントで生活していると昼夜の感覚が曖昧《あいまい》になるが、この時間帯に無人というのはおかしい。警備システムさえ切られているようだ。天井に配置された監視カメラも電源ランプが消え、ただの飾りと化している。

まさかの思いが胸を過《よぎ》った。

「置いて、行かれた……？」

不安を感じた瞬間、複数の足音が耳朶《じだ》を打つ。

「おい、誰かいるぞ‼」

申請制の溶解銃を手にした知らない男の声に反応し、ワスレナは太股《ふともも》に指を滑らせた。しかし指先は虚《むな》しく空を切る。ディンゴの護衛を務める時はナイフかレーザーウィップをそこに装備しているのだが、半身誓約実験の最中は丸腰であることを忘れていた。

間の悪さに歯噛みするワスレナを前にして、現れた男たちも緊張している。ウォッチ型のウェアラブル端末を操作して、データ照合を行っている様子だ。

「データが一致した……下手に近づくな、彼は通称ワスレナ、高レベルのタイプ・コンセプションだ!! フェロモン量からして発情期の可能性、九十パーセント!!」

サンスポットの情報を手にしていることからして、間違いない。彼らはゴールデン・ルールの手下だ!!

慌てて背を向け、逃げ出そうとしたワスレナの耳に「博士!」という声が届いた。

馴染《なじ》みのない単語に耳を引かれてわずかに振り向くと、ゴールデン・ルール一派を押しのけるようにして長身の人影が近づいてくる。ためらいのない足取りは、まっすぐにワスレナを目指していた。

突然、ただでさえ過敏になっていた肌に火花が走った。腰の奥が重くなり、勝手にくぱりと口を開けた奥の穴からディンゴの精液が流れ出すのが分かる。

高レベルのインペリアルが近づいてきているのだ。ワスレナの意思とは無関係に、コンセプションの本性がより優秀な種をほしがってうずき始めている。

「やめろ、来るな!」

冗談じゃない。サンスポットの同志たちでさえ嫌なのに、ゴールデン・ルールの連中にまでこの体を使わせてたまるか!! ぞっと総毛立ったワスレナは、ガウンの前をかき合わせて叫ぶ。

「近づくな! 僕は……発情期のコンセプションなんだぞ。大勢の前で痴態をさらしたくなければ……!!」

「問題ない。私にコンセプションのフェロモンは効かない」

翻る白いコート、艶《つや》やかな低い声。黒い前髪の下で輝く鮮やかな緑の瞳は、薄暗い地下通路でもまばゆいばかりだ。

あの運命の日、はるかな高みで仏頂面《ぶっちょうづら》をしていた美貌がワスレナを見据えていた。あれから五年、そろそろ三十近いはずだが、歳月の経過を感じさせない若々しさと奇妙な貫禄《かんろく》。ゴールデン・ルールを率いるセブラン・ルミナリエと面差しのよく似た、彼の弟。

「……シ、シメオン、ルミナリ、エ……?」

サンスポットに属して以降、より詳しい情報を知ることとなった男の名がかすれる。タイプ・インペリアルの中でも最上級の雄を求め、暴走しかけている本能を必死で抑えつけているためだ。

シメオンはといえば、特にどうということもなく、ただとがったあごの先をわずかにしゃくったのが見えた。うなずいたつもりなのだろう。

「私は有名人のようだな。サンスポットの構成員なら、知っていて当然だろうが」

乾いた皮肉を口にしたシメオンは、白いコートのポケットに手を突っ込んだまま無造作に近づいてきた。

彼の指揮下にあるらしき男たちは、ワスレナが振りまくフェロモンに鼻先をくすぐられているのだろう。時折、瞳をとろんとさせては慌てて首を振るなどしているが、シメオンの態度はまったく変わらない。

「……コンセプションのフェロモンが、効かない？」

そんな情報を聞いた覚えはある。シメオンは自身の特異体質を実験材料として、抗コンセプションフェロモン剤の作製に貢献している、などという話もあった。

ところがシメオンはワスレナの数歩手前で立ち止まると、瞳を一瞬大きく見開き、眉間《みけん》に深いしわを寄せた。

「お前は……」

緊張に強張《こわば》ったワスレナの体を、鋭い瞳が上から下まで這い回った。熱を帯びて赤くなった肌、ガウンに隠しきれない首筋や鎖骨とそこに散った鬱血痕《うっけつこん》や噛み痕、音もなく足を伝い床に染みていく精液まで余すところなく見られている。

「……お前は」

ガウンどころか皮膚の下まで見透かすような視線は恐ろしいほど澄んでいた。この距離でもフェロモンに酔った様子は見受けられないが、鋭利にすぎるまなざしに、まるで腑《ふ》分けでもされているようだ。

相手が学者と分かっているからかもしれないが、気分は解剖を待つ哀れなモルモットである。発情期に丸腰では逃げ出すこともできず、他の男たちの視線に熱がこもる様を感じ

ながら、精一杯の抵抗としてガウンの前をかき合わせた。

本当にシメオンにはフェロモンが効いていないのだろうか。ワスレナの肉体は否応《いやおう》なく彼を求めていることを考えると腹立たしい反面、シメオンに欲情されたらと思うと恐ろしくてたまらない。まったくそんな様子はないが、何も感じていないにしては凝視の時間が長すぎる。

居たたまれないほどにじろじろと眺め回された後、シメオンはようやく口を開いた。

「ディンゴの愛人、通称ワスレナというタイプ・コンセプションはお前か」

「ふっ……ふざけるな。僕とあの方は、そんな薄っぺらい関係じゃない！」

開口一番の発言にかっとなり、思わず叫んだワスレナの白い胸が、足が、風を感じた。白手袋に包まれた手を伸ばしたシメオンが、彼のガウンの襟首を掴んで大きく左右に開いたのだ。

「そうか。だが、やつのインペリアル化実験体というのはお前だな。性交や半身誓約の痕跡《こんせき》が散見される」

横暴な振る舞いに加え、嫌味というふうでもなく「実験体」と明言されて絶句してしまった。それは真実の一面では、ある。

「あの方の実験にお付き合いしているのは、確かだ……でも僕たちは、それだけの仲じゃない……!!」

完全に前が開かれたガウンは肩からもずり落ちそうな有様だ。シメオン以外の男たちの視線が舐《な》めるように肌を這うのを感じるが、今はどうでもいい。腹立ち紛れにもう一度罵《ば》声《せい》を浴びせようとした瞬間、手首をきつく握り締められた。

「放せっ……!!」

叫んでも、電子手錠のように食い込んだ指先はびくともしない。単純な体格差の問題もあるが、接触面から伝わるインペリアルの体温が神経を絡め取っていくせいだ。染み一つない手袋越しだというのに。

何をしたってコンセプションはインペリアルにはかなわないというわけか。怒りが一時的に本能を凌駕《りょうが》した。蹴飛《けと》ばしてやろうと足を振り上げたまではよかったが、その足を摑み止められ、強引に持ち上げられてしまう。

「ひどい傷痕だな。これだけ噛んだということは、まだインペリアル化は成功していないのか」

相対する角度が変わったことで、うなじの噛み痕がよりはっきりと目に入ったらしい。そこに刻まれた痛みを思い出し、硬直したワスレナの足どころか体全体が浮き上がった。と思ったら腹部に衝撃が走り、シメオンの肩の骨が腹筋に食い込む。体を折り曲げられ、逆さまにシメオンの背中を見つめるような形で担ぎ上げられたと悟ったワスレナは、数秒の間を置いて絶叫した。

「やめろ、僕は何もしゃべらないぞ!! 放せ!! 触るな……!!」

どこに連れて行かれるのか、何をされるのかが分からなくて怖い。そのくせシメオンの体温やかすかに漂うコロンに、否応なく煽《あお》られる熱が怖い。何種類もの怯えを含んでかすれる声が狭い通路の中に鳴り響く。

一方、ワスレナをがっちりと捕まえたまま大股に歩き始めたシメオンは、歩調を乱すことなく傍らの部下に問いかけた。白いコートを押し上げる筋肉は飾りではなく、一流のインペリアルである彼らは暗殺などを警戒して肉体も鍛え上げている。

「ディンゴたちは逃げたんだな」

「は、ええ……アジト内はもぬけの殻です。データ類も全て破棄されていますね」

わめき散らすワスレナや彼が振りまくフェロモンが気になるようだ。体液に濡れた足がばたばたと暴れる様をちらちらと見ながら話す部下の声は小さい。だが距離が近いため、聞きたくない言葉はワスレナの耳にも届いてしまった。

「……馬鹿め、戦略的撤退という言葉を知らないのか」

緑の瞳が静かにこちらを見た気配がした。

「とかげの尻尾切りという言葉を知らないのか?」

感情の揺らぎなく切り返されて、喉《のど》が詰まる。

そんなはずがない。そんなはずがない。声に出さず繰り返すワスレナを担いだまま、シメオンは的確に部下たちに指示を出し、サンスポットの元アジト内の調査を推し進めるよう言いつけた。

「やつのことだ、取れる情報は少ないだろうが、必ず何かは見つかる。虱潰《しらみつぶ》しに調査を行え」

「かしこまりました。あ、博士、どちらへ？」

「戻る」

この上なく簡潔な一言を放ち、地上に向かおうとするシメオンを部下が慌てて止めた。

「お待ちください、博士！　その青年を連れて本部にお戻りになるのですか!?」

「ディンゴのインペリアル化実験については、こいつに聞くのが手っ取り早い」

振り返りもせずにシメオンは言い放ったが、部下は必死に食い下がった。

「しかし、その青年は発情期のコンセプションですよ!?　しかも、そんな格好で……」

「だから私が連れて行く」

分かりきっていることを聞くな、と言わんばかりだ。若干彼の部下が気の毒になってしまったワスレナであるが、敵の心配をしている場合ではない。こっちだって発情期のまま他人、特に高レベルのインペリアルの側《そば》にいるのは避けたいのだ。

「待て！　抑制剤が、僕の部屋に、ある……！」

腕から抜けそうなガウンを摑みながら訴えるが、返事は「ゴールデン・ルールの本部にもある」だった。

「それに……」

一瞬だけ言い淀《よど》んだシメオンは、すぐに元の調子に戻ると当たり前のように断言した。

「私が側にいれば、お前が私以外に発情する心配はない」

安心しろと言いたいらしいが、ワスレナはかあっと頬《ほお》を紅潮させた。嫌味のつもりもなさそうなのが、余計に羞恥心《しゅうちしん》を煽る。

「恥らう必要はない。私の側にくれば、半身誓約をしていないコンセプションは全員発情する」

僕はディンゴ様の片翼《ベターハーフ》になるコンセプションだ、そう叫びたかった。しかしディンゴはいまだ完全なインペリアルではなく、不完全な形で結ばれた半身誓約の絆《きずな》も少し前に解除されたばかりだ。

全ての反論は封じられた。唇を噛み、黙りこくったワスレナを荷物のように持ったまま、シメオンは衆目の注意などどこ吹く風で歩いていった。


人の性が大きく三つに分かれているように、この世界も三つに分かれている。

最下層はダウンタウン。犯罪を犯したタイプ・ノーマルやタイプ・コンセプションが押し込められた貧民街であり、非常に治安が悪い。出入りは厳しく制限されているが、内部は無法地帯だ。サンスポットなどのエリア内で自然発生した相互扶助組織を頼らなければ、身ぐるみ剝《は》がされ殺されるのがおちである。

中間層であり、もっとも面積が広いのはミドルタウン。一般的なノーマルの多くがここに住んでおり、きちんと己の性をコントロールできるコンセプションも居住している。近年はゴールデン・ルールの方針転換のためミドルタウンに住むコンセプションも増えているが、主に発情期に絡んだ問題は後を絶たない。

ワスレナもかつてはミドルタウンにて両親と共に暮らしていた。正確には両親によって自宅の奥に軟禁されていた。思春期に入って訪れた発情期が父を欲情させた結果、母が息子をダウンタウンに遺棄するまでは。

だが現在のワスレナは、ノーマルである両親も特別な許可を得ないと入れないエリア内にいる。

別名インペリアルシティとも呼ばれるアッパータウンは、主にタイプ・インペリアルとその補佐役を担う能力の高いノーマルが暮らす場所だ。デザインセンスに優れたインペリアルが整備した美しくも機能的な街並みの中心地に、ゴールデン・ルールの本拠地でもある巨大なビル「スターゲイザー」が建っている。

外壁を特殊なガラスでコーティングされたスターゲイザーは、さながら光でできた塔のようだ。内部も外光を最大限取り入れる構造になっており、落ちついた金をベースとした室内に、高い位置から午後の陽光が差し込む様は幻想的でさえあった。

「……すごい」

初めて見る光景に圧倒されているワスレナを担ぎ、シメオンは大股に歩を進めていく。時刻は午後三時を回ったばかりであり、低階層にはブランドショップやレストランなども入っているスターゲイザー内は大賑《おおにぎ》わいだ。そのためさすがに正面からではなく、アッパータウンに入った段階からＶＩＰ専用と思われる人気《ひとけ》のない通路を進んではいるが、まったくの無人というわけではない。

等間隔で配されたガードマンの視線が痛い。一部は人間ではなく居住区内を巡回しているラウンド・ガーディアンの高機能版であるが、カメラアイの先には人の目があるはずだ。あふれる光の中、くっきりと抱かれた名残《なごり》をさらした上、シメオンへの欲情を必死に抑えている己の姿を思うと恥ずかしくてたまらなかった。

こんな自分を連れているシメオンだっていい恥さらしでは、と思うが、彼の態度に変化はない。途中で出会った部下たちに苦言を呈されても気にしたふうもなく、せいぜい何度かワスレナを抱え直した程度だ。無神経に近い精神力はもちろん、体力面でも到底勝てる相手ではなかった。

苦し紛れに「腹が痛いし、頭に血が溜《た》まるので降ろしてくれ」と訴えたところ、なぜかいわゆるお姫様だっこをされかけたので全力で撤回した。最早《もはや》どうにでもなれ、という気持ちで運ばれ続け、ついには専用エレベーターでスターゲイザーの最上階まで辿り着いた。

この先はゴールデン・ルールの中枢、かつてはディンゴもジョシュアと共に働いていたエリアだ。タイプ・インペリアルの牙城《がじょう》、サンスポットの敵たちが集結している場所。

ごくりと喉を鳴らしたワスレナが見つめる中、エレベーターの扉が開く。

「おっ帰りー、シメオン!!」

途端に陽気な歓声が聞こえ、耳を疑った。すとんと床に降ろされたことにも気づかぬまま、まじまじと目の前の人影を見つめる。

塵《ちり》一つなく磨き上げられた廊下で二人を待ち受けていたのは、艶やかな黒髪を持つ長身の男だ。シメオンとよく似た真っ白な衣装を着ているが、手袋がないなど幾分着崩しているため、ずいぶん印象が違う。癖が強い髪がところどころぴんぴんと跳ねているのと同様、自由闊達《かったつ》が信条のようである。

「……帰還した」

応じるシメオンの声が下がった。少々機嫌が悪くなったようだ。陽気な男もちょぇっと舌を鳴らす。

「もー、お前は本当にノリが悪いなぁ!!　大仕事をきれーに片づけてくれたお礼に、愛《いと》しのセブランお兄ちゃんからハグとキス、を……」

長い腕をシメオンに向かって伸ばしかけた彼は、そこでようやくワスレナの存在に気づいた様子だ。

満面の笑顔やすねた子供のような表情の時はそうでもなかった。だが警戒を帯びた鋭い表情になると、彼はシメオンそっくりだ。黒髪に緑の瞳の美丈夫をぽかんと見つめながら、ワスレナはその名を呼んだ。

「セブラン……ルミナリエ？　ゴールデン・ルール総帥代理の……？」

「そうだけど？　……おい、誰だこれ」

護身用の武器でも携帯しているのだろう。コートの中に手を入れつつ低い声で問う兄に、シメオンは簡潔に応《こた》えた。

「ディンゴの実験体だ」

「はぁぁ⁉」

ディンゴによって重傷を負わされた兄ジョシュアに代わり、ゴールデン・ルールを代表するセブラン・ルミナリエは、仰《の》け反るようにして驚きを表した。表情筋が死滅しているような弟と違い、兄は全身を使って感情を表現するようだ。すでに三十は越えているはずだが、反応が大きいせいでシメオンより若くさえ見える。

以前ディンゴから「セブランはやたらとオーバーアクションで下品な男だ」と聞かされてはいた。とはいえ総帥代理として公的な場に現れる際のきりりとした姿しか見たことがないワスレナには、宿敵のプライベートは意外すぎた。摑みかかる気にもなれず、兄弟の嚙み合わないやり取りを呆然《ぼうぜん》と見守るしかできない。

「やつのインペリアル化実験のことは報告していたはずだが」

「そりゃ知ってるけど、ここに直接連れてくるとは思わないだろ⁉　しかもその子、発情期じゃねーの……？」

すん、とセブランが鼻を鳴らすと、シメオンは同じ台詞《せりふ》を繰り返した。

「問題ない。私にはコンセプションのフェロモンは」

「おめーはよくても、周りが大迷惑だっつーの‼」

部下たちの誰もが言えなかったことも、兄であり上司でもあるセブランなら面と向かって口に出せるのだ。当のシメオンは少々眉根を寄せただけで、大して動じていないが。

むしろ、「大迷惑」と断言されたワスレナがビクリと身を震わせてしまった。イメージ違いに気を取られて忘れていたが、目の前の男も最高レベルのインペリアルであることを思い出したのだ。

「問題ない。私が側にいれば、お前は私にしか発情しない」

ワスレナの杞憂《きゆう》に気づいたシメオンが、またしてもさっきと同じ台詞を繰り返す。

「……おいこら、シメオン。言いたいことは分かるけどな、それがオニーチャンを前にして言うことぉ？」

つまり、自分のほうがインペリアルとして優れていると明言したも同然なのだ。セブランはひくりと頬肉を波打たせたものの、兄弟喧嘩《げんか》より優先すべきことがあると気持ちを切り替えたようである。

「まあいいけどな、片翼《ベターハーフ》持ちの俺には効かねーし、そもそもカイちゃん以外のコンセプションを抱こうとは思わねーし!!　そんなことより、問題はそっちのコンセプションちゃんだよ!!」

名指しされ、もう一度ビクッと肩を震わせたワスレナを見て、セブランは困ったように濃い眉尻を下げた。

「……とりあえず、そのガウンだけでもちゃんと着ようか。俺は大丈夫だけど、一応な」

申し訳なさそうに指摘され、ワスレナは慌てて前をかき合わせる。シメオンに荷物扱いされて運ばれる間に、服の乱れなど頭から消し飛んでいたのだ。

「あーもう、えーと、確かワスレナとか呼ばれてるんだっけ？　ごめんな、うちの弟ってば頭はいいんだけど、本当に朴念仁でさ。こいつにはフェロモンが効かないにしても、他の男に欲情されて嫌な思いをするのはお前だってのになぁ!!」

両手を合わせ、大真面目《まじめ》に謝られると、ワスレナも取るべき態度に困った。てっきりすぐに自白剤でも投与されるかと思っていたのに、この奇妙な好待遇はなんだ。

戸惑うワスレナの横顔をしばらく見ていたシメオンは、ふん、と小さく鼻を鳴らした。

兄相手だからか、彼の豊かな感情に引きずられているのか、セブランに対する態度には若干の人間味が感じられる。

「兄貴はずいぶんコンセプションに優しいな。昔はあんなにコンセプション嫌いだったくせに」

「……お前、このタイミングでそれ言っちゃう？」

心底呆《あき》れたようにつぶやくセブランであるが、弟の言葉を否定はしない。つまり、シメオンの言葉は真実ということだろう。

「あ、誤解しないでくれ、ワスレナ。俺は別に、お前を懐柔しようと思って優しくしてるんじゃねえから」

小さく拳《こぶし》を握ったワスレナの胸中に気づき、セブランが決まり悪げに頬をかく。

「そりゃおれだって、昔は正直、コンセプションは嫌いだったよ。あっちこっちで発情したコンセプションにつきまとわれて、あなたの子供がほしいほしい言われてな。勘弁しろよ、俺はてめーらの種馬じゃねーよって苛々《いらいら》してた」

でもさ、と、彼は微笑んだ。この上なく優しく、幸せそうに。

「片翼《ベターハーフ》ってやつ、見つけちゃったからな」

言われて、遅まきながらワスレナも思い出した。セブランがコンセプションである自分に優しい、その理由を。

「あいつと出会って初めて俺は、コンセプションがどんな思いをしながら生きているか分かったんだ。ジョシュア兄貴みたいに、全てのコンセプションの幸せを願えるかって言われると、今でも自信ねーけど……少なくとも、ディンゴの野郎に利用されてただけのコンセプションを嫌ったりはしねえよ。安心してくれ」

光の粉をまき散らすような、幸福そのものの微笑みに見入っていたワスレナであるが、最後の一言が冷水となって頭に降り注いできた。何度も繰り返された実験体、という言葉が遅効性の毒のように心を巡り始める。

「おっと、こうしちゃいられねーや。カーイ、カイちゃーん、悪いけど、発情抑制剤を至急俺の執務室まで届けてくれ」

硬直しているワスレナに気づかず、セブランはかつて腕時計と呼ばれたものによく似たウェアラブル端末に向かって呼びかける。正確にはその向こうにいる、片翼《ベターハーフ》に対して。彼を呼ぶ時にしか出さない、甘ったるい声で。

「それがな、シメオンがディンゴのところのコンセプションちゃんを、発情期だってのにそのまま引っ張って来ちゃったんだよ。本当に馬鹿だよな……、はぁ？　俺の弟らしいって？　カイちゃん、そりゃねーぜ!!」

何やら心外なことを言われたらしく、形だけ憤慨してみせるセブランであるが、口元はニヤニヤと緩みきっていた。気安いやり取りが楽しくて仕方がない、そんな顔だ。

のろけも同然の会話が終わって数分足らずで、突然ワスレナの背後でエレベーターの扉が開いた。驚いて振り向けば、水色のジャケットを小粋に着こなしたハニーブロンドの青年がはぁはぁと息を荒げている。

「カイちゃーん！　さっすが、お早いおつき!!」

はしゃぐセブランを一顧だにせず、カイと呼ばれた青年はワスレナの顔を覗き込んだ。

シメオンやセブランとはまたタイプが違う、若い女性が好みそうな甘いマスクが厳しく引き締まっている。小柄な者が多いコンセプションにしては背も高く、程良く鍛えられた肉体はいかにも機敏そうだ。

セブランの片翼《ベターハーフ》であり、紆余曲折《うよきょくせつ》の末に結ばれた彼の愛娘《まなむすめ》を出産し、公私ともにパートナーを務めている、たびたびソープ・オペラのモデルになったもっとも有名なコンセプション。

「おい、大丈夫か!?」

ワスレナも情報としてはよく知っているカイ・アントンは、手にしていたピルケースから数個の白い錠剤を取り出した。同時に横目でシメオンを睨みつける。

「てめえ、この子をこんな格好で引きずってきたのかよ!?　後でセブランと一緒に説教だからな!!」

不服そうに瞳を細めたシメオンが何か言おうとしたが、カイは彼の不満を無視した。

「ああ、そんなことよりお前、ほら、すぐにこれを飲むんだ！」

口元に差し出された発情抑制剤と思《おぼ》しきものを、ワスレナは寸前で避けた。カイが青い瞳を見開くが、その目をきつく睨みつける。

「ふざけるな。いくらコンセプション同士とはいえ、ゴールデン・ルールに懐柔された貴様など信じられるか……!!」

急展開に次ぐ急展開にすっかり毒気を抜かれていたが、ここはインペリアルの牙城でありコンセプションの敵地。カイのように幸福な例外になれなかったワスレナは、自分の身を自分で守るしかないのだ。流されるまま、下手なものを口にするわけにはいかない。

「こら、ワスレナ！　せっかくカイちゃんが」

口を挟んできたセブランを、カイは視線で制した。

「大丈夫だ、変なものは入ってない。……と言っても、すぐには信じられないよな、こんな状況じゃ」

同じコンセプションであるカイには、ワスレナがかたくなな態度を取る理由が分かったのだろう。厚意を袖《そで》にされても怒ることなく、手にした錠剤を半分に割った。

「どっちがいい？　ワスレナ」

突然の質問に驚き、とっさに反応できない。固まったワスレナが二つに分かれた錠剤をひたすら凝視していると、カイは「お前が選ばないなら、こうするか」と笑い、半分にした錠剤を手の平の上で軽くシェイクしてから片方の欠片《かけら》を摘《つま》み上げた。

「待て！」

きれいな薄紅色をした唇の中に放り込まれそうなものを、ワスレナは寸前で止めた。

「……こっちを飲め」

「了解」

ワスレナが指示したほうをためらいなく摘み上げたカイは、あっさり口に含んでそのまま嚥下《えんげ》した。

まだどうしていいか分からないワスレナへと、彼は残った欠片を差し出した。

「ほら、俺が飲んだやつの半分だ。少なくとも毒じゃないってことは分かっただろう？　それでも疑うなら、俺が一回口に入れたものを口移ししてやってもいいぜ」

色っぽい流し目つきで言われてどきっとしてしまう。コンセプション同士であり、片翼《ベターハーフ》持ちのカイはフェロモンなど発しているわけではないのだが、純粋な彼の魅力に当てられてしまったのだ。

「なあ？　毛を逆立てた子猫ちゃん。馬鹿インペリアルどもなんか放っておけよ。少なくとも俺だけはお前の味方だって、信じてくれないか？」

「おーい、カイちゃーん……？」

パチンと華麗なウインクを飛ばす片翼《ベターハーフ》を、セブランは引きつった顔で見つめている。

カイはといえば、華麗な客捌《さば》きで知られたバーテンダーだった頃のように甘い笑みを浮かべたまま、呆然としているワスレナの唇に抑制剤を押し込もうとした。

ところがその手を、シメオンが摑んで止めた。同時に反対側の手でワスレナを引き寄せ、たくましい胸に抱き寄せる。

「……っ！」

距離が近くなったことでインペリアルの引力がますます強くなり、思わず太股をすり合わせてしまった。

シメオンのほうはといえば、石でも抱いているような態度でカイに向かって言い放つ。

「飲ませる必要はない。こいつには聞きたいことがたくさんある。発情期の間なら行動の制限がたやすい」

「……てめえ」

カイがキッとシメオンを睨んだが、何やらしたり顔のセブランが割り込んできた。ついでのようにシメオンの手をカイから外しつつ、仲裁を始める。

「ま、ま、ま。シメオンにも考えがあるんだろ？　ちょっと好きにさせてやってくれよ、カイ」

「しかし……」

不服そうなカイであるが、セブランがもう一度「カイ」と落ちついた声で呼ぶと、むっ

と下唇を噛みながらも引き下がった。ただの嫉妬で止めたのではない、と分かった様子だ。

　カイが引き下がったのを見計らい、シメオンは淡々と希望を述べた。

「ここまでワスレナを連れてきたのは、こいつをしばらく私のラボに置くとの報告、それにこいつの部屋を用意してほしいからだ」

「ＯＫ、ラボの連中もお前が作った抗フェロモン剤を飲んでるしな。俺も後から正式に連絡するから、ひとまずはお前から口頭で伝えておいてくれ。ワスレナの部屋は、カイちゃんと相談して決めるわ」

　あっさり承認したセブランの顔にはニヤニヤと意味ありげな笑みが浮かんでいる。

「ところでシメオン。お前はずいぶん、その子が気に入ったみたいだなぁ？」

「……は……？」

　押し寄せる欲望と必死に戦っているワスレナであるが、妙な言葉が聞こえてきて思わず声を上げてしまった。その頭上で、シメオンが顔色一つ変えずに言い放つ。

「興味はある」

「なるほど」

　ますます意味ありげに笑うと、セブランはエレベーターのボタンを押した。

「それじゃお二人さん、ごゆっくりどうぞ～」

「研究の一環だ。実のある情報が得られれば、また連絡する」

シメオンの態度は一貫して事務的であり、ワスレナの腕を引く力にも容赦はない。食い込む指にさえ官能を刺激され、ん、と声を詰めるワスレナを見て、カイが何か言いたそうにする。

「分かった。じゃ、ごゆっくりー」

だがセブランは気楽に手を振り、二人を二階下にあるラボへと送り出してしまった。


スターゲイザーにはゴールデン・ルールの様々な施設が集約されている。最上階が総帥の執務室にあたり、セブランとカイの私室も用意されている。

その下にあるラボは、シメオンを始めとする優秀なインペリアルの研究者が集められている研究機関だ。ビルの五階分を占める巨大施設では様々な研究が行われており、シメオンは本来の専門である航空工学とコンセプション研究の両方の部署に籍を置いている。今回はもちろん、コンセプション研究を行っているエリアへと足を進めた。

ゴールデン・ルールと区別するためか、うっすら青く着色された白衣の群れの中を、ワスレナは彼に引きずられるようにして歩いていた。途中何人もの研究者たちがギョッと目を見開いては同じ質問を繰り返す。

「シメオン博士、それは発情期のコンセプションですよね……⁉　一体どうして」

「ディンゴの実験体だ。必要があって発情期を維持させている」

シメオンの答えも常に同じである。やがては彼の意向がラボ全体に行き渡ったらしく、遠くから注がれる好奇心に唇を噛みながら歩き続け、「Dr.Simeon」とネームプレートがかかった部屋まで辿り着いた。

網膜・指紋・静脈を使った生体認証をすませ、扉が開く。内部の壁は一部の金持ちしか所有していない紙の書籍や様々な機器で埋め尽くされており、デスクやソファセットも最新型の情報端末《キュービック・チューブ》も見るからに高級品である反面、ひどく寒々しい部屋だった。研究室だと考えれば当たり前かもしれないが、棚の一箇所に置いてあるアンティークなエアプレーン以外、ここには使用者の温《ぬく》もりが感じられない。

「そこに座れ」

自分もデスクの椅子に腰かけたシメオンがワスレナをソファに向かって軽く押しやる。サンスポットを出て以来、初めて彼との間に距離ができた。

その瞬間、わずかに残った理性を総動員して部屋の奥まで離れた。何に使うのかよく分からない計器にすがり、呼吸を整える。

シメオンは軽く眉を上げたが、立ち上がる気配はない。ただし部屋の構造上、彼の側を通らないと外に出られない。

奥にもう一つ扉があるが、倉庫か仮眠室のどちらかだろう。逃げ場としては適切ではなさそうだ、と思いながら、シメオンを睨みつけた。

「言っておくが、僕は、ディンゴ様のことについて、何もしゃべる気はない……」

退路を探るようにじりじりと爪先《つまさき》を動かしながら、ワスレナは断言した。

「ディンゴはお前を捨てて逃亡した。素直に情報を渡すなら、司法取引を考えてもいいが」

「必要ない」

気力を挫《くじ》く事実を突きつけられても、毅然《きぜん》と首を振る。

「取引など……いらない。ディンゴ様は、両親に捨てられた僕を助けてくれた、神様だ。あの方が……僕を、裏切ったとしても……僕は絶対に、あの方を裏切らない……!!」

冷静ぶってはいるものの、本当はしゃべる舌先が口内をくすぐる動きさえ体の芯《しん》に響くのだ。多少距離を取ってはいても、シメオンと触れ合った時間が長すぎた。

体は今すぐにでも、この男がほしいと訴えている。理性に力が残っているうちに、今できる最善の策を取らねばならない。

「貴様らに捕まった時点で、覚悟はしている。殺せ……!!」

「殺させない」

ワスレナの言葉尻にぴたりと揃《そろ》えて、シメオンは言いきった。長身がゆっくりと椅子から立ち上がる。

それだけでゾクリと背筋が痺《しび》れてしまったワスレナを、静かな湖面のような目がじっと見つめていた。

「実際、お前がディンゴについてそれほど情報を持っているとは思っていない。お前はあくまでサンスポットの一構成員であり、幹部クラスではない」

正論に胸が締めつけられる。シメオンが言うとおり、ワスレナのメインの仕事は半身誓約の実験体。決して愚鈍ではないとの自負はあるし、半身誓約実験以外でもそれなりに重宝されてきたが、コンセプションである身が人を取りまとめる立場に立つのは難しいのだ。

だから、置いて行かれた。

唇を噛むワスレナから一時も目を離さず、シメオンは続けた。

「だが私は、お前に興味がある。お前という特異なコンセプションの研究をさせてくれるなら、私が面倒を見てやる」

それはまるで、安いソープ・オペラの一節だった。シメオンの唇から出たものとはにわかに信じられず、数秒間放心してしまう。

「お、お前は……コンセプションを嫌いなんじゃないのか？」

思わず素に戻って尋ねると、シメオンは「私はセブラン兄貴とは違う」と首を振った。

「兄貴のコンセプション嫌いは彼らが放つフェロモンに抗《あらが》えないせいだ。私も散々言い寄られてうっとうしい思いはしてきたが、フェロモンが効かないので大事には至らなかった。

だからこそ、生まれ持った体質を生かしてコンセプションの研究を行っている」

「……コンセプションがインペリアルの邪魔をしないようにする研究、の間違いだろう」

言葉は正確に使え、とばかりに言い返せば、シメオンがかすかに瞳を細めた。怒りを誘ったかと危ぶんだが、むしろ彼は少し機嫌を良くしたようだ。

「頭の回転が速いな。やはりお前は、他のコンセプションとは違う」

白いコートを翻し、シメオンが近づいてくる。本能が陶酔し、理性が青ざめた。来るな、と叫ぶ舌の動きさえ何かの引き金になってしまいそうで、うかつに口を開けない。

「ディンゴのインペリアル化実験に耐え抜いたコンセプションのうち、我々が把握しているのは二人。一人はヴェニスだが、これはコンセプションとしては低レベルすぎて、早々に実験対象から外れた。他にも何人ものコンセプションを使っているが、半端な半身誓約と解除の繰り返しでほとんどが心を病んだ。お前のほうが、このあたりの事情は詳しいだろうが」

複雑ではあるがシメオンの言うとおりだ。ディンゴはワスレナ以外のコンセプションも半身誓約実験のため、あの部屋で抱いていた。だがいずれも数度の実験で精神を荒廃させ、壊れた人形のように捨てられてしまったのだ。残ったのはワスレナと、実験前からアンドロイドのようだったと噂《うわさ》されていたヴェニスだけである。

ディンゴの役に立てなかったコンセプションの末路を見るたびに、ワスレナは優越感と恐れを同時に感じていた。自分は彼らのようにはならない、と高慢に鼻を鳴らす裏で、いつになったらディンゴの望む結果を出せるのかとびくびくしていた。

結局今日まで、彼の期待に応じることはできなかった。だから置いて行かれた。ヴェニスはおそらく、今もディンゴと行動を共にしているのに。

無意識にうなじの傷に手をやるワスレナを、緑の瞳が観察するように眺めている。

「しかしディンゴのインペリアル化は、私たちが思っているより進んでいるようだな」

彼が言わんとしていることを正確に汲《く》み取った瞬間、怒りで頭が沸騰した。

「僕があの方を信じているのは、半身であるかどうかとは関係ない！」

ディンゴに出会わなければ、あの日ワスレナは路地裏で衰弱死していただろう。生命を救い、名前まで与えてくれた相手だから信じているのだ。愛しているのだ。

たとえ彼がそう思っていなくても。

「インペリアルとしても規格外の、お偉い博士様には分からないだろうな。コンセプションだって本能以外の部分で人を愛することができるんだ!! インペリアルと片翼《ベターハーフ》にならなくても、幸福に生きているコンセプションはいるだろう……!?」

あの日空の上、退屈そうに足を組んでいただけの男に何が分かると言うのだ。インペリアルだというだけで、どうしてこんな男に心を乱されなければならないのだ。

怒りのあまり、勿忘草色の瞳に水滴が盛り上がる。シメオンに涙を見せるのが悔しくて、強く目の上をこすっていると、手の平の向こうから彼の声が聞こえてきた。

「命を救われたことを理由に、半身でもない男、ましてやお前を捨てた男にそこまで義理立てするのか」

声の近さに身じろいだワスレナの手首を強い力が摑み取る。視界いっぱいにシメオンの厚い胸板があった。思わず見上げれば、美しい瞳が無表情にこちらを見つめ返す。

「ならば、半身の言うことなら聞くな」

数秒、室内は完全なる無音と化した。まさかの発言に絶句したワスレナは、摑まれた部位の皮膚をねじるように引かれ、悲鳴を上げる。

「なっ……、何、あっ⁉」

無理やり引きずられ、転びそうになったところを軽々とシメオンの腕に抱き上げられた。主の視線の動きをセンサーが感知したのだろう。最悪逃げ込もうとしていた奥の部屋の扉が開き、中の光景が窺える。

予想通り、そこは仮眠室であるようだ。やたらとベッドが大きいのはシメオンの体格に合わせてのことだろう。それ以外の調度品は何もない、ただ寝るだけの部屋。

ディンゴが繰り返し自分を抱いた、あの部屋と同じ。

血の気が引いた体が宙に投げ出されたと思ったら、スプリングが優しく受け止めてくれた。ただの仮眠室の布団でさえ、肌触りが良すぎて腹が立つ。急いで起き上がろうとするが、コートを着たままのシメオンがのしかかってくるほうが早い。

「やっ……、痛いっ……!!」

体液で強張ったガウンを無理やり奪い取られ、半ば引きちぎられて床に投げ捨てられた。見た目は澄ましているが、やると決めたら多少の障害は考慮せず、最短距離を突っ走る性格のようだ。

ガウンをちぎられた勢いで赤い筋が走った腕を摑まれた。ディンゴに愛撫《あいぶ》された肌に、シメオンの体温が重なる。

「嫌だ！　ふざけるな、僕はモルモットじゃ……、!!」

叫びはたちまち肉厚な唇に吸い取られる。首を振って逃れようとしたが、あごを摑んで固定されてしまった。

「ん、ふ……ん、ぅ」

わななく手足を叱咤《しった》して暴れたところで、一回り以上体格のいい男にがっちり押さえつけられているのだ。ましてやこちらは発情期のコンセプション、相手は最上級のインペリアル。勝負になるはずがない。

おまけにシメオンのキスは巧みだった。どこかヴェニスを思わせる、アンドロイドめいた立ち居振る舞いからして色事には無縁かとも考えていたが、歯茎や上口蓋《こうがい》をなぞるように蠢《うごめ》く舌先はひどく手慣れている。とがらせた舌先が粘膜をこするたび、切ない声が漏れた。

「んん、はっ、あ」

　震いつきたいような男前なのだから、性的な誘いは降るようにあっただろう。コンセプションのフェロモンに惑わされることもないシメオンは、インペリアルの威厳を保ったまま、何人もの男女をその手に抱いてきたに違いなかった。そう思うことで意図的に怒り、快楽から目を逸らそうとするが、逃げられない。

「や、んぅ……んっ、む……ぅぅ、は……」

　触れ合う舌が熱い。甘い。軟体動物のように絡みつく感触に翻弄《ほんろう》され、脳髄が蕩け始める。ずっとお預けを食らっていた肉体に火が点《つ》き、小さな炎が見る間に広がってプライドを焼き払っていくのを感じた。

「……嫌そうには見えないな」

　唇を合わせたまま、シメオンが低く笑う。かすかな皮肉を織り交ぜた感想が、弛緩した腕を皮肉にも奮い立たせた。

「ふざけるな！　このレイパー、っ、ん……‼」

　だが、突き放そうと懸命に伸ばした指は、服越しにも分かるほどに張り詰めた胸板に触れた。その感触にさえ官能を煽られてしまう。やむなく戻した手の持っていきどころがなく、力なく敷布の上に投げ出したまま、たっぷりと口内を貪《むさぼ》られた。

「……はぁ……」

ようやく唇を解放された時には、ワスレナは半ば意識を飛ばしていた。

ぼんやりと、内股に濡れた感触を覚える。恐ろしいことに、キス一回で達してしまったのだ。

恥ずかしい。ぶん殴りたい。逃げ出したい。

本来思い浮かぶべき全てを押しのけて、コンセプションの自分が叫んでいる。この男の種がほしい。

死にたい。

あらゆる感覚が鋭敏になり、あらゆる感情がない交ぜになる。混乱のあまりぽろぽろと涙を零すワスレナを、シメオンはあくまで冷静な瞳で観察していた。

しかし、見た目ほど彼が平常心ではないのは、汚れた内股に押しつけられた硬い塊で分かった。

「やはりフェロモンは感じないが……確かにお前の痴態は魅力的だな。興奮剤の類《たぐい》は必要なさそうだ」

ヒ、と喉が鳴る。まだ完全に勃起《ぼっき》しているわけではなさそうなのに、シメオンのものの規格外の大きさはよく分かった。子供の腕ぐらいありそうなものが、窮屈そうに彼のボトムを押し上げている。

これを突き入れられ、こすられて、奥に精液を吐き出されたらどれだけ気持ちがいいか。コクリ、と別の意味で鳴った喉は急速に渇きを覚え始めていた。

フェラチオを好んだディンゴに散々仕込まれたせいだろう。シメオンの立派なものを唇と舌で愛したい、という気持ちが腹の底から湧《わ》き上がってきた。

冗談じゃない、と頭は思っているのに、直腸の奥に秘められたコンセプションの子宮が雄を欲しがって啼《な》いている。悔しさがさらに涙を誘い、ぼやけた視界の中でシメオンが無造作に手を動かすのが見えた。

「……ひゃぁっ⁉」

足を持ち上げられ、大きく開脚させられた。それだけでもショックなのに、大きな手が達したばかりでひどく敏感な性器を握り込んで、上下に扱《しご》き始めたのだ。

普通の状態でも強い性感を覚える事態である。この圧倒的なタイプ格差を前にして、耐えられるはずがなかった。

「あぁっ、あっあっ‼」

皮ごと数度扱かれただけで、びくんと大きく背をしならせ、鈴口から精液を吐き出す。一度目から間を置かず達したために量は多くなかったが、いくらかはシメオンの彫刻のような顔にまで飛び散った。

「ここはやはり、反応がいいな」

眉をひそめることもなく、手袋に包まれた指先が冷静に体液を拭い去る。下肢に押しつけられる一物の感触を除けば、彼はどこまでも博士であり、観察者だ。

「体液の匂《にお》いは、濃くなってきたようであるが……」

まだとろとろと蜜《みつ》を零す性器に顔を近づけたシメオンが、すん、と鼻を鳴らす動作にひどい恥辱を覚えた。理性を具現化したような男にそんなことをされると、自分が本当に実験動物になったような錯覚を覚えてしまう。

息を荒げているワスレナをよそに、シメオンは汚れた手袋を外した。その下から現れた指は長く、節くれて武骨でありながら爪《つめ》の形まで美しい。神の贔屓《ひいき》も甚だしい、といつものワスレナであれば憤慨しただろうが、今は弱々しく首を振ることしかできなかった。

「……っ、ぁ……ああ……嫌……やめ……やめ、て」

涙声で訴えてもシメオンは動きを止めない。手袋越しではない彼の指先が、そっと胸元に触れた。適度に筋肉の乗った肌を滑り、ディンゴが腹立ち紛れに何度か歯を立てた乳首を軽くさする。

「……っ!!」

布越しではない、肌と肌の接触は感電にも似た刺激を生んだ。痛みに近い快感がびりっと走り、二度精液を吐き出したばかりの中心が先端の穴に蜜をにじませる。

さすられるだけなら我慢できたが、親指と人差し指に挟まれて、くにくにと揉《も》み込まれるともうだめだった。あ、あ、と声を震わせて仰け反ったワスレナの乳首は、触れられていないほうまでピンととがっている。

「ここに少し触っただけで、そんなに感じるのか？」

ワスレナの性器の状態に目敏《めざと》く気づいたシメオンが、指先をそちらへ伸ばす。半透明の液がにじんだ先端に親指がかかった瞬間、まだ半勃《はんだ》ち状態だったそれがグンと芯を持った。

「やめ、触る、なッ、あ、あ……!!」

悲鳴を上げて身をよじったワスレナの性器から、もう体液が飛び出るようなことはなかった。散々ディンゴに抱かれていたこともあり、すでにタンクは空になっていたのだ。

だが性感が収まることはなく、いわゆるドライオーガズム、あるいはメスイキなどとも呼ばれるものに似た絶頂を迎えていた。余韻にぴくぴくと全身を震わせているワスレナを見て、シメオンが小さなため息を漏らす。

「……またイッたのか。発情期のコンセプションにしても、ひどく感じやすいな……」

呆れたように言われて舌を噛みたくなったが、カチャカチャという音に息を呑《の》んだ。そっと上体を起こすと、シメオンが己のベルトのバックルを外しているのが見える。

「やめろ！」

血相を変えて止めようとしたワスレナだが、完全に起き上がる前に足首を摑まれた。片手で釣り上げるようにして足を持ち上げられ、さらに大きく開脚させられた上で、露出させられた奥の穴の縁を空いた片手でなぞられる。

「ぱっくり開いて、愛液がとめどなく流れてきているな」

ディンゴに繰り返し犯されたすぼまりは、まだうっすら熱を持っている。本来ならこれ以上の陵辱に怯えて慎《つつ》ましく閉じていなければならないのに、悲しいコンセプションの性《さが》だ。極上の雄を前にして、はしたなく濡れている。

「ローションの必要はなさそうだ」

状況を見て取ったシメオンが、ぐっと体重をかけてワスレナの足を開いたまま固定すると、淡々としたしぐさで自分のモノを取り出した。

太い血管が浮き上がったそれはグロテスクなほどにたくましく長大であり、見事な角度でそそり立っている。白い男、という印象が強いせいで、強烈な色合いは一際目を引いた。

「リングを装着しているとの話だったな。なら、ゴムも必要ないか」

ワスレナとの半身誓約実験を繰り返してきたディンゴであるが、彼は子供を望んでおらず、ワスレナの子宮内にリングと呼ばれる避妊器具を装着させた。いちいちコンドームをつけるのが面倒なのと、発情期のコンセプションフェロモンを警戒しているためだ。抗フェロモン剤を常用しているとはいえ、万が一ということがある。

シメオンもワスレナを妊娠させる気はないらしいが、ゴムを装着するつもりもないらしい。ひくつく穴にあてがわれた肉棒から漂う雄臭に頭がクラクラする。貫かれる瞬間を待ちわびて、体の奥からトロトロと液体がにじみ出すのが分かった。

油断すると「早く」と懇願してしまいそうだ。体はほぼ完全に陥落していると自覚していたが、残った理性をかき集めて拒絶する。こんな状態の自分を前にして、冷静に避妊の話ができる男にこれ以上かき乱されたくない。

「嫌だ、やめてくれ、お願いだ、嫌だ、怖い、怖い怖い怖い嫌……!!」

必死の叫びは、内臓を押し上げるような一突きで粉砕された。

「……ぁ……っ、あ……!!」

勿忘草の瞳が絶望に染まる。ずんっと一回、根元までワスレナの中に挿入したシメオンは、具合を確かめるように細い腰を掴んで軽く揺すった。その感触だけで、心とは裏腹に肉壁はキュウッと男を締めつける。

「さすがに、慣れているな……私のモノが、全て収まるとは……」

太さも長さも規格外のものも、調教されたワスレナの体にはすんなりと根元まで入ってしまった。ここまで深く迎え入れられた経験はさすがに少ないようで、シメオンは素直に感動している様子だ。

「き、さまの、粗末なものなんか……ディンゴ様のは、もっと、あぁっ!?」

減らず口を叩いたところ、無言で腰を引かれ、再び奥まで叩き込まれる。尻たぶに彼のたくましい太股が痛いぐらいに当たることさえ、官能の材料だった。

「あぅ、やぁ、そんないきなり、奥まで……っ!!」

実際ディンゴのものも大きさはシメオンと張り合えるのだが、ディンゴは疑似インペリアル、シメオンはインペリアル一族のサラブレッドだ。コンセプションの肉体に与える影響は比べ物にならない。子宮が勝手に下がってきて、インペリアルの種を搾り取ろうとしているのが分かる。

悔しい。こんな感覚は、幾度ディンゴに抱かれても味わったことがなかった。

「だめだっ、うご、く、なぁ、やっ！　あぁっ!!　あああぁっ!!」

制止の声は、シメオンが腰を使うリズムで不規則に切り刻まれた。内壁をこすり上げながら彼のものが胎内を出入りするたびに、切ないほどの快感が生まれる。腹側にある前立《ぜんりつ》腺《せん》を的確に突かれると、上がる嬌声《きょうせい》を抑えきれない。

「やぁ、んっ！　んぁぁっ!!　あぁ……!!」

髪を振り乱してあえぐ声から、徐々に拒絶の色が消えていく。いつしかワスレナはシメオンの腰に足を絡め、逃すまいとするようにしっかりと体を密着させていた。

「あ……ぁ、もっ……、と」

無意識に発した求めにはっとする。夢から覚めたように青ざめるワスレナの上で、シメオンがわずかに口の端を持ち上げた。

「ようやく、発情期のコンセプションらしくなったな」

「ちが、だめ……だっ、抜いて……っ!!」

自分の発言が信じられず、ワスレナは萎《な》えた両手を突っ張ってシメオンを引き剝がそうとする。するとシメオンはそれに逆らわず、ワスレナの分泌物と彼自身の先走りでドロドロのものを引き抜き始めた。

「ああ……嫌だ、抜かない、で」

途端に襲ってきた寂しさと物足りなさが口から零れる。もっと青くなったワスレナは慌てて両手で唇を覆い、シメオンは「どっちだ？」と珍しいからかいを口にしながら、一物を完全に引き抜いた。

そして、ワスレナの体を裏返す。

「えっ、あっ……!?」

敷布に顔を押しつけたワスレナは、腰を持ち上げられたことに気づいた。ヒクヒクと開閉を繰り返す穴に、再び濡れた感触が押しつけられる。

「ヒィ……!!」

悲鳴が長く尾を引く。背後の男に尻を差し出したような体勢で、再び奥まで貫かれたのだ。

「……まだ締まるのか。なるほど、すばらしい体だ……」

うめくようにつぶやいたシメオンの声も、衝撃に痺れた耳には届かない。両腕を摑まれ、胸が敷布から浮き上がる。その状態で馬に乗っているかのようにガクガクと揺さぶられる屈辱にも、最早抵抗の気力が湧かなかった。

インペリアルとコンセプションとはいえ男同士だ。正常位よりは後背位のほうが深く繋がることができる。彼の切っ先に何度も何度も奥まで暴かれて、過ぎる快感が恐怖を生んだ。

「あっ、うあぁっ……！　あっ、僕、こんな、嫌だ、ディンゴ様……‼」

このままでは、ディンゴの敵であるこの男に屈服させられてしまう。逃げようにも体に力が入らず、いたずらにシメオンを締めつけて喜ばせるだけだ。

「あの男を、……くっ、呼んだところで、なんの意味もないぞ……？　いい加減認めろ、あいつはお前をモルモットのように扱い、捨てたんだ……」

御者よろしくワスレナを乗りこなす男の言葉など知るものか。自分だってワスレナをモルモットのように扱っているではないか。

同じだなどと認めない。ワスレナが半身に、片翼《ベターハーフ》になりたいのは、唯一無二として必要とされたいのはディンゴだけだ。

「助けて‼　ディンゴ様、ディ、あ、痛っ……‼」

腕を摑まれているため、手を伸ばすことさえできない。せめてとばかりに叫んだワスレナは、その体をぐいっと引き寄せたシメオンが「……やはりここか」と、つぶやくのを聞

いた。

次の瞬間、首筋に焼けつくような痛みを感じた。

「……くっ」

ワスレナのうなじに歯を立てたまま、シメオンが短くうめく。衝撃によりワスレナが一際強く彼を締めつけたため、達したのだろう。

腹の奥に濃い精液が注ぎ込まれる。ドプドプという音が聞こえそうなほどの勢いだった。それに誘発され、ワスレナの肉体も再びドライオーガズムを迎えたが、心はいまだ先の衝撃に支配されていた。

「あ」

漏れた声は小さかったが、ワスレナの耳には世界が崩落する音が聞こえていた。

熱に浮かされたような発情期の衝動が消えていく。他者を惑わすフェロモンが消滅し、ワスレナ自身も冷静さを取り戻した。

おかげで分かりたくないことまでも、はっきりと認識してしまう。

シメオンと、繋がった。

互いに達してなお、いまだ彼を受け入れていることとは関係ない。噛まれた場所は一緒でも、ディンゴとの違いは悲しいほどに歴然としていた。

肉体だけではなく魂のどこかが、分かちがたく結び合わされたのを感じる。シメオンの吐精により乱れた息遣いが、興奮冷めやらぬ翠緑《すいりょく》の瞳のきらめきが、まるで背中に目があるように分かる。

「あ……あ」

いつの間にか手は自由になっていた。支えを失った体が敷布に落ちる。

抵抗は一応可能になったが、ワスレナは力なく突っ伏したまま身動きできずにいた。それでいてシメオンが出て行く瞬間には、自分の体の一部を失ったような狂おしい寂しさを覚えた。

理性はちゃんと、背後の男を拒んでいるのにだ。

『出会った瞬間、薔薇色の光に包まれたように感じた。一目で分かったよ。君が俺の、片翼《ベターハーフ》なんだな』

唯一の娯楽だった情報端末《キュービック・チューブ》で繰り返し見たソープ・オペラ。その序盤にて初対面から惹かれ合う、ヒーローとヒロインの姿が脳裏を過った。クラシカルな情報端末《キュービック・チューブ》の上部に像を結んだ二人は、クラシカルな衣装を身に着けクラシカルな愛の言葉を交わす。

『指先が触れるだけで、体中に幸福が満ちていくの。やっぱりあなたが、私の片翼《ベターハーフ》なのね』

両親がチャンネル契約数を渋ったために、どんなにつまらないドラマでも繰り返し見ざるを得なかったのだ。他にすることもなく眺めるうちに心に焼きついた、カイ、もしくはジョシュアの片翼《ベターハーフ》をモデルにしたコンセプションの女性の蕩けそうな笑顔。

今の自分とはあまりにもかけ離れている。

半身誓約。言葉にすると美しいそれは、ただの首輪であることを実感した。セブランとカイを結ぶものとは違う、ワスレナのほうからは外すことができない、心と体の拘束具。

「……ふうん、これが半身誓約か。確かに、分かるものだな。私とお前は、繋がっている」

興味深そうなシメオンの声が聞こえた。学術的満足を得られたせいか、どことなくその声は弾んでいる。

それはそうだろう。彼はインペリアルだ。半身誓約を選択できる立場だ。誓約する相手は一人とは決まっておらず、その気になれば何人ものコンセプションと誓約を交わすことができる。

ワスレナは違う。この先シメオンが誓約を破棄すれば高確率で心を病み、最悪命まで失う立場だ。

ワスレナの神はずっとディンゴだった。彼に捨てられたらきっと死んでしまう、常にその恐怖にせき立てられていた。

現実はどうだ。ワスレナはディンゴに見捨てられたが、死んではいない。しかし無理やり半身誓約を結んだシメオンに誓約を解除されれば、本当に死んでしまうかもしれない。

吐き気がした。冗談ではない。この至高の、それゆえに最低のインペリアルがワスレナの神なのか。あの日、死に逝く自分を見下ろしていただけの男に、生殺与奪の権利まで握られてしまったのか!!

「出て行け」

痙攣《けいれん》する指先で敷布を握り締め、叫んだ。

「さっさと出て行け!!」

「そうだな。シャワーを浴びて着替えたほうがいいだろう」

文句も言わず、シメオンが立ち上がる気配がした。あ然としているワスレナを尻目に、彼は淡々と二人分の体液で汚れた服を脱いで部屋の奥に向かう。気づかなかったが、そこに小さなシャワールームまで備わっているらしい。

「お前の着替えはすぐに用意させる。ちょっと待っていろ」

それだけ言い置くと、見事な裸体をさらしたままシャワールームに消えた。ワスレナが逃げる、もしくは摑みかかってくることなど微塵《みじん》も考えていないようだった。半身誓約という死の首輪をつけた後なのだから、警戒する必要もないというわけか。

「……はは」

程なく聞こえ始めた水音に、ワスレナの渇いた笑い声が混じる。

「ははは、は」

まだ痙攣している指が首筋に触れる。発作的に自分で自分の首を絞めようとしたが、すぐに思い直した。

今ここで自死を選んだところで、単純に死ぬのが早くなるだけだ。シメオンにはなんのダメージもない。せっかく拾った珍しいモルモットを失って残念、その程度だろう。あの男なら死体のほうが面倒がなくてよかった、とすら考えるかもしれない。

「……あんまりだ、神様」

虚《うつ》ろに独りごちたワスレナは、やがてシャワールームを出てきたシメオンに促されるまま汚れた体を水流にさらす。ディンゴとシメオンと自分、三人分の体液が排水溝に吸い込まれる様を、勿忘草の瞳は無感動に見つめていた。

何度も何度も噛みつかれたうなじに水が染みて痛んだ。それでも手で庇《かば》うことをせず、排水溝を見つめ続けていた。

　ワスレナがシャワーを浴び、とりあえずタオルを巻きつけて出てくると、ベッドの上はすでに敷布も交換されてきれいなものだった。人が来た気配はないので、高級ホテルなどに備わっているようなオートベッドメイキングシステムが働いたのだろう。

　シメオンはコートと手袋こそ外しているが、それ以外は普段着と思われる服装に戻っており、隣の部屋の文机に腰かけてパソコンのキーを叩いている。早速、実体験を元に、半身誓約についてのレポートを書いているに違いない。

　文章入力デバイスは視線を感知するもの、音声入力など、様々なものが発明されてきたが、結局キーボード以上のものは見つからなかったという話をしてくれたのはディンゴだった。家に押し込められたきり、外の世界を知らなかったワスレナに世界を教えてくれたのは彼だった。

「出たか」

　ぼんやりと佇《たたず》んでいたワスレナは、不意に振り向いたシメオンに声をかけられ身を震わせた。半身誓約のせいか、彼の一挙一動がやけに気になる。対するシメオンは至って自然体であり、こちらを見つめる緑の瞳に感情の揺らぎはない。

　開き直っているふうでもなく、本当に何も感じていないのだと分かって改めて愕然《がくぜん》とさせられた。自分を無理やりレイプした挙げ句、半身誓約まで交わしておいて、この男は欠片も罪悪感を覚えていないのだ。

「体調はどうだ」

「……最悪に決まっている」

ショックで消し飛んだかに思えた怒りが、ふつふつと腹の底から湧いてきた。憤怒《ふんぬ》を込めて睨みつけてやるが、シメオンは微塵も動揺しない。

「どうして」

「貴様に無理やり犯されて、半身誓約を結ばれたからだ‼」

捨て鉢な思いで、はっきりとした単語を口にする。だが自虐的な発言でさえ、シメオンには通じなかった。

「そうか？　私に少し触れられただけで、何度も達していた。気持ちが良さそうだったし、体調がいいから、ああも簡単に絶頂できたのでは？」

すらすらとまくし立てられ、二の句が継げない。棒立ちになっているワスレナに対し、レポートでも読み上げるような言葉は続く。

「半身誓約を結んだことで発情期は収まった。私の半身に手を出すような愚か者は、少なくともスターゲイザー内には存在しない。もちろん私も、自分の半身はそれなりに遇するつもりだ。何が不満だ？」

「そ、んなの……」

あくまで、半身誓約を結んでいる間の話だろう。こんなふうに生じた誓約関係が長続きするはずがない。今彼が半身誓約を解除すれば、魂を引きちぎられる痛みがワスレナを、ワスレナだけを襲うのだ。

言いたいことがありすぎて、何も言葉が出てこない。わなわなと唇を震わせるワスレナをじっと見ていたシメオンが、静かに立ち上がった。

「ち、近づくな！」

側に来られたくない。できれば顔だって見たくない。

あんなにひどい目に遭わされたのに、発情期は収まったのに、コンセプションの肉体は半身誓約を結んだインペリアルを求めている。浅ましい熱がまだ腹の奥に凝《こご》っていることを、この男にだけは知られたくない。

焦るワスレナとは裏腹に、シメオンはポーカーフェイスを崩さない。

「近づかないと、体調を看てやれないだろう。今言ったように、私は半身であるお前を大切にするつもりだ。健康面が万全でないと実験に支障が出る」

大切にする、と断言されて一瞬心が揺れたが、要するにモルモットの体調管理の話なのだ。どこまでも自分本位な態度に、出るのは最早ため息ばかりである。この男と話していると、自分がひどく馬鹿になったような気がしてくる。

「……僕と半身誓約を結んだのは、本当にコンセプション研究のためだけなんだな」

「当たり前だろう」

間髪《かんはつ》を容《い》れず返答されて、思わず噴き出してしまった。ああ、本当に、本当に、この男にとっては自分などただの実験動物なのだ。

——ディンゴだって、ずっとそう思っていたのだ。

ワスレナは馬鹿ではないから、そんなことぐらいとっくの昔に分かっていたのだ。

「……どうして泣く？　まさか、体調が悪いのは事実か」

「……体調は悪くない」

両眼から雫《しずく》を零しながら、ワスレナは首を振った。なにせ馬鹿ではないので、この男の前で虚勢を張ったり言い繕ったりしたところで無意味だとすでに理解していた。

確かに彼は神なのだ。地を這う人のつらさなど、いくら説いても無駄なのだ。

「自分がみじめで、かわいそうだからさ。僕をまともに愛してくれる人は僕以外にいない。だからかわいそうな僕のために、泣いてやるんだ……」

丁寧に説明したつもりだが、案の定シメオンは意味を計りかねるような顔をしている。

虚しさに押し潰された肺から、大きなため息を吐き出した。

「……貴様のように、生まれながらにして神に選ばれ、常に選ぶ立場にあるインペリアルには縁のない感情の動きだ。別に分かってもらわなくてもいい」

投げやりにつぶやいたワスレナは、無言で涙を流し続ける。水の膜が張った勿忘草色の瞳は不規則に光を反射し、時には虹色に、時には真っ白く濁ったようにも見えた。揺れ続ける心を反映したような瞳を、シメオンは飽きもせず凝視している。

「それは、コンセプション特有の情動か」

「……どうかな。少なくとも、貴様にはない情動だろうな」

声音は平静ながら、ぽたぽたと涙を零し続けるワスレナをじっと見つめたまま、シメオンは質問を重ねた。

「どうすれば、この涙は止まる」

「……それは……」

貴様を一発殴れば止まるんじゃないか、と答えかけた時だった。

「おーい、シメオン！」

陽気なセブランの声がした。同時にシメオンのパソコン上に小さなウインドウが開かれ、そこに彼の姿が映し出される。メッセンジャーソフトの類だろう。スターゲイザー内のインフラだけで利用されているものなのか、あまり見覚えのない仕様だ。

「開けてくれ、ワスレナちゃんの着替えと部屋を用意してやったぞ!!」

執務室からメッセージを送ってきたのかと思いきや、総帥代理自ら足を運んだらしい。ワスレナはぎくりと身を固くしたが、シメオンはセブランのフットワークの軽さに慣れているのか、特に驚きもなく視線で指示を出した。

すぐに開いた扉の向こうから、トートバッグ片手のセブランが嬉《うれ》しそうに顔を出す。ラボ内に入るからとカイに言われたのか、その服装はきちんと整えられているが、快活な笑顔に変化はない。むしろさっきよりもニヤニヤしており、やたらと嬉しそうに見えた。

「ここに近いほうがいいだろう？　ラボ階層の一階下に俺が予備に持ってる部屋があるから、そこを使わせてやるよ。一人じゃちょっと広いかもしれないけど、ほらぁ、シメオンも来るだろうしぃ？　それにカイが時々、様子見に行くってさ。必要なものも全部あいつが揃えてくれるから、任せていーぜ。むしろ頼ってやれよ、あいつは弟ができたみたいだって張りきって……」

言いたいことを一通りしゃべったセブランは、室内に漂う気詰まりな雰囲気にようやく気づいたようだ。シメオンがとっつきにくいのは当然であるにせよ、ワスレナは無言で目元を拭っている上に、明らかにシャワーを浴びた直後という格好である。

「あー……なに、この感じ。もしかして、お前ら、セックスとか……しちゃった？　それも、まさか、あんまり合意じゃなく……？　シメオン、お前には、この子のフェロモンは効かなかったよな……？」

セブランは勘のいい男である。合意の上での行為であるにしては、ワスレナの態度がおかしいとすぐに察したようだ。しかし、シメオンの傍若無人さは兄の勘を越えていた。

「ああ、フェロモンは効かなかった。だがこいつが私の言うことを素直に聞かないので、セックスをして、半身誓約をした」

「あ?」

「兄貴、私もこれからはワスレナと同じ部屋に住む。必要なものは」

「ちょ、ちょっとちょっとちょっと待ってくれる!?」

あまりの事態に目を剝《む》いたセブランであるが、弟の無茶には慣れているらしくさすがに順応が早い。嘘《うそ》だろう、などと疑うこともなく、すぐさま頭を抱えた。

「……め、珍しくお前が他人に興味を示したから、オニーチャンは優しく見守ってやろうと思ったのに……」

求める何かを探すように、彼は二人を見つめた。どうやら目当てのものは見つからなかったらしく、再び頭を抱え直す。

「ああ……やばい、カイちゃんに殺される……」

「兄貴が死んだらカイも後を追うだろう」

「……あー、もういい！　おめーはちょっと黙ってろ!!」

目論見《もくろみ》が外れたらしく、がっくりうなだれたセブランは、決まりの悪そうな顔でワスレナにバッグを押しつけた。

「中身はカイちゃんが選んでくれた服。あいつのセンスは信用していいから、まあ……着てくれ」

「……ありがとうございます」

うつむいたまま、ワスレナは着替えを受け取った。宙に溶けるような視線をふらふらさせている彼を、セブランは気遣わしげに見つめている。

「俺もカイちゃんも、いろいろ忙しいからさ。とりあえず着替えててくれ、誰か寄越すから。部屋まで案内させる。……ごめんな、本当に……」

弟によく似た顔で心底申し訳なさそうに謝罪されると、突っぱねる気にはなれなかった。シメオンの半身にされてしまった今、それだけの気力が湧かなかった。

「……いいんですか、僕はディ……サンスポットの人間です。ゴールデン・ルール内に部屋など与えて……」

「なら、囚《とら》われの身の上である以上、敵の親玉の言うことは聞かねーとなぁ？　遠慮するなよ、ワスレナ。……その……うちの馬鹿が、迷惑をかけているようだし。部屋はちゃんと別に」

「だめだ」

さり気なく先の弟の発言をなかったことにしようとするセブランだが、シメオンがすばやく首を振った。

「せっかく半身誓約までしたんだ。ワスレナは私の側にいなければならない。必要なものは今リストアップしている」

世の理《ことわり》でも説くように言われ、セブランは絶句し、ワスレナは一拍置いて噴き出してしまった。何を熱心に打ち込んでいるのかと思えば、まさかモルモットとの共同生活のためのリスト作りとは!!

「あ、はは、あははははっ!!　そうか、あなたって人は本当に神だ、博士だ、インペリアルだ……!!」

「ワ、ワスレナちゃん……?」

怯えた声で名を呼ぶセブランに、くっくっと肩を揺らしながら応じる。

「シメオン博士がそうおっしゃるなら、構いませんよ」

あえての敬語にセブランはますます顔を強張らせるが、シメオンはどうでもいいのか、当然だと考えているのか、何も反応しない。

「でも、いいんですか、シメオン博士?　僕なんかと暮らすために、わざわざ住居まで移して」

「長期のフィールドワークのためには拠点を移すことはよくある。問題ない」

半身誓約を結んだインペリアル様がそうおっしゃるなら、コンセプションごときが口を挟むことはないだろう。

「だ、そうです、セブラン総帥代理」

「……そうだな」

痛みを堪《こら》えるような顔をしたセブランであるが、翠緑の瞳には諦め以外の光があった。

それがなんなのか、ワスレナが探り取る前に、ぱっと笑顔を作る。

「それじゃ、改めて連絡するわ。シメオン、ワスレナちゃんを部屋まで案内する役目はお前に任せていいな？　でかい荷物は後で転送させるから」

「無論だ」

聞くまでもないとばかりに請け合うと、セブランは満足そうな笑みを浮かべて去っていった。


さすがインペリアルばかりの組織は仕事が早い。シメオンが迅速に作成したリストに従い、これから二人で暮らす部屋の準備はあっという間に整えられた。

その間にワスレナは、カイが用意してくれたモスグリーンのセーターにオフホワイトのボトムを身に着けた。食事も用意できるとの話だったが、まったく食欲が湧かないので辞退した。

シメオンに「食べたほうがいい」と勧められたが、「今食べたら吐いてしまいそうなので」と重ねて辞退した。誰のせいで食欲が湧かないのか、彼はまるで分かっていない様子だった。

そうして見た目上はどこにでもいる青年となったワスレナは、金枠で縁取られた扉の中におずおずと足を踏み入れる。

セブランが予備だと評した室内は、予備という言葉が赤面しそうな代物だった。五十平米はありそうなだだっ広いリビングを中心にして、ベッドルームの隣にはクローゼットルームまで備えつけられている。ゴールデン・ルールを象徴する真っ白なコートや手袋はもちろん、もう少しラフな平服からシックな燕尾《えんび》服まで一通り揃っていた。

アースカラーと差し色の柔らかなゴールドでまとめられた内装は一見シンプルであるが、家具や小物一つ一つにどれだけの金がかかっていることやら。ディンゴの趣味でサンスポット内も豪勢に飾りつけられていたが、正直この上品さのほうがワスレナの趣味には合った。

「すごいな……」

巨大な一枚ガラスでできた窓に額をくっつけるようにして外を眺め、ぽつりとつぶやく。いつの間にか外はすっかり日が暮れていたが、アッパータウンの夜は明るい。あふれるネオンで飾り立てた街並みが、襲いくる闇《やみ》を追い返せとばかりに輝いているためだ。

最上階より下とはいえ、ここはスターゲイザー内でも高層である。区画整理が行き届いた街並みは精巧なパノラマのようで、美しく光っている分、現実味を欠いていた。ずっとジオフロントで暮らしてきた身のせいか、どうしても情報端末《キューピック・チューブ》でムービーでも見ているような気分になる。

ムービーの登場人物のような半身はといえば、さっさとテーブルの上に置いたパソコンを開いて何かを打ち込み始めている。翠緑の瞳が時折こちらをかすめては、またディスプレイに戻るのを何度か感じた。

出会い頭から視線が強い男だとは思っていた。コンセプションに好奇心を抱いているのは事実なのだろう。一つため息をついて気持ちを切り替えたワスレナは、自ら彼に声をかけた。

「何かお手伝いしましょうか」

昨日もディンゴに対し、こんなふうに話しかけたのを覚えている。彼の答えは素っ気なく、「そんなことより半身誓約実験の準備をしろ」だった。まだたった、一日前の話。

「構わない。お前は好きにしていろ。自然な状態の生態を観察したい」

シメオンの答えも似たようなものではある。胸の隙間《すきま》を乾いた風が吹いた。どうしようもない距離を感じているのに、確かに彼との繋がりを感じ取れてしまう事実が恨めしい。

「……自然な状態、ですか」

野生動物扱いに失笑したのも束《つか》の間、ワスレナはおもむろにシメオンに近づき、ディスプレイを閉じようとした。

「なんだ」

眉間にかすかなしわを寄せたシメオンが、その手を掴み止める。何をしても揺らがぬ男だと思っていたが、己の実験を邪魔されれば不機嫌になるらしい。少しばかり愉快な気持ちになった。

「半身誓約を結んだばかりのコンセプションが、インペリアルをほしがるのは自然な状態でしょう？」

艶然《えんぜん》と微笑んだワスレナは、シメオンが使っているテーブルに腰かけた。座ったまま手を伸ばし、たくましい首筋をかき抱いても、シメオンは逆らいもせず好きにさせている。

胸元にある黒髪の頭に触れれば、艶やかな感触が指に心地良い。

存在自体はずっと前から知っていたが、実際に出会ってからはまだ半日余りの極上のインペリアル。頭を空っぽにして本能に身を任せ、その胸に体をすり寄せると、あれだけ精を吐き出したはずの下肢がきゅんとうずくのを感じた。半身誓約により誰彼構わぬ発情期は収まったが、半身を前にすれば相手がほしくなるのは当たり前だ。

いまだ心の中に住んでいるのは、金色の髪をした男だとしても。

「半身の希望だからな。お前が望むなら抱いてやる」

口ではそう言ったシメオンだが、ゆっくりとワスレナの体を押しやった。ワスレナが示した媚態《びたい》に優越を露《あら》わにするでもなく、馬鹿にするでもなく、ただ冷静に、淡々と。

「だが、食事をし、睡眠を取って、怪我《けが》の手当てをしてからだ」

彼の指先が下から伸びてきて、うなじを軽く撫でた。手袋越しでも、半身の感触は皮膚に焼けつくように熱く感じる。

「ディンゴのやつは、相当何度もお前のここを噛んだのだな。痕がくっきり……」

「触るな！」

シメオン自身の歯形も残るうなじから、その手をはたき落とす。突然復活した憎悪に突き動かされるまま、彼のシャツの襟首を摑んだ。

「同情しているふりはやめろ、半身に優しくするふりもだ‼」

「私は別に、お前に同情はしていない」

返ってくるのは相変わらずの、冷静なまなざしと言葉。

「それに、半身誓約を結んだ相手に優しくするのは当たり前だろう。兄貴はいつもそう言っている」

翠緑の視線は微動だにせずワスレナを見つめている。宝石のようだ、と陳腐な感想を抱いた。荒波に揉まれる小舟のごとく感情を上下させる自分を映しはしても、理解しないところが特に。

突然復活した憎悪が同じ唐突さで萎《しぼ》んでいく。指から力が抜けて、ぱたりと膝《ひざ》の上に落ちた。

「……そうだったな。同情のふりですら、ないんだな……」

自らの心を守るため、半身の存在を受け入れようとしていた。それに失敗し、仮初めの穏やかさを捨てて激昂《げっこう》したところを再び地面に叩きつけられた。受け身を取ることすらできないほど、冷然と。

へし折れた自尊心はもうワスレナを支えてくれない。心の底から現実を受容するしかない。金色の神に捨てられた自分は、黄金一族の気まぐれにすがって生きていくしかないのだ。

疲れた。

傷ついていることを認められないほど傷ついていた。そうと自覚した途端、溜まっていた疲労が全身を押し潰すようだ。

目の前の男と自分の間には埋めがたい溝が存在しているのに、どうして自分たちは繋がっているのだ。ディンゴとの間には一度も生まれなかったものが、どうして、こんな男との間に。

「ディンゴ様……」

萎《しお》れた花のように首を落としたまま、力なくうめく。なんの解決にもならない涙が頬を伝って、カイが選んでくれた服に染みを作った。

贅沢《ぜいたく》な部屋の中、高級な服を着て、最上級のインペリアルと半身誓約を結んだ。カイ同様、コンセプションの夢を凝縮したようなシチュエーションにあるというのに、魂の内側に空洞が広がっていくばかりだ。

「……だから、どうして泣く。お前はコンセプションだ。コンセプションは優れたインペリアルの半身になりたいのだろう？」

うつむいて静かに泣くワスレナを見上げ、シメオンがいかにも解せない、という調子で質問を発した。その声は聞こえていたが、ワスレナは反応しなかった。意図的に無視したのではなく、その気力さえ失われていた。

質問を放置して、ワスレナは無言で涙を流し続ける。シメオンがかすかに眉をひそめるのも見えていたが、やはり反応できずにいた。

さすがのこの男も呆れたか、それもいいだろう。腹立ち紛れに半身誓約の解除をしてくれれば、それで全てお終《しま》いだ。

シメオンのシャツの二の腕あたりにしわが寄る。腕を上げようとしているらしい。殴られるのか？　構わない。ディンゴにだって実験失敗の際には、幾度も手を上げられた。

「おい、シメオン、ワスレナ。入るぜ」

いきなり部屋のドアが開き、顔を出したのはカイだった。驚いたワスレナは思わずテーブルから降りてそちらを見た。今にも彼を抱き寄せようとしていたシメオンも無言で腕を下ろす。

カイはシメオンの動きにも妙な顔をしたが、それよりまだ涙を流しているワスレナが気になる様子だ。

「……おい、シメオン。てめえ、あんまりその子をいじめると、俺が承知しないぞ」

端整な面立ちをしかめるのが見えて、ワスレナはなんとなく目元を拭った。カイはセブランに事のあらましを聞いたのだろう。シメオンに対する視線に険が窺えた。

出会い頭に無礼な態度を取った自分に対し、一貫して優しいコンセプション。今日出会った人々の中では、実のところ彼に一番親近感を覚えていた。こうなった以上、嫌でも世話になりそうだし、あまり心配をかけたくない。

「カイさん……ですよね。あの……さっきは、申し訳ありませんでした。あなたは、忙しいのでは……？」

打って変わって殊勝な態度を示すワスレナをからかうことなく、カイは自然に「気にするな」と笑った。

「俺の仕事はセブランのお目付役だ。あいつが真面目に仕事をしていれば、案外暇なんだぜ。さぼり癖さえなければ、セブランのやつだってジョシュア様に勝るとも劣らぬ……おっと」

無自覚なのろけに照れたのか、舌打ちする姿は微笑ましく、同時に距離を感じた。親近感を覚えるといっても相対的な話であり、カイと自分の間にもまた埋めがたい溝が存在している。

ワスレナの表情が曇ったことに気づいたのだろう。カイはおもむろにシメオンに確認を取った。

「おい、ちょっとワスレナを借りるぞ。二人で話したい」

一瞬、彼は迷うそぶりを見せた。モルモットから目を離したくないのか、カイの身を案じてか。だが結局、「少しだけなら」とうなずいてディスプレイに目を落とした。

許可を得たカイは部屋の中に入ってくると、ワスレナをベッドルームに誘導する。リビングでキーボードを叩くシメオンの背中が目に入る位置で、二人のコンセプションは話し始めた。

「服、ありがとうございました……助かりました。これ、カイさんのですよね？」

「ああ、俺とお前ならそこまで体格差もないしな。気にするな、似合うやつに着られてその服も喜んでる。だがいつまでも俺のお古じゃ悪い。お前さえよければ、今度一緒に買いに行こうぜ」

快活に誘いかけられて、ワスレナは返答に困った。サンスポットから身一つで連れ出されたためキャッシュなど持っていない。そもそもダウンタウン内でなら、組織の名前を出せば必要なものは用立ててもらえた。物欲に乏しい性分でもあり、衣食住はディンゴに与えられるものをありがたく拝領するだけだった。

「金のことなら心配するな、シメオンのクソ馬鹿からふんだくれ。それぐらい図々しくならないと、あいつとはやっていけねーぜ」

軽くあごをしゃくるしぐさは、美々しい見た目に反して案外粗野である。カイは生まれも育ちもダウンタウンのコンセプションであり、荒事にも長《た》けているとの評判だ。ソープ・オペラの演出によっては、か弱い設定になっていたりもするが。

「……気持ちは分かるぜ。おれも最初はセブランに、無理やり半身誓約を結ばれたクチだ」

ワスレナの反応が芳しくないと知り、カイは少し声の調子を落とす。

「だが、そんなふうに悟った顔をするなよ。シメオンは正直、俺にもよく分からんところがあるが、そこまで悪いやつではない……はずだ」

はっきりいいやつだと断言しない公正さに笑みを誘われ、ワスレナは口元を緩めた。

「……そうですね。だって彼は、あなたの片翼《ベターハーフ》の弟なんですから」

途端にカイの目元が歪《ゆが》んだが、嫌味のつもりはない。シメオンは正直なだけで、悪気があるわけではないとはワスレナもすでに承知している。だからこそ付き合いづらくもあるが。

「ディンゴ様に……捨てられた以上、どうせ僕には行き場もない。自白剤を投与され、処刑されても仕方がなかったのに、それがどうです？　最上級のインペリアル様の半身ですよ。まるでソープ・オペラのヒロインじゃないですか」

一息に吐き出してから、カイの反応を待たずにつけ足す。

「……もう、どうしようもないですから。おっしゃるとおり、こうなったら、せいぜい甘い汁をすすることにしますよ」

「……ああ、そうするといい」

散々ソープ・オペラの題材になってきたカイであるが、こちらは逆に言わんとした言葉を飲み込んで、相槌《あいづち》に留《とど》めた。

「じゃあな、ワスレナ。お前のパーソナルデータはすでにここのシステムに登録済みだが、実際に利用できるようになるのは明日だ。内部インフラを使えるように専用端末とアカウントを発行するから、大抵のことは自由にできるようになるぜ。詳しいことはシメオンに聞いてくれ。……あいつに聞くのが嫌なら、明日俺が実物と一緒に説明しに来るが」

「お気遣いありがとうございます。大丈夫です、情緒に関すること以外なら、あの人の説明は簡潔で分かりやすいですから」

カイが忙しさの合間を縫って、自分のために来てくれたことも分かっている。シメオンの無駄のなさすぎる説明能力も身に染みているのだから、カイの手をわずらわせる必要はない。

笑顔を作ってみせるワスレナを数秒眺めて、カイはそっとその肩を叩いた。触れる指先に、瞳に、諦めるふりのうまい同胞への声ならぬ労《いたわ》りが込められている。

「おやすみ。今日は疲れただろう、ゆっくり休めよ。それと、他のやつに言いにくいことも俺には絶対相談しろ。分かったな」

「……はい」

久しぶりに、胸の奥がじんわりと温まるような感触を覚えた。少し泣きそうになっているワスレナは、突然えもいわれぬ圧力を感じて振り返る。

「私は少しだけなら、と言ったはずだが」

気づけば数歩の距離にシメオンの長身があった。十分も話していなかったように思うのだが、彼の眉間にはかすかなしわが寄っている。

半身の怒りはダイレクトに肌を刺す。不意打ちを食らったせいもあり、怯えを覗かせるワスレナを庇うようにカイが割って入った。

カイも十分長身だが、シメオンはそれ以上。だが微塵も怯《ひる》まず、彼は翠緑の瞳を睨みつけてガンを飛ばした。

「おい、シメオン。研究のためとはいえ、半身誓約を結んだ相手だ。分かっているだろうが、てめえがこの先身勝手に誓約を解除すれば、ワスレナはただではすまない」

「分かっている」

大真面目にうなずかれて、カイの眉間にもしわが寄る。

「……本当に分かってるんだろうな？　こいつをこれ以上ひどい目に遭わせたら、俺が承知しねえぞ」

「ひどい目というのは、半身誓約を解除するということか？　そんなつもりはない」

二人のやり取りをハラハラしながら聞いていたワスレナも驚くほど、彼はきっぱりと明言した。

「……解除するつもり、ないのかよ」

「……それは……知的好奇心が満足するまでは、そのほうが便利ですしね」

シメオンは言葉足らずな男だ。やむなくワスレナが補足したが、カイは聞いていない。

「クソ、そうか、やっぱりセブランのほうが、弟のことは分かって……」

悔しそうにうめいたのも束の間、両手を腰に当ててさらに強くシメオンを睨みつける。

「ならいい。だがなシメオン、てめえは色恋に関しちゃド素人だ。半身誓約の解除をしないのはもちろんだが、経緯がどうであれ、半身になった以上は絶対ワスレナを大事にしろ！　幸せにしろよ!!」

「貴様に言われるまでもない」

露骨にむっとした顔になったシメオンからプイと顔を逸らしたカイは、ワスレナにだけ軽く片手を挙げて出て行ってしまった。

彼が去り、置いてけぼりにされたような寂しさを感じていたワスレナは、シメオンに二の腕を掴まれてぎょっとする。カイとは反りが合わないらしく、きれいに切り揃えられた爪の先が少し食い込んで痛い。

「カイと何を話した？」

「……服を用意していただいたお礼と……あなたは、悪い人ではないと」

「当たり前だ。私はゴールデン・ルールのシメオン・ルミナリエ。世界を導く者の一人だ」

堂々と首肯したものの、機嫌が直った様子だ。二の腕から指が離れてほっとする。痛みよりも、それさえ甘い痺れに変換してしまう半身誓約が厄介だった。

「申し訳ないですが、大変疲れたので、先に休んでもいいですか」

若干の嫌味を意図的に織り交ぜつつ、シメオンから距離を取ろうとする。だがシメオンは二の腕を摑みこそしなかったが、ベッドルームへ行こうとするワスレナに「待て」と声をかけた。

「顔色が悪いぞ。本当に食事をしなくていいのか？」

「明日、いただきます。……あなたはまだ、休まないのですか？」

口に出した瞬間、後悔した。誓っておかしな期待をしたわけではなく、むしろ逆なのだが、誘っていると取られたらどうしよう。カイと話したことで少しは落ちついたはずの気持ちが、シメオンとの接触でゆらゆらと波打ち始めているのが分かる。

「お前が眠るなら、別の研究を進める。だがその前に、こっちに来い」

視線で促され、心臓が跳ねた。だが翠緑の瞳が示したのはベッドルームではなく、彼が先ほどまで仕事をしていたテーブル付近だった。どこからか取り出した救急キットがパソコンの横に置いてある。

「うなじの傷の手当てをする」

勘違いに赤くなる鼻先を押さえ、ワスレナは首を振った。

「結構だ、自分で……！」

そのままベッドルームに向かおうとしたが、呆気なく手首を掴まれた。力比べで敵《かな》う相手ではないことはよく分かっている。

「半身には、優しくせねばならないのだろう。カイを怒らせると兄貴までうるさくなる」

「……そうですね。半身には、優しくしないと」

どうにでもなれ、とばかりに歩いたワスレナは、指示されるまま柔らかなクッションが置かれたソファに腰を下ろした。シメオンが清潔な布地に消毒液を吸わせている間、どこに目線をやっていいのか分からず、意味もなくあたりを見回す。

ふと、テーブルの上で開きっぱなしのパソコンが目に留まった。飾り気のない、シンプルなシルバーのパソコンの脇に突き刺さったメモリースティックのようなものの強烈な金色が目に痛い。ゴールデン・ルールで使うものだからこの色なのか、悪趣味な。

言いがかりのようなことを考えながら目を逸らしかけたワスレナは、パソコン自体ではなくディスプレイに表示されているものに興味を引かれた。航空機の３Ｄモデルのようだ。

新型なのか、見たことのない構造に意識を奪われている間に、シメオンの手が肩に触れた。ディスプレイに気を取られていたワスレナは大仰に全身を震わせてしまったが、シメオンの態度は素っ気ない。ワスレナの肩を押さえて軽くうつむかせると、散々痛めつけられた首筋に冷たく湿った布地を押し当てた。

「……うっ」

痺れるような痛みに、くぐもった悲鳴が漏れた。一瞬シメオンの手が止まったが、本当に一瞬だったのでワスレナは気づかなかった。

重ねられた歯形に付着したばい菌を取り除くように、注意深い動作で傷口を拭われる。痛いことは痛いが、痛みにはだんだん慣れてしまうことが問題だった。

「そ、そういえばあなたは、航空工学が専門なんでしたっけ。ラボにもエアプレーンがありましたものね」

シメオンに世話を焼かれるのもいたたまれないし、痛みが徐々にむずがゆさに変わりつつあることはもっと怖い。全てをごまかすために、世間話を試みる。

「よく覚えているな」

「……ええ、まあ」

あなたの研究室で唯一、人間味を感じたので。言ってやろうか、どうしようか迷っていると、シメオンが先に口を開いた。

「航空機に興味があるのか？」

どことなく弾んだような声に対し、とっさの返事ができなかった。自分で振っておいてなんだが、あの雨の日のことを思い出してしまったからだ。

優美なラインを描いた飛行船の下で見たヴィジョン。天の高みからワスレナを見下していた彼。

本人は知ったことではないだろう。録画だった可能性さえある番組だが、自分とのあまりにも鮮やかな対比が心にこびりついて消えない。

また腹が立ってきたが、八つ当たりでしかないことはもう理解している。第一この手の感情の動きを逐一説明したところで、シメオンに「八つ当たりだな」と論破されるのがおちだ。

「便利な乗り物なんだろうとは思いますよ。ずっとダウンタウンにいたので、あまり使う機会はありませんでしたが。すみませんが、博士とこの件でお話しできるほどではないです」

理屈が分かっていても傷つく、ということを理解しない相手に愚痴を言っても仕方がない。両親とディンゴの顔色を窺って生きてきたワスレナは、他者と正面衝突しない方法を心得ていた。

「そうか」

平坦にうなずいたシメオンの手がうなじから外れた。ほっとした直後、今度は清潔になった傷口にスプレー式の傷薬が噴射される。新たな刺激に身を竦《すく》め、何か言ってからにしろと文句を口にしかけて押し黙った。

他のことをしてついた傷ならまだしも、半身誓約の際にできた傷口を人に手当てしてもらうなど初めてだ。

「……あなたには、助手とか、部下の方は、いないんですか」

やんわりと「せめて他の人に手当てしてほしい」に持っていくための質問をしてみたが、シメオンは首を振った。

「すぐに私に色目を使い始めるので、決まった者は置かないようにしている」

「カイさん以外のコンセプションが、スターゲイザーに？」

意外に思って聞き返すと、シメオンは「ノーマルでもインペリアルでもだ」と、小さく嘆息した。

「仕方のない話だ。私はゴールデン・ルールの人間だからな」

性的魅力にあふれたシメオンであるが、それ抜きにしても彼はゴールデン・ルールの人間なのだ。お近づきになりたいと考える者は星の数ほどいる。わずらわしいことも、さぞかし多いのだろう。

「おかげで大抵のことは人手を借りずともできるようになった、問題ない。さあ、今日のところはこれでいい」

傷薬の上から新しい布を当て、医療用テープで固定したシメオンの手がようやく首筋を去った。スプレーによるチリチリとした痛みはすでになく、はっとしたワスレナは慌ててソファから立ち上がる。

「ありがとう、ございい、ました。……おやすみなさい」

「ああ」

救急キットを片づけながら、シメオンが素っ気ない相槌を打つ。本当は自分が片づけるべきなのだろうか、と思い、そんな自分を振りきるようにベッドルームに逃げ込む。

部屋の主であるセブランの体軀《たいく》に合わせたものと思われる、キングサイズのベッドが置いてあった。当たり前のようにダブルベッドであることに気づいて顔が引きつったが、どうにでもなれだ。カイから借りている服を脱いで丁寧に畳み、下着の上から備えつけの白いナイトローブを引っかけてベッドに潜り込んだ。

枕《まくら》元にも最新式の情報端末《キュービック・チューブ》。限りなく小型化されたそれに戯れに手を伸ばし、空中に映し出される立体ヴィジョンのチャンネルを変えていく。どうやら視聴可能な全てのチャンネルの契約をしてあるらしく、政治経済、ゴシップにアニメと、多彩な映像が浮かんでは消えた。

あの安っぽいソープ・オペラに辿り着く前に電源を切る。現実の展開で腹いっぱいだ。

シメオンの気が変わって、寝ている間に半身誓約を解除されたらどうなるだろう。

あるいは別の方向に気が変わって、ベッドに入ってこられたら。

「……考えるだけ無駄だな」

馬鹿馬鹿しいとため息をついて、目を閉じる。うなじの傷はまったく痛まなくなっているが、そこに刻まれた誓約とシメオンとの繋がりはいまだ強い存在感を放っていた。

一方的な半身誓約を受けたコンセプションなど、インペリアル様の望みに従うしかない。寝ている間に誓約を解除され、痛みも苦しみもなく死ねるなら、それこそ僥倖と言うべきだろう。


寝つけない可能性も危惧《きぐ》していたが、一日のうちにいろいろなことがありすぎたせいだろう。結局、夢も見ないまま朝を迎えた。

状況は特に変わっていない。うなじの傷はさすがゴールデン・ルールが使う薬だ、すでにかさぶたに覆われている。数日も経てばきれいに消えるだろう。

しかし半身誓約はそのままであり、シメオンに無体を働かれたような様子もなかった。そもそも彼はベッドを使わなかったようである。

ただ、さすがに空腹を感じた。ベッドヘッドに埋め込まれた時計を見ると、まだ朝の六時である。アラームをセットしていたわけでもないのにこんな時間に目が覚めたのも、体が栄養を欲しているせいだ。

「起きたか」

床に足を降ろそうとしていたワスレナに、シメオンが声をかけてきた。やはり眠っていなかったようだ、よくよく見ると目の下に若干のくまがある。着替えはしたらしく薄紫のシャツや白いズボンがぱりっとしている分、疲れが目立って見えた。

「……なぜ、寝なかったのですか」

「片づけておきたい仕事があった」

実に彼らしい回答に、少しだけ落胆した自分を感じた。まだ寝ぼけているらしい。半身を起こさないよう気を遣ったとでも言ってほしかったか？　あり得ない。

自分たちはセブランとカイではない。片翼《ベターハーフ》などでは、ないのだ。

「丁度よかったな、食事の用意はしてある。食べられない物はあるか？」

「……いえ」

短く答えたワスレナは、シメオンに続いてリビングに入った。その瞬間、食欲を刺激する匂いが鼻先をくすぐった。

ルームサービスだかケータリングだか知らないが、とにかくテーブルの上に豪華な朝食の用意が所狭しと並んでいる。香ばしく焼き上げられたパンが数種類、湯気を立てるベーコンエッグにソーセージ、パンケーキ。カットされたフルーツが硝子《ガラス》の器にきれいに盛られていた。

「好きなものを食べろ」

そう言われてソファに座らされたものの、手をつけていいものか迷ったワスレナを尻目に、シメオンはパソコンのディスプレイを見ながら黙々と食事をしている。美しい所作ではあるが、流れるように次々と大量の食物を摂取していく姿に目を丸くしてしまった。全てにおいて出来すぎていて、食事をする姿の想像ができない男に見えて、意外と健啖《けんたん》家であるらしい。

実はワスレナもそうである。シメオン相手には図々しいぐらいでちょうどいい、とアドバイスをもらったことを思い出し、思いきって食事に手を伸ばした。

カットされたオレンジを口にすれば、たっぷりの果汁と程良い酸っぱさが食欲をそそる。生の果物はダウンタウンではほとんど流通していないので、今まで数えるほどしか食べたことがない。後は胃が欲しがるまま、シメオンと競うようにしてテーブルの上を荒し続けた。

睡眠を取り、食事をすれば、次第に頭も冴《さ》えてくる。度胸も据わってきた。

「……シメオン博士」

人心地がつくまで朝食を食べたワスレナは、腹を決めて切り出す。

「僕は、新しい服がほしいです」

シメオンは数十秒間応じなかったが、それは口の中にベーコンが入っているからのようだった。完全に咀嚼《そしゃく》し終えてから、ゆっくりと唇を開く。あれだけ食べたのに白い服を汚さないのは、彼のテーブルマナーがきちんとしている証拠だろう。

「クローゼットルームに用意されているものではなくてか？」

「僕の趣味で選びたいんです。……仮にもあなたの半身である僕が、安っぽい格好をしているとあなたの恥になりますよ？」

挑発的な言葉にも、シメオンは特に変化を見せなかった。

「お前が選ぶより、カイのセンスに任せたほうが間違いないいんじゃないか」

冷静な切り返しにむっとしたのも束の間、シメオンはナプキンで口元を拭いながらうなずいた。

「まあいい。ちょうどそういう話をしようとは思っていた」

妙なことをつぶやいて、キーボードに指を滑らせる。どうやらオンライン銀行の画面が表示されているようだが、とっさのことで何をしているのか分からなかった。

「お前のアカウントに金を振り込んだ。好きに使え。毎月同じ金額が振り込まれるように設定したが、足りない時は言え」

ウェアラブル端末はこれだ、と、淡い金色をしたリストバンドのようなものを手渡される。コートの袖口に隠れているので気づかなかったが、シメオンも同じものを左手首に巻いていた。

　スターゲイザー内のシステムを使用するための専用端末なのだろう。それは分かったが、改めて見つめたディスプレイに表示された金額をすぐには飲み込めなかった。

　全世界共通の通貨であるリュクスで五百万。ノーマルの平均年収以上ではないか。低所得層の多いコンセプションであれば、数年分の所得である。

「こ、こんな、大金……」

「多いか？　少し減らすか」

「……い、いえ!!」

　ここで尻込みしてなるものか。シメオンやゴールデン・ルールの連中にとっては、この程度は端金《はしたがね》なのだ。

「……あの、じゃあ、宝石、とか」

　考え考え、見るともなく見ていたソープ・オペラを参考にして、それらしいおねだりを口にする。

　するとシメオンは滑らかなキータッチでディスプレイの画面を切り替えた。クラシック音楽が流れ始め、燐光《りんこう》を帯びた美しいデザインの中に色とりどりのジュエリーたちが浮かび上がる。

「宝石なら、実物を見て選んだほうがいいな。ここの下にも宝石店はあるが、ある程度目星をつけてから絞り込んだほうがいい。まずはオンラインでチェックし、カタログを取り寄せよう。身に着けるものに関しては、できればカイに意見を仰いだほうがいいが……」

憂鬱《ゆううつ》そうに眉根を寄せるのは、あくまでカイに相談すること自体に対して。半身のおねだりに辟易しているせいではなさそうだ。このままでは本気で宝石店に連れて行かれてしまう。

「いっ……家が、ほしい、です！」

何かにせき立てられるように叫ぶと、シメオンは少し考える顔になった。

「家か。それは少し難しいな」

ようやく求めていた反応が得られるかと思ったが、再び画面が切り替わった。出てきたのは不動産屋ではなく、役所らしき素っ気ない作りのサイトだ。

「お前の家という意味なら、まずお前の市民登録から始めねばならない。ノーマルの両親から生まれた突然変異型だと聞いていたが、そのせいで登録されていなかったようだな。一応調査を進めさせているが、お前の親を見つけるのはかなり難しそうだ」

あ然としているワスレナを置き去りにして、「お前の家」を得るための手順説明は続く。

「だが、今さら親に会ったところで、トラブルにしかならないだろう。ならば一から登録をするほうが早いし簡単だ。最初の住所はここを登録し、家を用意した後は」

「ちょっと待て！」

服と宝石への対応はこの際置いておこう。家まで苦もなく与えられては、これ以上黙っていられない。

「あなたは……な、なんでも僕の言うことを聞く気なのか!?」

「なんでもは聞かない。私から離れることは許さない」

そこは譲らないと、シメオンは断言した。とてもからかっているようには見えなかった。

「だから、お前が家を求めるなら買ってやるが、私もそこに住む。できるだけここに近い場所が望ましいが、どのブロックに住みたい？」

「……今のは、冗談です」

真面目に要望を聞かれ、体から力が抜ける。やるせない笑みが口元に浮かんだ。

「冗談だったのか？　では」

「いや……服は、ほしいです。カイさんと、買い物に行きたい……」

実際はとりあえずお前と距離を置きたい、もしくはまともな感性を持つ人間と話したいが本音だった。しかしシメオンはまたしても、ワスレナの真なる要求には応じない。

「今日はだめだ。いくつか外せない会議がある」

「……まさか、あなたも買い物について来る気ですか？」

ひくっと口の端を引きつらせたワスレナにシメオンは軽くうなずき、立ち上がった。気づけばあれだけ食べ物が並んでいたテーブルの上は、きれいに空になっている。

「無論だ。さて、そろそろ支度をしろ。服は今日のところはカイが選んだものか、クローゼットにあるもので我慢しろ」

「支度？」

なんの、と聞き返しかけて思い出した。いくつか外せない会議があると、彼は言ったのだ。

「……僕も連れて行く気ですか？」

「無論だ」

瞬間、彼が羽織った白いコート目がけて器に残ったフルーツ果汁をぶっかけてやりたくなったが自重した。


昨日借りたものと同じ服に着替えたワスレナは、広い会議室の中を飛び交う単語の奔流に翻弄されていた。

やれ揚力の制御がどうの、やれ摩擦抵抗がどうの、フラップの下げ角度だの、ウインドシアがどうしたの。かろうじて単語自体の意味は分かっても、それが複雑な方程式や数字と一緒に提示されるとまったく意味が分からない。

ただし意味が分かっているのは、隣席のシメオンを含めた彼ら航空工学の専門家だけだろう。総帥代理としての立場上出席していると思われるセブランは、時折がくっと船を漕《こ》いでは背後に控えたカイに小突かれていた。ワスレナもなまじ食事を摂り、体調が安定しているだけに眠くて仕方がない。

「サンスポットなどに代表される反ゴールデン・ルール組織のテロにより、たびたび交通網に影響が出ていますからね」

唐突に聞き慣れた単語が耳に飛び込んできた。はっと耳を澄ませば、報告しているのは薄青い白衣に身を包んだ専門家の一人だ。

「この新型機の導入により、ダイヤの安定に貢献できるかと思います。何卒《なにとぞ》よろしくいたします」

それが締めの一言だった。セブランも同じ単語で眠気が飛んだらしく、もっともらしい顔で「分かった」とうなずいた。

最後に追加の資料は後日各人のアカウント宛に配信される、と告げられ、会議は終了した。引き上げていく人々の姿を無言で見送っていたワスレナに、セブランが近づいてくる。

「大丈夫か？　ワスレナ」

「……ええ」

いろいろな意味が込められた質問に苦笑してみせる。

「そちらこそ、大丈夫ですか。今回の会議内容、専門的な部分はさっぱり分かりませんでしたが、ゴールデン・ルールが新型航空機を導入予定であることは分かりましたよ」

「問題ない。お前は私と半身契約を結んでいる身だ」

即座に答えたのはセブランではなくその弟である。

「サンスポットのことも問題ない。ディンゴは最大のアジトを捨て逃亡したことで、影響力を一気に減じた。削除されたデータの復元にも成功し、各地に散っていた部下たちの掃討も始まっている」

だから組織に、首魁に捨てられたワスレナがゴールデン・ルール内の情報を多少握ったところで意味はない。そう言いたいらしい。

「……そうですね。なにせあなたが、四六時中僕を見張っている。僕のために発行されたアカウントも権限は限定されていて、ここから出ることもできないようですからね」

今朝方《けさがた》シメオンに渡された端末については、ワスレナも一通り操作して確認してみた。ワスレナの名前で発行されたアカウントには確かに口座が紐付《ひもづ》いており、ビル内に備えつけられた自動販売機で試してみると、ちゃんと認証され飲み物が買えた。余談だが、長年ダウンタウンにいたワスレナにとっては壊されてもおらず、きちんと機能する自動販売機を使って買い物をしたのはこれが初めてだった。

だが便利なこの端末に、衛星発信機と通行証の役目があることはすぐに分かった。ワスレナは特別な許可なくしては、スターゲイザーの外に出られない。与えられたアカウントに個人宛のメッセージを受け取るような機能はあるが、このビル内だけで通用するものであり、外部との連絡手段はついていなかった。

「……ま、新型航空機導入についてはそろそろ宣伝も始まってる。ロールアウト式典も準備中だ。隠す必要はないしなぁ」

セブランも呆れたように肩を竦めたが、なぜかその唇には意味深長な笑みがある。

「それに、ワスレナちゃんはシメオンの半身だし？」

「無理やりに、な」

苦い顔で会話に入ってきたのはカイだった。

「シメオン、分かってるんだろうな？　お前はつい昨日《きのう》、ワスレナを半身にしたばかりなんだ。それをなんだ、いきなりこんな会議に引っ張ってきて……」

「僕なら大丈夫です、カイさん」

また睨み合いが始まるのを察し、ワスレナがフォローを入れた。

「ワスレナ、半身だからって甘やかすんじゃねえ。後で痛い目を見るのはお前だぞ？」

「そーだよねえ、カイちゃんはなんだかんだで俺に甘、あいて!!」

相好を崩して片翼《ベターハーフ》を抱き寄せたセブランは、カイに拳骨《げんこつ》を食らって悲鳴を上げた。

「そうだ、お前を甘やかした責任を感じているんだ俺は！　だがお前はまだいい、根は悪いやつじゃない」

「俺だって悪いやつじゃない」

カイが何を言わんとしているか先取りし、シメオンが不機嫌そうな声を出した。このままでは昨日と同じ展開である。

「三人とも、そろそろここを出るべきではないですか。みなさん忙しい身でしょう？　シメオン博士は、本日いくつか会議がある、とおっしゃいましたよね」

先ほどからシメオンの袖口よりアラーム音が聞こえるのには気づいているのだ。自分一人でスケジュール管理もしているのは結構だが、ならば一人で完璧にやってくれ。

「……それもそうだな。ありがとう、ワスレナ。行くぞセブラン、会食の時間に遅れる」

苦笑いしたカイがセブランを引っ張って歩き出す。シメオンも無表情に戻って会議室を出た。肩を落としたワスレナは、やむなくその後に続いて人気のない廊下に出る。

「次の予定は？　博士」

嫌味ったらしく聞いてやると、シメオンはちらりと手首に視線を落としてつぶやいた。

「思ったよりも早くこちらが終わったからな。一時間後にコンセプション研究の定例会議だ」

「カイさんたちもですか？」

「……兄貴たちは、別の用事があるようだな」

カイの名前にまぶたをピクリとさせたシメオンを見て、ワスレナはビクリとした。兄の片翼《ベターハーフ》だというのに、シメオンはよほど彼と反りが合わないらしい。

「じゃ……あ、お昼はその後ですね」

「昼？　昼は食べない」

当然のように言われて一瞬驚いたが、今朝方の健啖家ぶりを思い出した。

「……朝、かなり食べていましたものね……」

食事の習慣は人それぞれである。朝に弱いディンゴは朝食を食べなかったことを思い出しつつ、ワスレナはこれは好機ではないかと考えた。

「僕は昼食も食べたいのですけど、だめですか」

「構わないが、何が食べたい」

「手軽なものでいいです。一人で」

「だめだ」

最後まで言わせてもらえなかった。シメオンはすぐさま方向転換し、エレベーターの方向へ向かう。

「ここにはカフェもレストランもたくさんあるぞ。来い」

確かにスターゲイザーには小さな街ほどの施設が揃っているが、もちろんワスレナの目的は少しでも彼と離れることなのだ。朝あれだけ食べたのだし、会議室の飾り物になっていただけで運動もしていない。そこまで空腹なわけではない。

まずい。下手に「運動」などというワードを思い浮かべたことで、ちんぷんかんぷんな会議により忘れかけていた欲情が蘇《よみがえ》ってきた。不健全な運動への要求をかき消すように、大きな声で叫ぶ。

「自分で！　自分で作ります。だから、材料とキッチンを貸してもらえれば」

「材料とキッチン？」

よほど意外だったのだろう。シメオンが切れ長の瞳をかすかに見開いた。

「お前、自分で料理を作れるのか？」

「当たり前でしょう。あなただって、大抵のことは一人でできると豪語したではないですか」

「料理は用意させるものだ。私が作るものではない」

てらいなく断言されてうんざりしたが、大体予想通りの答えではある。問題はここからどうやってこの男を振りきるかだ、と思考を巡らせ始めた直後だった。

「……カイは、兄貴と娘のために、毎回料理を作っているな」

ぽつりと聞こえた声に、嫌な予感がした。

「……昼は食べないんでしょう」

「会食の時には食べることもある。来い」

逃げ腰になったワスレナの手首に、手袋に包まれた手が伸びてくる。接触されるよりはましだと思えば、おとなしく要望に従うしかなかった。

一時間後、昨日も足を踏み入れたラボの一画にある会議室で、ワスレナは沈黙を守っていた。

航空工学の専門用語が飛び交う会議に比べれば、題材がコンセプションである。出てくる単語も、話の流れも、ほぼ分かった。

分かるがゆえに居たたまれない。屠殺《とさつ》場に迷い込んだ豚はこういう気分だろうか。いや、それよりももうちょっとましか。

「シメオン博士の協力により、抗フェロモン剤は非常に安価かつ効果の高いものになりました。しかしコンセプションのためにインペリアルがこのようなものを定期的に摂取する、というのは、やはり反発を生んでおり……」

シメオンほどではないが、それなりに高レベルのインペリアルなのだろう。壮年の研究者が淡々と、織り込まれた差別表現に気づかない様子で説明すると、他の研究者たちが次々と代替案を繰り出す。

「抑制剤の効果を高めるほうが、やはりいいのでは？」

「ですがその場合、コンセプション側の飲み忘れなどが問題になります。彼らの平均年収を考えれば、今でも抑制剤の常備が難しい者も多いのに、これ以上原価が上がると……」

「フェロモン分泌線除去手術が認められれば……」

気づけばワスレナは、うつむいてぎゅっと下唇を噛み締めていた。握った拳の内側が汗で冷たいが、頭上を通りすぎていく議論の冷血ぶりよりはずっとましだ。

めくるめく展開に流され、ここがどういう場所か忘れていた自分に腹が立つ。スターゲイザーはインペリアルの王宮だ。コンセプション差別の最先鋒《さいせんぽう》であり、そこで行われているコンセプション研究がどういう方向性のものかぐらい分かっていただろうに。

幼馴染みである女性コンセプションがコンセプション一筋に生き、コンセプション差別に心を痛めてきたジョシュア総帥はディンゴの手によりいまだ病床にある。カイという片翼《ベターハーフ》にめろめろのセブランがその代理を務めてはいるが、彼自身が言ったのだ。コンセプションに対して、兄貴のようにはできない、と。

そして……、と、隣の男を睨もうとした時、研究者の一人が「ワスレナくん」と呼んだ。それまでいない者のように扱われていたワスレナが驚いて顔を上げると、一際若い青年が意味ありげにこちらを見て微笑んだ。

「サンスポットは、非合法なインペリアル化実験を行っていたそうだな。君はその、実験体だと。何度も擬似的な半身誓約をしては、解除されていたそうだね」

瞬間、部屋の空気が凝固したような錯覚を覚えた。無論そんな錯覚に陥ったのはワスレナだけで、無神経な質問は止まらない。

「半身の解除は非常な苦痛を伴うはずだが、やはりインペリアル化などは無理だったのだろうな。コンセプション化実験を行っていたようなデータもあるが、君は生まれついてのコンセプションだろう？」

「……僕、は」

「私はコンセプションの無害化、つまりノーマル化が行えないかと考えている」

無害化。

思わぬ単語に後頭部を殴られたような心地でいるワスレナへと、言葉のハンマーはさらに振り下ろされた。

「世界にインペリアルとその補助をするノーマルしかいないなら、犯罪係数はずっと下がるだろう。何より、コンセプションたち自身が厄介なタイプから救われ、人並みの暮らしができるようになる。そうなれば」

「おい」

熱弁をさえぎったのは、氷の針のような一言だった。

全員の注目に串刺《くしざ》しにされ、磔《はりつけ》になったように動けないでいたワスレナではない。シメオンだ。

「その話はやめろ。私の半身が動揺している」

ズバリと言いきられ、ワスレナは痙攣したように身を震わせてしまった。そうじゃない、と言いたいが、青ざめた唇は貼《は》りついたようで動かせない。

「ですが、シメオン博士……あなたは彼を証人としてこの場に連れてきたのでは？」

先の研究者が、当惑したように聞き返してきた。その目は不満を湛《たた》え、ちらちらとワスレナを見ている。お前がきちんと受け答えをしないからゴールデン・ルールの不興を買ったではないか、そう言いたげだ。

「彼は非常に希有《けう》なコンセプションであり、私の半身だ。無礼な態度は許さない」

「しかし……なら、どうしてここに」

「私の半身だからだ。半身同士は離れてはいけないと聞いている」

またセブランからの受け売りだ。ワスレナはムッとしたが、それは仮にも半身である彼だけができる反応だった。室内の他の面々はやはり取り以前に、シメオンの機嫌が下降したのを感じ取った瞬間、面白いほどに顔色を失った。特にワスレナに無礼な質問をした青年の反応は顕著だ。

「申し訳ありません、博士。失礼しました、あなたの半身を傷つけるつもりは……!!」

「……僕は、別に」

気にしていないし、謝るなら傷つけた対象にすればどうだ。二重の意味でムッときたワスレナが否定しようとすると、シメオンが「ワスレナ」と呼んだ。

「無理をするな。お前が激しく動揺していることは、私には伝わっている」

それはまるで、ワスレナのよき理解者のような台詞だった。

青ざめた一堂の顔にいくつかの感情が浮かんでは消える。驚き、好奇心、そして嫉妬。

この二人が半身同士なのだということを改めて認識した、そういう反応だ。

ワスレナも一瞬、不覚にも喜びに似たものを感じた。しかし、何事もなかったかのようなシメオンの顔を見てすぐに我に返る。ワスレナが動揺すれば彼にも影響があるのだから、心配するのは当たり前だ。

「いずれ必要な情報は得るつもりであるが、時期は私が調整する。今日はここまでにしよう。他に報告がある者は、私のアカウントへ送っておいてくれ」

室内をざわめかせた張本人はあっさりそう言って、気詰まりな会議を終わらせてしまった。

普段この会議がどういうふうに行われ、どういうふうに解散に至るかをワスレナは知らない。

知らないが、きっといつもはこれほど早く、室内から人がいなくなることはないのではないか。むしろ会議が終わった後こそ、ここぞとばかりにシメオンに群がって少しでも彼の関心を得ようとするのではないか。

しかし本日、薄青い白衣の群たちは、誰もがシメオンと目を合わせるのを避けてそそくさと出て行ってしまった。このインペリアルの怒りに触れることを、それほど怖れているのだ。

大した影響力だと観察していたワスレナ自身も、シメオンの背を追って会議室を出る。閑散とした廊下を少し歩き、ラボの端にある無人の休憩スペースまで来たところで、突然シメオンが振り返った。

「顔色が悪い。大丈夫か」

そういうことは、もう少し心配そうな顔で言うべきではないだろうか。

「……それはそうでしょうよ。よくも、あんな会議に僕を……！」

自分の言葉に触発されて、屈辱的な会議内容が蘇ってきた。コンセプションの無害化。厄介なタイプから救われ、人並みの暮らしができるようになる。

言いたいことは分からないでもない。ワスレナだって選択できるなら、タイプ・コンセプションは選ばなかった。それでも生まれ持った性別を罪の烙印《らくいん》のように扱われたことが、思っていたよりもショックだった。

「泣くな」

「泣いていません」

「嘘だ。目尻が濡れている」

言われて、視界の端がうっすらと光っていることに気づく。悔しいがシメオンの発言は常に正しい。

ただしワスレナの名誉のためにつけ加えておけば、サンスポットにいた頃はむしろ理性的すぎて腹が読めないと言われる青年だった。ディンゴ以外に心を開いていなかったから当然だ。それがこんなふうに簡単に心を揺らされてしまうのは、目の前の男の非道な行いにより環境が激変したせいだ。

「……泣かれるのが嫌なら、僕をコンセプション研究の会議に連れて行く時は耳栓の着用を許可してください。聞くに堪えない」

「分かった。次回からはそうしよう」

生真面目にうなずく声は真摯《しんし》ではあるが、同情その他の感情は特に感じられなかった。憐憫《れんびん》の情など向けられれば、それはそれで腹立たしいだろう。だが一片の理解もないまま、ただ半身の希望だからと要望を飲まれるだけでは先行きは暗い。もともと明るいとも思っていないが。

「……僕が動揺したことは分かっても、どうして動揺したかは、分かっていないようですね」

「分かっている。コンセプションを犯罪者か何かのように言われたからだろう」

「半分正解です」

想像よりはましな回答であったが、皮膚感覚として理解しているとは到底思えなかった。

ワスレナは少し考えてから、アプローチの仕方を変えることにした。

「たとえばコンセプションが、インペリアルなどしょせん種馬、もしくは快楽を得るための道具にすぎないと笑っていたらどうします？」

「……そのような侮辱は許されない」

シメオンの美貌がわずかに軋《きし》むと同時に、ピリッと肌に電流が走ったような痛みを覚えた。なるほど、半身の感情の変化はこのように感じられるのか。ならば自己防衛のため、彼が自分を庇うのも当たり前だろう。

「インペリアルの側はコンセプションに手術を施し、分泌線を切り取るようなことまで考えているのに？　不平等にもほどがある。なのにあの会議室の中では、あなたを含めて誰も、その考えを当たり前のように捉《とら》えていた」

シメオンが件の無神経な質問をさえぎったのは、ワスレナが動揺したからだ。彼自身の不快感や倫理観に基づいた行為ではない。

「あなた方は世界を導くインペリアルなのでしょう？　ならばコンセプションごときではなく、ご自分たちがフェロモン受容体を切り取ればどうですか。世界のために尊い身を犠牲にする、それこそがインペリアルの選択すべき道では？」

この男に今さらどう思われようが気にならないが、怒りに任せて嫌味を言うような人間だと認識されるのも腹が立つ。できるだけ感情を排し、彼らインペリアルに足りない視座を提供するだけに留めたつもりだったが、なぜか奇妙な心の浮き立ちを感じて驚いた。

いや、違う、喜んでいるのはワスレナではない。

「なるほど……やはりお前は賢いな、ワスレナ」

シメオンだ。宝石のようなグリーンアイズが、宝石らしからぬ生き生きとした光を含んでワスレナを見つめていた。

「そうだな、我々はインペリアルだ。世界を導く者だ。そこにはコンセプションも含まれている」

本気で感心しているらしく、しゃべりながら彼は深々とうなずいた。

「考えてみれば、コンセプションに惑わされない私という者がすでにいるわけだ。ディンゴのインペリアル化実験が一定のレベルに達していたことを考えると、他のインペリアルに抗コンセプション手術をしたほうが早いか……？　全てのインペリアルが私のようになれば、コンセプションのために道を踏み外す者もいなくなる」

予想以上の好反応だ。呆気に取られてしまったワスレナであるが、最後の一言で我に返った。世界中のインペリアルがシメオンのようになる世界を想像し、我知らず口の端が曲がる。それは……ちょっと、嫌な気がする。

他の誰より、セブラン総帥代理が弟のようになるのは御免だな、という気がした。カイさんの反応は気になるが、とそこまで考えを進めたところで、気がついた。

先ほどの会議で受けたショックが、皆無とはいかないまでも、かなり軽減している。

認めたくないが、それはシメオンの受け答えが思ったよりまともだったことに由来していた。取り分け、皮肉交じりの提案を想像以上にきちんと受け止めてくれたことが大きい。

少し迷ったが、「研究チームを立ち上げるか」という真剣な独り言を聞いて決意した。

「……先ほどは……ありがとう、ございました」

「何がだ」

「僕を、庇ってくれた」

半身の感情が伝播《でんぱ》するのが嫌だから、という理由だとしてもだ。普通の人間同士だって、相手の機嫌が悪いとこっちも落ちつかなくなる。……ディンゴの虫の居所が悪い時はワスレナを含めたサンスポットの全員が気がそぞろになり、なんとかして彼の機嫌を回復させようと努めたものである。

「当然だ。お前は私の半身なのだから」

「……そうですね」

きれいにオチがついた気分であるが、あまり腹は立たなかった。シメオンはシメオンなりに、半身について真面目に考えてくれているのだ。その気まぐれがいつまで続くか、分からないだけで。

なんの気なしに見上げた顔は、憎らしいほどに整っている。今でもディンゴほど美しい人はいないと思っているが、気を抜くと抗う心ごと吸い寄せられてしまいそうだ。首根っこを摑んでねじ伏せるようなディンゴとは違う、一見静かな、だが一度足を踏み入れれば抜け出せない底なし沼めいた魅力。

「今、私をほしそうな目をしたな」

突然言われて、ワスレナは惚れ惚れと彼を見つめていたことに気づかされた。違う、と言う前にグッと肩とあごを摑まれ、引き上げられる。

ぎらぎらと輝く緑色の星が、落ちてきたように思えた。

「……んっ」

少しだけ爪先立ったワスレナの唇を、シメオンの肉厚なそれが覆う。柔らかな感触とシャワーのように降り注ぐインペリアルのオーラに、かくりと膝が砕けた。

インペリアルはコンセプションのように物理的なフェロモンを放つわけではないが、その能力を背景にした存在感に下位の者は当てられてしまうのだ。インペリアルの中でも最上級のシメオンのオーラは、ゴールデン・ルール以外の全ての人間を圧倒する。ましてコンセプションであり、半身であるワスレナには刺激が強すぎた。

後ろに倒れそうになったワスレナの細い腰を抱いて支えながら、シメオンは上からのしかかるようにしてキスを続ける。必死に唇を食い締めるが、閉じた隙間をねろりと舐められ、舌先でノックするように突かれると、いくらも抵抗できなかった。

「ん、ん……っ、んぁ、あ」

息継ぎするように開いた唇に潜り込んでくる、シメオンの舌。その表面から滴る唾液《だえき》はまるで媚薬《びやく》だ。上の歯茎の裏側をくすぐられ、舌の裏側の筋を縦横無尽に舐められると、ワスレナ自身の唾液もあふれて止まらない。

二人分の体液に溺《おぼ》れそうな舌を、じゅ、じゅる、と下品な水音さえ立てて吸い上げられた。昨日とは打って変わった、技巧よりも欲望最優先のキスに翻弄される。

「んぅ、んっ、んんんッ⁉」

かろうじて鼻で息継ぎしながらキスに溺れていたワスレナは、いきなり両手で尻を鷲掴みにされてぎょっとした。思わず唇を放してしまうが、尻肉をやわやわと揉み込む指に力が抜ける。

同時に下肢へとぐり、と押しつけられた熱いもの。体温を持った塊は紛れもなく、首をもたげたシメオンの男根だった。同じように反応し始めているワスレナのものへと、布地越しにずりずりとこすり合わされる。

「ワスレナ……」

耳元にかかる吐息が熱い。興奮した吐息を吹き込むように、耳に舌を入れられた。ぐちぐちと音を立てて中を捏《こ》ね回される感覚に、また意識を攫《さら》われる。

注意が再び上半身に向かったところで、左右に分けるようにして尻肉を開かれた。ボトムと下着に隔てられていても、奥の穴がじとりと濡れ始めているのが分かる。シメオンの右手が伸びてきて、それを確かめるようにぐっと指の腹で押された。

リングに戒められた子宮が啼いている。

「あっ、い、嫌、だっ‼」

本心から嫌というより、そう言わねばならぬという使命感ゆえの「嫌」だった。だがシメオンはすぐに体を離し、自らを抱き抱えるようにして震えるワスレナをしげしげと眺める。

「……悪かった。顔色は良さそうだが、まだもう少し経緯を見たほうがいいか」

極めて平静なつぶやきでさえ、一度火を点けられた体には応えた。むしろ焦《じ》らされているような気さえしたが、内心のひそかな期待を裏切って、シメオンはもう触れてこない。

「……僕を……抱かないの、ですか」

「抱いてほしいのか？」

間髪を容れず聞き返されて、頬が快楽ではなく屈辱の熱を持った。まだ己を抱いた腕で、きつく自らに爪を立てる。

「……そうだった。あなたには、コンセプションのフェロモンが効かないのだったな」

仕掛けてきたのはシメオンのほうだが、うっかり物欲しげな態度を取ってしまった自分に合わせただけなのだ。それが証拠に、突然の接触で煽られたのはワスレナのみ。

「いや、分からない」

みじめな気持ちになっていたワスレナは、意外な否定に驚いて顔を上げる。するとシメオンの瞳が、まだあの燃え尽きる寸前の流星のように光っているのが分かった。

「私も初めての感覚だ。これまで取り立てて、特定の相手をほしいと思ったことはなかったが……これが半身というものなのだな。昨日からずっと、お前を抱きたいと思っている」

はっきり口にされた欲望は、いまだボトムの前を押し上げたままだ。ワスレナのものも同様で、慌てて股間《こかん》を手で覆った。

「……昨日、抱いた……でしょう」

「その後からだ」

では昨日の夜、ベッドに入ってこなかったのは、欲望をコントロールしたい気持ちもあったからなのか。

「お前はどうだ」

確かめるように尋ねられて、ワスレナは怯んだ。

今うなずけば、目の前の男は自分を抱く。昨日のように観察者めいた態度を崩さずではなく、きっと甘く激しく、全てを奪う嵐《あらし》のように。

明日は分からないが。

「……嫌、だ」

「……分かった。半身は大切にしなければならないからな」

ふ、と浅く息を吐いたシメオンが歩き出そうとする。その背を追おうとしたところ、突然振り返った彼の手がそっと頰を包んだ。

「もう一度、キスだけしていいか」

「えっ……あ、はい」

不意打ちの願いをとっさに突き放せず、そのまま上を向かされる。軽く唇をついばまれたと思ったら、すぐに彼は離れていった。

「部屋に戻ろう」

エレベーターへ歩き始めた背中を、慌てて呼び止める。

「え、でも、この後も予定が」

「新型機の見学会は後日でも構わない。コンセプション研究については、お前にもらったヒントを元に、もう少し考えを詰めてから当たったほうが有益だ」

それに、と彼は小さくワスレナを振り返って意味ありげに笑う。情事の最中に少しだけ見せた、色めいた微笑に我知らず喉が鳴った。

「お互い寝室かバスルームで、始末したほうがいいだろう」

「……っ」

無言で股間をガードしたワスレナは、そそくさと彼に付き従う。ラボ階よりさらに高層はゴールデン・ルールの許可を得た者しか入れないため、極端に人気がなくなるが、このあたりは誰が来るか分からない。

一見従順に従いつつも、エレベーターの中でワスレナは怒りに燃えていた。二度目のキスを許してしまった迂闊《うかつ》さに腹が立つ。子供をあやすような口づけでさえ、必死で抑えつけていた欲情に再び力を与えたのだ。

悔しいがシメオンの言うとおり、一度熱を吐き出さないとまともな思考ができない。こいつはそうでもないのだろうかと、彼の下半身に目をやりかけた時、上から声が降ってきた。

「夕食はどうする。食べるのか」

「……食べますけど」

日常的な応酬が、下肢に集まる血の気を拡散させてくれるようだ。ポンポンと好き勝手に話を変える男の無神経さに一瞬感謝したのも束の間、彼はぽつりとつぶやいた。

「そういえば、今日の昼食はうまかった」

「ただの炒《いた》め物でしたが……」

昼間、セブランの執務室に隣接した厨房《ちゅうぼう》に連れてこられたワスレナは、そこで食事を作ってシメオンと二人で食べた。カイが彼の片翼《ベターハーフ》の食事を作るために整えた厨房は非常に使い勝手がよく、食材も豊富に用意されていたが、一時間後には会議である。食べる時間も考えるとあまり時間も取れず、野菜と肉を切って炒めることしかしていない。

「夕食も作ってくれ。兄貴に許可は取ってある」

ということは、またカイの厨房を使えということか。

「……いいんですか、またカイさんに借りを作って」

ふと思いついて意趣返しをしてやると、シメオンはしっかりとした男らしい眉を寄せた。よほどカイと反りが合わないらしい。

「……構わない」

迷った末、それでも彼は渋面でうなずいた。半身のコンセプションには食事の世話をさせるべき、という思い込みはシメオンの中でかなり強固に固着したようだ。

このインペリアル様がおっしゃるなら、しょうがない。どうせサンスポットでもこの手の家事は散々やらされていたのだ。あんな大金を振り込んでくれることを考えれば、ハウスキーパーの真似《まね》事ぐらい受容すべきだろう。

「ハウスキーパーか……」

　ふと思いついた単語から、自分の取るべき態度が少し見えてきたような気がした。その考えをまとめるためにも、下半身の熱をどうにかせねばならない。

「どこでする？」

　広々とした部屋に帰り着いた瞬間の質問に辟易しながら、「バスルームを貸してください」と答えた。シメオン相手に遠慮など無駄だ。彼はあっさりうなずいて、「私は寝室で始末する」と明言した。

「いっそエレベーターの中で抜けばよかったんじゃないか、あの野郎……」

　バスルームは寝室の隣だ。備えつけのドレッシングルームで服を脱ぎ捨て、バスルームに籠城《ろうじょう》したワスレナは、音の響きやすい場所にも構わず声量を絞らずに愚痴った。最大までひねったシャワー音に紛れて、さすがのシメオンにも聞こえていないはずだ。

「……っ、ん」

　この声も、聞こえないはず。

　薄い下生えの下、ある程度時間が経ったにもかかわらず萎える気配のない性器をゆっくりと握り締める。全体を包む薄い皮を引き伸ばすようにしながら上下に扱けば、シャワーとは明らかに違う粘着質な音がし始めた。

「んあ、あっ、あっ……！」

　待ち望んでいた刺激を受けて、ずっとお預けを食らっていた体は浅ましく反応し始める。

性器だけでは足りず、左手でピンととがった乳首を摘んだ。少し痛いぐらいに引っ張っては、指の腹で押し潰すようにしながらぐにぐにと左右に転がす。

『ここに少し触っただけで、そんなに感じるのか？』

無理やり半身にされた際のシメオンの声が、耳の奥で響いた。

それを打ち消すように、愛しい人の名を呼ぶ。愛しい、自分を捨てた人の名を。

「ディンゴ、様……」

まだ、別れてから二日足らず。それなのにひどく遠く思える彼の存在。

反してシメオンの存在は、側にいない今もどこかで感じている。彼も今頃寝室で一人、自らを慰めているのだろうか。手袋を外し、濃い眉をひそめ、ぽってりした唇から欲に濡れた吐息を漏らしながら……。

一瞬、とんでもなく不毛な行為をしているように思えた。半身が互いに欲情しているというのに、わざわざ個別に欲を吐き出さなければならないなど。

「……あいつとこれ以上セックスすることこそ、不毛だ……」

今この瞬間に半身誓約を解除されてもおかしくないのだ。なまじ彼と寝る快楽を覚えてしまえば、一層離れがたくなってしまうだろう。ワスレナ、だけが。

だめだ、意識すまいとすればするほど、シメオンの面影が頭を離れない。乳首を、性器をいじる手が知らず彼のやり方を追う。

「ん、ん、んぁ」

開きっぱなしの唇から鼻に抜けるような、甘ったるい声が漏れる。高まっていく体の熱が求めるに任せ、右手を背中に回した。痩せた尻たぶを摑んでかき分けるしぐさは、三十分ほど前にシメオンがしたのとまったく同じだ。

奥のすぼまりに直接触れる前から、ぐちゅん、とはしたない音がした。半身をほしがってすすり泣く穴は完全な性器と化し、早く、と訴えるようにクパクパと開閉している。

「早く……はや、く」

気づけば口にも出していた。人差し指の腹で濡れた穴に触れ、ヌプリと根元まで埋める。それだけの刺激で軽く達してしまい、性器の先が先走りを噴いた。

堰《せき》を切った欲望はもう止まらない。今度は一気に三本の指を、手首まで突き刺す勢いで己の中に埋め込む。奥を突くと同時に前立腺のふくらみを指先で押し込む、を繰り返しているのは、最早自分の指ではなかった。

「ああ、もっと……」

はかせ、と、唇だけでその名を呼ぶと、彫刻めいた美貌が意地悪く笑う幻が見えた。

『ぱっくり開いて、愛液がとめどなく流れてきているな』

耳の奥でリフレインしたシメオンの声。揶揄《やゆ》するような響きさえ持たぬ、観察者の言葉が理性を一欠片だけ復活させた。

「だめ、だっ……！　ディンゴ様……ディンゴ様……!!」

すがるように彼の名を呼んでも、自らを犯す指は止まらない。滴るほどにあふれてくる体液をヌチヌチとかき混ぜながら、手首を痛めそうなほどに抜き差しを続ける。

「ひぁ、はっ、あっ、ああ……!!　ディンゴ様、ごめんなさ、あぁ、あーっ……!!」

上向いた顔に降り注ぐシャワーの中、獣のような声を出してワスレナは果てた。力の抜けた膝では水流と罪悪感に耐えきれず、その場にうずくまってしまう。

まだ硬さを残した性器が垂れ流す白濁や、生々しい匂いは水に押し流されて消えていく。消えないのは、体の芯に灯《とも》ったままの熱とやるせなさだ。

「最低だ……」

ディンゴを想っているのに無理やりシメオンに犯される自分、というシチュエーションで、達してしまった。それは妄想などではなく、実際にあった出来事だというのに!!

「救えないな、コンセプションは……」

先ほどの会議内容を笑えないではないか。乾いた笑みを浮かべたワスレナはのろのろと身を起こし、肌を痛めつけるように全身を執拗に洗ってバスルームを出た。

夕食前の時間ではあるが気持ちを切り替えるため、新しい服に身を包む。唇を引き結んだ表情は厳しく、何かの修行でも行っていたかのように見えるだろう。

ところがベッドルームに入った瞬間、淫《みだ》らな香りがささやかな努力を無に帰す。

シメオンの姿はない。あれこれと考えながら自慰を行っていたワスレナと違い、さっさと欲を吐き出してリビングで仕事をしているようだ。

だが、彼の気配が、もっとはっきり言えば汗と精液の匂いが室内に滞留している。わずかに眉をひそめ、黙々と自らの太いものを刺激する様が目に浮かぶほど。

「畜生、ふざけるな……!!」

カッとなったワスレナは、その勢いで大股にリビングに入った。コートと手袋を外し、ノートパソコンに触れていたシメオンがごく当たり前の口調で声をかけてくる。

「ワスレナ、もう出たのか。私がバスルームを使うので、その間に夕食を……」

「その前に、ベッドルームの惨状をなんとかしてください!!」

顔を合わせた瞬間に怒鳴りつけてやると、シメオンはきょとんとした。

「なんの話だ?」

「僕もあそこで寝るんですよ!? に、匂いを消すぐらいマナーでしょう」

「匂い？　ああ、私のマスターベーションの後始末の話か。オートベッドメイキングシステムが働いたはずだが」

慌てる様子もなく、指摘されてはっとする。そうだ、仮眠室のベッドにさえシステムを完備しているのだ、予備とはいえインペリアルの私室にないわけがない。

「だから、ただお前が、私の匂いに敏感になっているだけだろう。インペリアルやコンセプションが相手の匂いやフェロモンに対して大きく反応するのは、その祖先が猿ではなく狼《おおかみ》だからという説がある。狼は人間よりはるかに鼻が利くからな」

ぐうの音も出ず、「そう、ですか……」と漏らすのが精一杯だった。あまりの恥ずかしさに固まっているワスレナを見つめるシメオンの瞳が、ぎらりと光った。

「お前も自覚したほうがいい。かなり念入りに洗ったようだが……シャボンに消せない淫らな匂いが、私には分かる」

すん、と鼻を鳴らす獣めいたしぐさが、さらに体を束縛する。天敵に見つかった小動物のような怯えと、一抹の期待が表情に出てしまった。

「……私がほしい目をしたな」

小さな笑みと満足が、ゴールデン・ルールの証《あかし》とも言える緑の目の中できらめく。一瞬で肺を満たした怒りを吐き出すように、ワスレナは叫んだ。

「ああ、そうですよ、僕はあなたがほしい。抱かれたい。……犯されたい！　だって僕はあなたの半身である、卑しいコンセプションですからね!!」

「……？　抱かれたいのなら、望みどおりに」

「嫌だ!!」

叩きつけるように叫んで、数歩後ろに下がった。そうしないと、残り香とは比べ物にならないインペリアルのオーラに引きずられてしまいそうなのだ。

「今のはコンセプションとしての意見だ！　しかし、あなたと同じ人間である僕は違う‼　僕はインペリアルなんか大嫌いだ‼」

「言っている意味が分からない。お前はコンセプションであり、人間だろう」

「あなただって、どうしようもない理由で嫌とは言えないが、本当は嫌だなと思うことがあるだろう⁉　カイさんに何か頼む時とか‼」

また、シメオンがきょとんとした。ワスレナの存在に慣れてきたのか、少しは人間味のある表情をするようになったと思う反面、根本的な変わりのなさが火に油を注ぐ。

「私が？」

「カイさんに何か頼む時、いつも嫌そうな顔をするじゃないか！」

シメオンは完全に虚を衝《つ》かれたようだった。大きく見開いた目をさかんにパチパチさせながら、尋ねてきた。

「……俺がどうして、カイに何か頼むとき、嫌だと思うんだ？」

「し、知るか‼　仲が悪いからだろう⁉」

いきなり飛び出た「俺」という一人称に動揺しつつ、他に理由があるかと聞き返せば、シメオンは深く自分の内面を探るように瞳を動かした。

「いや、別に、仲は悪くない。あいつは兄貴の片翼《ベターハーフ》だし、見た目も頭も面倒見もセンスもいい最上級のコンセプションだ。そもそも、それほど接点がない。兄貴の片翼《ベターハーフ》、それ以上の感情はない」

　これ以上ないぐらいのべた褒めに、今度はワスレナが困惑する番だ。ならどうして、彼が話題に出るたびにむっとするのだろう。

　少しばかり興味も覚えたが、質問が口から出ることはなかった。こちらが質問したところで、ワスレナが納得できる回答が得られるとは思えなかった。

「……これ以上、僕を惑わせるな。あなたは自然な状態で僕を観察したいんだろう⁉」

　不意にどっと、疲れを覚えた。この男といると、ディンゴ以外に対しては凍った花のようだと揶揄された自分はどこに行ってしまったのかと思う。

「僕らは半身ではあっても片翼《ベターハーフ》じゃない！　いつか別れることこそが運命なんだ。体が反応していようが、僕の心は、あなたに、抱かれたくない。だからもう二度と、僕が……あなたをほしそうだとか、そういうことを口にするな……‼」

「……分かった」

　少しだけ微妙な間があったが、シメオンは例のごとくにワスレナの希望を汲んでくれた。

「シャワーを浴びてから仕事をする。食事が出来たら、持ってきてくれ」

「……はい」

　一言命じて立ち上がったシメオンから目を逸らし、機械的にうなずく。横柄な物言いに反発を覚えなくもないが、彼も自分の要望を飲んでくれたのだ。借りっぱなしは性に合わない。

それでも自分を抑えきれず、嫌味に一礼して出て行こうとしたワスレナは、ふと気づいて振り返った。

「一人で厨房に行っても？」

「行き方が分からないか」

「いえ、もう覚えました。……行ってきます」

おざなりな挨拶《あいさつ》をして、部屋の外に出た。セキュリティシステムの類は間違いなく働いているだろうが、天井の高い廊下に人の気配はない。

なんとなく、手首で控えめな金色に光るウェアラブル端末を見やる。これがなければ一人でスターゲイザー内を歩き回ることは不可能だが、これがある限り勝手に外には出られない。

分かっているから、シメオンは一人で行かせたのだ。それでも何か、反抗的な行動を行えないわけでもないのに、単独行動を許したのは彼の鷹揚《おうよう》さと優しさの表れだろう。

理解していても、「私の側から離れることは許さない」と断言したあの強引さに比べると物足りなく感じてしまう。

「……寂しいのは、仕方がないさ。ディンゴ様が……側にいないんだから」

下手に感情を認めまいとすれば、バスルームでの二の舞である。カリギュラ効果というやつだ。禁じられれば禁じられるほど、対象物は意識のステージから降りてくれない。

離れていてなお、心のどこかでシメオンとの繫がりを感じているから一層寂しい。この繫がりがいつ切れるか分からないのが、さらに寂しさを増す。

だが、人と人との繫がりが急に切れることなどざらだ。両親だってディンゴだって、あっさり呆気なく自分を捨てた。


これ以上考えていると、味つけに失敗しそうだ。シメオンのことだ、失敗作など平然と作り直しを命じるだろう。考えるだけで腹が立ってきたワスレナは、怒りをエネルギーに変えてその他の物思いを頭から追い払った。


夕食は結局、置いてあったやたらといい肉をステーキにして人参のグラッセとマッシュポテトを添えた。シメオンは特に味の感想は言わなかったものの、きれいに平らげ、すぐに仕事に戻った。疲れていたワスレナは片づけを終えると念入りにシャワーを浴びて、さっさと寝た。

翌朝目覚めると、広いベッドの上にいたのは自分だけだった。無言で起き出し、身なりを整える。結局カイとの買い物には行けていないので、クローゼットの中からシンプルな白いシャツとベージュのチノパンを取り出して穿《は》いた。

リビングに入ると、またしてもノートパソコンの画面を見つめているシメオンがいた。資料に目を通している最中らしく、キーボードを操作している様子はない。無言でマウスをクリックする様は、昨日寝る前に見た姿とまったく変わっていなかった。今日は着替えもしていないらしく、衣服に寄ったしわが少しだけ人間臭い。

前の日の朝より遅い時間なのだが、朝食の用意は見当たらない。食べた様子もないので、日によって食べないのかもしれないな、と思いながら声をかけた。

「……寝ました？」

「寝た」

「どこで……ベッドは、使わなかったですよね」

「そこで寝た」

示されたのはソファだった。ゴールデン・ルールの体格に合わせたソファは、なるほどシメオンが寝そべっても余りそうだが、きちんと体を休めるならベッドを使えばいいだろうに。

「お前の側で眠ると、抱きたくなってしまうからな」

目線は表示された文字から動かさずに言われると、頬がカッと火照《ほて》った。だから、そういう言動を控えてほしいというのに!!

「お前が私をほしい、とは言わない。だが、私がお前をほしいことも、口にしてはいけないか？」

　心を読んだように質問されて、迷いながら首を振る。

「……それは……、いいです。あなたの感情だ、僕が強制できることではありませんから」

　ためらいもあったが、なんでもかんでも禁じるのが本意ではない。ましてこれから、話し合いをしようというのだから。

　腹を決めたワスレナは、シメオンの向かい側に座ってしゃんと背筋を伸ばし、口火を切った。

「博士、一緒に暮らすなら、こういうふうにきちんとしたルール作りが必要だ。取り決めをしましょう。朝食がまだなら、食べてからで結構」

「お前が作ってくれるのか？」

　言い終わらぬうちに食いつかれて、困惑する。

「……お望みなら作りますが……昨日のように用意されているようでもないし、おなかが空いてないんじゃないですか？」

「お前が作るなら食べたい」

　即答だった。

「……分かりました。では、食事についても取り決めに含まれるでしょうから、先に話をしてしまいましょうか」

　不服そうな視線を寄越されたが、シメオンと話しているとしばしば予想外のところで脱線してしまう。ならば餌《えさ》をぶら下げておけば、思うように話を進めることもできるだろうか。だんだん子供の相手をしているような気分になってきた。

「僕はあなたの半身だが、観察対象だけでいるのは居心地が悪い。だから僕にも、助手としてあなたの仕事を手伝わせてください。あなたに色目を使わない僕なら、役に立てるかと」

「不要だ。お前には航空工学の知識はないのだろう。コンセプションについては……会議に、出たくないのだろう？」

　少しだけ言い淀んだあたりに彼の成長が窺えた。おかげで前半の一刀両断も、それほど応えなかった。

「ええ、ですから、最初はあなたの専門分野について学ぶ参考書と時間をください。コンセプションについては……考えが変わりました。僕も、インペリアル側の忌憚《きたん》なき意見を聞いてみたい。会議には出席します」

「……いいだろう」

　静かにうなずいたシメオンにほっとしたワスレナは、次の要求に移った。

「あと、僕にもう一つ口座をください。そこに昨日あなたが作ってくれた口座から、助手としての給金を毎月振り替えてほしいんです。月に二十万リュクスでどうですか」

「なぜ、そんなことをする？　意味が分からない」

この質問は当然来ると思っていた。呼吸を整え、昨日から温めていた説明をゆっくりと口にする。

「あなたは僕との半身誓約を解除しないと言った。それは……信じます。あなたは嘘をつくような人じゃなさそうだ」

嘘をつくだけの心の機微を持たない、がより正解に近いだろうが、だからこそ彼に負担がかかるような譲歩を求めようとは思わない。立場の低いワスレナ側がうまくコントロールしてやれば、ある程度希望は通るはず。

「ですが、あなたにだっていつかは片翼《ベターハーフ》が現れるかもしれない。片翼《ベターハーフ》の魅力には、誰も逆らえない。今のあなたにその気がなくても、未来は誰にも分かりませんから。今後のために、半身としてではなく、正当な給料を」

「俺は、お前との半身誓約を解除する気はない」

また最後まで言わせてもらえなかった。ワスレナが一人で出歩くことまで許してくれたのに、これだけは譲歩する気はないらしい。

つくづくタチの悪いインペリアル様だ。苛立ちを嚙み殺し、彼が飲み込みやすいような言い方を模索する。

「……僕の精神安定のために、助手としての給金を抜かせてください」

「そうすることでお前の精神が安定するなら、分かった」

口から出かけた言葉を飲み込み、シナリオどおりに話を進めた。

「あと、さらにもう一つ、口座を作らせてくれませんか。僕の……精神安定のために」

「分かった」

今度はいちいち聞き返さずに、シメオンは承諾してくれた。

「その代わり、今後会食以外の私とお前の食事は、お前が作れ」

「……ああ、ええ、はい」

これまでの流れからすれば読めていた展開だったが、不安材料はある。

「……でも、またカイさんに借りを……」

「心配ない。この部屋にも備えつけの厨房はある。使っていなかったから点検と食材の準備が必要だが、今日中には終わる」

真面目に仕事をしていると思いきや、そんな発注までこなしていたのかと驚くやら呆れるやらだ。カイさんとのショッピングは当面言い出さないほうがよさそうだな、と思いつつ、ポロリと本音が零れた。

「……でも、たまには、人が作った食事も食べたいけどな……」

「分かった。お前の分は料理を運ばせよう。その代わり、今後の私の食事はお前が作れ。

……カイも……兄貴に、そうしているからな」

即座に言われ、今度は完全に呆れてしまう。この男は本当に、半身誓約の解除以外ならなんでもワスレナの要望を飲んでくれる気らしい。そしてどうしても、カイのようにワスレナに食事の世話をさせたいらしい。

「本当になんでも、お兄さんの真似なんですね……」

カイの名前を口にするだけで、またムスッとした顔になっているくせに。

「一番身近なロールモデルだからな。ジョシュア兄貴も、片翼《ベターハーフ》の希望はなんでも叶《かな》えてやると言っていた」

いきなり出てきたゴールデン・ルール総帥の名にどきっとする。ディンゴが繰り返し憎しみを口にした、彼の元主。

執拗に繰り返される憎悪と執着の奥に、それだけではすまされない感情がほの見えていた。ストレートにそう指摘した後の半身誓約実験は、ただの拷問に等しかった。

自分が話を脱線させてはいけないと、心の中で首を振る。まずはシメオンとの共同生活について、取り決めを締結させるのが先だ。

「分かりました。いいですよ、ハウスキーパーのようなことならサンスポットでもやっていましたし」

「ディンゴのためにか」

カイの話題が出た時以上に、シメオンは盛大に眉間にしわを寄せていた。言外に、「あいつの片翼《ベターハーフ》どころか、半身でもないのに？」と言いたげだった。実際に口にされる前に、機先を制する。

「そうですよ。では、これで話はまとまりましたね。ここの厨房はまだ使えないんでしょう？　上に行ってきます」

うまくいけば、カイとも会えるかもしれない。少しだけ期待しながら、ワスレナは席を立った。

「ああ、そうだ。それと……僕に遠慮してベッドルームに来ないなら、もう一つベッドの用意をしてそこで寝てください。あなたが睡眠不足で倒れたりしたら、僕にまで影響が及ぶのですからね」

ついでのようにつけ加えてやれば、シメオンが少し驚いた顔をするのが見えた。微々たる意趣返し成功に満足したワスレナは、気分良く部屋を出て行った。


ワスレナがシメオンに半身誓約を強制され、スターゲイザーに住むようになってから二週間があっという間にすぎた。日差しも強くなってきた午後十一時半、突然の訪問者がシメオンと二人で暮らす部屋のインターフォンを連打した。

「シメオン、ワスレナ、おっはよー！」

インターフォンから響いた明るい声に、ワスレナはドアロックの解錠ボタンを押しながら小首を傾《かし》げる。

「おはようございます、セブラン総帥代理。どうしたんですか、カイさんは？」

「カイちゃんは、ちょっと里帰り中～。ステフはスクールだしなぁ。寂しいから、遊びに来ちゃったぜ‼　お前らも今日は一日オフなんだろ？」

本当にプライベートで来たのだろう。カレッジに通う学生のような、真っ赤なライダースーツ姿の彼は元気よく答えてくれた。ちなみにステフとはセブランとカイの娘、ステファニーの愛称だ。

「……ええ、ちょっとスケジュールの谷間に入ったようで……そうか、今日はカイさんの里帰りの日なんですね」

パステルイエローの薄いセーターを着たワスレナは、以前聞いた話を記憶から引っ張り出した。

今でもカイは、生まれ育ったダウンタウンに定期的に帰っている。両親はすでに他界しているそうだが、ワスレナもそうだったように、ダウンタウンで暮らすコンセプションは自衛のため相互扶助組織に身を寄せる。世話焼きのカイと当時の仲間の繋《つな》がりは深く、あいつらは俺の家族だからと、この間やっと一緒にショッピングに出かけた先で彼は笑っていた。

「でも、そうですか。相変わらず、あなたとカイさんは仲がいいんですね」

寂しい微笑《ほほえ》みを引っ込めて、ワスレナはセブランを迎え入れる。遠慮なく入ってきたセブランに椅子《いす》を勧め、飲み物の用意をしに無事使えるようになった厨房《ちゅうぼう》に入ろうとしたところ、セブランがすっとんきょうな声を上げた。

「あれ、お前ら、また二人揃《そろ》ってヒコーキの本を読んでんの？」

ワスレナが古式ゆかしい栞《しおり》を挿《さ》し、テーブルに置いていた本を見たようだ。セブランと向かい合う位置に座って同じように本をめくっていたシメオンが、律儀に注釈を入れる。兄と違って、彼は出かける予定がなくても、いつもの白を基調とした服装だ。

「私が読んでいるのは航空力学の本で、ワスレナが読んでいるのは航空工学の」

「あー、うん、分かった分かった！」

生返事をしたセブランは、ワスレナが高速ドリップ機で用意したコーヒーを受け取りながら肩を竦《すく》める。

「しっかしワスレナ、よく紙の本なんて読めるなあ。しかもそんな、文字がちっちゃくて分厚いやつ」

「そうですか？　僕はデジタルな資料にしか触れてこなかったので、こういうものも楽しいですよ」

慣れというのは恐ろしいものだ。ゴールデン・ルールを代表する二人のインペリアルに囲まれたような状態でも、ワスレナは微笑みを浮かべることができていた。

以前行った取り決めに則したシメオンとの生活は、意外なほどにうまくいっていた。朝起きて二人分の朝食を作り、その後はシメオンのスケジュールによるが、大抵は午前中から会議、昼食はほぼ要人との会食で、終わってまた会議、手が空けば航空関係もしくはコンセプション関係の資料整理やフィールドワーク。夕食も大体要人との会食だが、それ以外はワスレナが用意した物を二人で食べ、また資料整理や関係各所への連絡。そして別々のベッドで就寝。

ちなみに全行程、「ワスレナは私の半身だから」とのことで同席させられている。また「たまには人が作ったものを食べたい」という要望については会食で満足してしまっているので、結局別注はしていない。給金の名目で金を受け取っている以上、雇い主に余分な金を使わせる気はなかった。

半身同士というより、博士とその助手、もしくは秘書としてすごしているわけだ。気づけば彼のスケジュール管理までワスレナの仕事になってしまっているのだが、程良くビジネスライクなこの距離感が案外心地いい。最初は散々ぶつかったものだが、対処方法を一度覚えてしまえば、シメオンとの暮らしはちょっと悔しいほどにしっくりきていた。

案外彼と自分は、基本の性格が似ているのだ。出会った当初こそ横柄で傲慢《ごうまん》な振る舞いが目立ったシメオンであるが、二人の関係が落ちついた今は静かなものである。研究対象や興味があるもの、たとえば今読んでいる本などに対しては底なしに金を使うが、それ以外は質素なところもいい。

「だってワスレナは、もともとヒコーキに興味があるわけじゃなかったんだろ？　それでンな分厚い専門書を読み通せるなんて、すげーなあ。愛だね、愛」

「……まったく興味がないわけでもありませんでしたし、勉強自体は嫌いではないですから。知らないことを覚えるのは、楽しいですよ」

「ふーん、そんだけぇ？」

　ニヤニヤしているセブランに、素っ気なく応じる。

「ええ、博士のお世話をする以上、多少はこの分野に知識があったほうが便利ですからね。もっとも僕は、きちんとスクールに通っているわけじゃない。つけ焼き刃にすぎませんが」

「いいや」

　突然、シメオンが話題に参加してきた。

「ワスレナは下手な学生より熱心に、よく勉強している」

「……へー。シメオン博士が受け持つインペリアルの学生たちよりも？」

　シメオンはインペリアルばかりが集うカレッジの非常勤講師も務めており、二週間に一度講義を行うのだ。つい二日前に当然のごとくワスレナも連れて行かれ、半身の講義を拝聴した。嫌な予感がしたワスレナの望みどおり、「私の半身だ」との紹介はされなかったので、だだっ広い講堂いっぱいに詰めかけた学生たちの陶酔した顔を見ながら、講義に使うプレゼンテーションソフトウェアの操作に従事していたのだ。

「ただ私の顔を見に来ているような学生たちとは雲泥の差だ。あんなやつらは家に帰って、情報端末《キュービック・チューブ》の通信教育でも受けていればいい」

事が自分の専門分野であるためか、少々シメオンの語気が荒くなった。なだめるように、ワスレナは控えめな相槌《あいづち》を打つ。

「……まあ、確かに、あまり態度のよくない子たちはいましたね」

ワスレナと変わらぬ年頃の学生たちは揃って身なりがよく、特に最前列に陣取ったインペリアル女性たち（一部男性）のきらびやかさといったらなかった。講義が始まる前からシメオンを取り囲み、あれこれと初歩的な質問をしては、それを入り口として連絡先を交換しようと躍起になっていた。

シメオンはあまり表情を変えず、事務的に対処していたが、内心辟易《へきえき》していることは強く伝わってきた。やむなくワスレナが「博士は準備があるので」とやんわり追い払い、時間通りに講義を始めることに成功した。

「ワスレナの目から見て、率直に、どうだった？　みんな、ヒコーキに興味がありそうだったか？」

セブランのストレートな問いかけに一瞬詰まったワスレナは、苦笑いして首を振った。

「いえ……そうではなかったですね。博士に対する注目はすごかったですが」

大体予想していたものの、ほとんどの学生たちはうっとりとシメオンの顔を眺めるばかりで、肝心の内容を熱心に聞いているとは言い難かった。

「ま、しょーがねーわな。シメオンが講義に行ってるあのカレッジに通えるのは、インペリアルの中でも一握り。プライドは山よりたけーし、そんな連中から見ても俺たちはもっと格上の存在だ。どうにかこの機会を逃したくない、と思ってるんだろーなぁ」

皮肉っぽい口調に内包された棘《とげ》を感じ、ワスレナはそっと問いかけた。

「……セブラン総帥は、コンセプションだけでなくインペリアルのことも、あまりお好きではないのですか？」

「あー、ん、まーなぁ。基本的に俺、縛られるのが嫌いだから。発情したコンセプションにベタベタされるのも嫌だけど、したり顔ですり寄ってくるインペリアルもノーマルも嫌いだぜ？」

にっこり笑顔で、セブランは言い放った。出会い頭からどちらかというと情けない一面ばかり見せられていたワスレナは、セブランのそのしたたかな態度に身が引き締まる思いがした。ディンゴが評したとおり、やはり彼はゴールデン・ルールの総師代理を務めることのできる優秀なインペリアルなのだ。

「あ、引いちゃった？　ごめんな。でも、お前とシメオンの仲もだいぶ固まってきたみたいだしさ。そろそろお前にも、より深く俺たちの置かれた立場とかを知ってほしいなーって。なあ、シメオン？」

「ああ、そうだな」

兄と己の半身の会話を静かに聞いていたシメオンが、水を向けられるままに相槌を打った。別に仲など固まっていない、とワスレナが反論する前に、セクシーな唇が開く。

「ワスレナ、お前、私が読むように言った本はその『航空工学便覧』で最後だな」

「え……、ええ、そうですね。ですが、正直最初のほうに読んだ本は内容が把握できないまま流し読みしてしまった部分があります。ある程度の知識を得た今、もう一度読み直したいとは思っていますが……」

一度得た知識を完全に我がものとするためにも、復習が大事であることはディンゴに教えられたことだ。ノーマルとして摑《つか》める最高の栄誉を手にした彼は、傲慢ではあるが非常な努力家でもあった。そういうディンゴだからこそ、惹《ひ》かれたのだ。

「デジタルの資料も全て目を通したと言っていたな。なら、次はこれだ」

そう言ってシメオンが懐から取り出したのは、一見パソコンに挿入して使うメモリースティックのようなものだった。小指ほどの長さのそれはラメが入った鮮やかな金色をしており、照明を弾《はじ》いて太陽のようにまぶしく輝いている。

シメオンのパソコンの脇《わき》にずっと挿してあるのと同じものだ。

「これに、何か資料が？」

「へっ⁉ お前、それ……いいの？ いや、むしろ俺が見逃していいのそれ⁉」

なんの気なしに尋ねたワスレナと、驚いたセブランの声が不協和音を奏でた。

「構わないと思うが、だめか、兄貴」

「な、なんですか、これは」

反射的に受け取りそうになっていたワスレナは思わず手を引っ込めた。

そんなに危険な資料なのか。まさか……コンセプションについての公表できないような資料なのだろうか。何度かコンセプションについての会議にも出席し、耐性もついたと思うのだが。

「ゴールデン・ルールの中枢システムにアクセスするためのドングルだ」

「え」

予想の外から飛んできた爆弾に、ワスレナはギクリと身を強張《こわば》らせた。

ドングルというのは特定のプログラムを動作させるため、パソコンに挿して使う小型の機器だ。鍵《かぎ》の役目を持つこの機器がないと、他の要件が揃っていても使えない。

不正利用を極限まで排除する必要がある、高価で特別なセキュリティを要するプログラムに付属するものである。なるほど、ゴールデン・ルールの中枢システムにアクセスするプログラムにならば相応《ふさわ》しいだろうが……。

「お前用のパソコンも用意するので、自由に使え。ただし、利用にはウェアラブル端末に登録したアカウントで認証が必要だ。アカウント自体の利用制限は現在と同じだから、外部との連絡はできないが、それ以外のことは可能だ。私のこれまでの研究成果や資料も全て、閲覧することができる」

そっと手の平に載せられたドングルを、声もなく見つめる。サンスポットの一構成員でしかなかった自分は存在すら知らなかった、ゴールデン・ルールの心臓部に直結する鍵が手の届くところにある。

……いくらなんでも、と思った。いくら利用制限があるからといって、いくら自分が外部との繋がりを断たれているからといって、信用しすぎではないか。自分など、今この瞬間に半身誓約の解除をされても不思議ではないのに。

不安が伝わったのだろう。手の平の上、きらきら光る金色の向こうで、さらにまぶしく緑の瞳《ひとみ》が輝いていた。

「もっと勉強して、いずれはコンセプションについて同様、私に意見できるまでになってほしい。パスワードは口頭で伝えるから覚えろ。私の名前だ」

「……は？」

「私の名だ、シメオン。スペルは分かるな？」

「わ……か、り、ます、けど！」

二人のこれからを欠片《かけら》も疑っていない視線に、「単純すぎでしょう」と茶化してごまかすことさえできなかった。本物の爆発物に対する以上の丁重さでおっかなびっくりドングルを受け取り、カイとお揃いで買った麻のジャケットの内ポケットにそっと忍ばせる。

そんなワスレナをセブランはじっと観察してから、おもむろに口を開いた。

「ワスレナ、なぁ……よかったら、昼飯を一緒に食わねえ？」

「え？」

このドングルをどうすればいいのか、その考えで頭がいっぱいだったワスレナに、セブランは眉尻《まゆじり》を下げて情けない笑顔を見せる。

「カイちゃんもステフもいなくて寂しいの～。それに俺、お前のことを、もっといろいろ知りたいと思ってさ。特にシメオンとの関係について、なっ、お願い！」

「え、え……僕は、まあ」

このとーり、と両手を合わせるセブランに押しきられそうになっていたワスレナだったが、かたわらのシメオンの機嫌が急下降したことを肌で感じた。

「兄貴、ワスレナは昼食を作り、俺と食べる」

「へっ？」

きっぱり断言されてセブランは間抜けな声を上げた。

「ああ、そういや、厨房を貸せとか、工事の許可を寄越せとか言ってたな。ていうか、お前、昼飯を食べるようになったのか？」

「……ああ、そういえば、そうだな」

兄に指摘されて、シメオンは自分の変化に気づいたようである。ワスレナもそういえば、と過去の彼の発言を思い返した。

「以前、昼食を食べないと言っていましたよね。本当はいらないですか？　なら、僕の分だけ」

「いる」

言わせまいとばかりに重々しくうなずかれ、そこまでして兄の真似《まね》をしたいのかと若干引いたが、まあいい。一人分も二人分も、作る手間はそう変わらない。なんなら三人分も同じだ、どうせ食事の経費はシメオン持ちと取り決めをしている。

「そうだ、セブラン総帥代理、よければご一緒に」

「兄貴の食事代は払わないぞ」

また、全部言い終わる前にシメオンが口を挟んできた。ワスレナは一瞬絶句したものの、だいぶ彼とのやり取りにも慣れた。少し呆《あき》れただけで、そのまま話し続ける。

「……三人で割れば、せいぜい一人頭千リュクスですけど……まあ、いいです。取り決めですものね……総帥代理？」

シメオンの相手をしている間に、なぜかセブランがソファに突っ伏して笑い転げていた。

「い、いや、なんつーか、露骨だな、ははっ、ははははっ‼」

何がツボに入ったのか、ひいひいと笑い転げているセブランは、シメオンに睨《にら》まれて首を竦めながら身を起こした。その様を見ていたワスレナの脳裏に、ふとひらめくものがあった。

「セブラン総帥代理、あなたの分は僕がおごりますから、昼食を一緒にしませんか？」

「え？」

「なに」

セブランが緑の目を見開き、シメオンが同じ色の瞳をすがめる。半身の機嫌の再下降を感じたが、構わない。

「……ディンゴ様のことで……僕に教えてもらえることがあるなら、お話しいただきたいのです」

毎朝チェックしている情報端末《キュービック・チューブ》の番組で、ウェアラブル端末に送られてくるスターゲイザー内のニュースで、シメオンと連れ立ってあちこち出歩く先で、ディンゴとサンスポットのことは切れ切れに聞いてはいる。ダウンタウンのアジトは壊滅、各地に散らばった支部やセーフハウスも次々と摘発され、一部はゴールデン・ルールの内部にまで潜り込んでいた部下たちもぞくぞくと逮捕されていると。

しかし、首魁《しゅかい》のディンゴやヴェニスが捕まったとは聞いていない。

「これを与えてくださるぐらい……僕を信用してくれているのでしょう？　別に何かしようと思っているわけじゃない、ただ、あの方がどうしているのか、知りたいんです」

切なる願いに対し、セブランも真面目《まじめ》な顔になって応じた。

「悪ぃけど、お前に話せることは何もねえよ」

「……そうですか。すみません」

分かっていた答えだった。少しだけ重いため息をついたワスレナを無言で睨みつけていたシメオンが、ボソリとつぶやく。

「聞くまでもないだろう。あの野郎は今まで散々ゴールデン・ルールに楯突《たてつ》いてきた。捕まえて必要な情報を吐き出させた後は、処刑だ」

強い言葉に頬《ほお》を張られたような気がした。思わず見上げたセブランもまた、シメオンの断言を否定しない。

「……そーだな。ジョシュア兄貴も、その覚悟はしてるみたいだし」

病床にあるゴールデン・ルール総帥に、ワスレナは実際に会ったことはない。だが顔も名前も知っているし、ディンゴからも二人の弟からも情報は得ている。総合すると顔は二人の弟によく似ているが、おっとりとした紳士的な青年であり、少々甘すぎるきらいがあるのが玉に瑕《きず》、というところだ。

『反吐《へど》が出るようなあまちゃんだった。もっとも、あいつが度を超したお人好しだったせいで、ノーマルの私が影武者になることができたんだがな？』

ジョシュアについて語るディンゴの皮肉っぽい声を思い出す。しかし、スターゲイザー内で一番元影武者に好意的なジョシュアも、彼の処刑はやむなしと腹を決めているのか。

「捕まらなければ捕まらないで、あいつとお前の人生が今後交わることはないぞ、ワスレナ」

駄目押しのように、シメオンの冷酷な追い打ちが響いた。

「私たちがサンスポットのアジトを解体したあの日、あいつはお前を見捨てて逃げた」

「……そう、ですね」

そして、あなたの半身にされた。心の中でつけ加えた言葉に皮肉はない。ただの現実であり、少し悲しいだけだ。

「分かっています。あの方は、インペリアル中のインペリアルであるあなた方に逆らったんだ。覚悟は……しています」

ディンゴの末路も、己の末路も。

「……ま、実際どうなるか、まずは捕まえてみないとな」

さっと腰を浮かせたセブランは、ワスレナが何か言う前に先手を打った。

「やっぱり俺も、ダウンタウンに行ってこよっと。たまには違うシチュエーションで励むのも、オツなもんよ。お前らも試してみれば？」

「は？　ひ、必要ありません!!　カイさんにはお会いしたいですが……」

思わずむきになったワスレナにパチンとウインクを飛ばしたセブランは、ドアに向かいながら弟にも声をかけた。

「お前はどーよ？　シメオン」

「……環境を変えた際のワスレナの反応に多少興味はあるが、危険すぎる。却下だ」

「そーそー、環境を変えるのは大事だよな。お前がダウンタウンに家出したのも、ワスレナちゃんと同い年ぐらいの時だっけ？」

「兄貴!!」

瞬間シメオンが放出した怒りに、ワスレナは思わず首を竦めた。しかしセブランはどこ吹く風で、さらなる油を注ぐ。

「ディンゴはとにかく、ワスレナちゃんにひどい言い方するからだよーっと。ところでシメオン、お前、夕食も食べるようになったらしいな？　今度俺とカイちゃんと四人でメシ食おーぜ。また連絡するな!!」

「なんだと？　おい、待て！　兄貴!!」

そして、こめかみを引きつらせたシメオンの答えを待たずに出て行ってしまった。

腰を浮かせかけていたシメオンは、さっさと逃げ出したセブランを追うのを諦《あきら》めて座り直す。大柄な彼が乱暴に腰を落とした振動で、ワスレナはソファから軽く飛び上がってしまった。

「……スクール時代は、荒れた時期もあった。俺にまとわりつくインペリアルにもノーマルにもコンセプションにもうんざりして、ダウンタウンに逃げ込んだこともあったな。結局何も、変わらなかったが……」

セブランの爆弾発言について唐突な補足をした後、シメオンはむっつりと押し黙った。数分の重い沈黙を挟み、もう一度舌打ちしてから「くそ、兄貴もカイも、邪魔しやがって……」と苛立《いらだ》たしげにつぶやくのが聞こえる。

「……チッ」

表面上はすっかり平穏になったシメオンとの生活に、時折さざ波が立つことがある。ひとつは特定の相手が絡む時。

以前からカイとの不仲を疑っていたワスレナであるが、やはりカイの話題が出ると半身の機嫌は下降する。新型機のミニチュアモデルの出来がよかったらしく、かなり機嫌のいいところを見計らって「カイさんと買い物に行きたいのですが」と持ちかけた時の落差といったらなかった。面白いように不機嫌になったシメオンであるが、どうやらカイ側からも何度か打診されていたらしく、最終的に「当然、私も一緒に行く」との条件つきで渋々許可をくれた。

『……俺もステフを連れて来たから、まあ、いいけどな……』

今年四歳になる愛娘《まなむすめ》の手を引いて現れたカイは、ワスレナの後ろでふくれ面をしているシメオンを見て苦笑していた。カイそっくりの金髪とセブランそっくりの遠慮のなさを持ったステファニーが「シメオンおじさん、おなかでも痛いの?」と言い出して笑いを堪《こら》えるのが大変だった。

女児の容赦のない指摘を浴びても、シメオンの態度は変わらない。スターゲイザーの下層部にてショッピングをしている時など、十分刻みで「まだか」「そんな物はオンラインで買えるだろう」と口を挟んでくるのでうっとうしいったらなかった。カイはカイでそんなシメオンを挑発するようにワスレナの肩を抱き寄せ、「あいつと四六時中一緒だなんて、息苦しいよなぁ」とささやきかけてくるから困る。

もっとも、カイの言葉はワスレナの心境を代弁するものでもあった。だからつい、「そうですよね、動物園の動物だって休館日があるっていうのに」などと皮肉ってしまい、露骨にムッとしたシメオンの怒りをダイレクトに感じて肝が冷えた。なぜかステファニーが「おじさんも仲間に入れてあげて」と仲裁に入ってきたのは和んだが。

しかしシメオンがカイ相手に機嫌を下降させるのは、カイが逆らいにくい相手だからである。他の人間が相手であれば、そもそも外出までこぎ着けることができなかっただろう。

結局夕食前まで、という約束が破られることはなく、久々の外出を楽しむことができた。

　自分たちが本当に博士と秘書という関係であれば、週に二日は休みをもぎ取り、プライベートを充実させたかもしれない。だが実際のワスレナはシメオン博士のモルモットである。……ディンゴにとってもそうだったのだから、今さら贅沢《ぜいたく》は言わない。

「ディンゴのことを思い出しているのか？」

　感傷的な気分になっていたワスレナは、鋭い声で話しかけられてギョッとする。

「い、いえ！」

「では誰《だれ》のことを？」

「……カイさんのことですよ」

　実際にカイのことだって考えていたのだ。決して間違ってはいないのに、シメオンの瞳が険しくなった。

「嘘《うそ》をつくな。カイのことを思い出しているなら、お前はそんなふうに目を伏せたりしない」

「……さすが、よく半身のことを観察していますね……」

　適当にごまかそうとしたことまで、半身誓約は伝えてしまう。シメオンがずいと身を寄せてきた。怒りのせいか、彼のオーラはこちらの首根っこを摑んでねじ伏せそうなほどに強い。

「マスターベーションをする際も、お前はいつもディンゴの名を呼んで果てているだろう」

「……っ⁉　あなたは、僕が自分で処理している姿を見ているのか⁉」

一瞬、シメオンはしまった、という顔をした。しかしすぐに研究者の顔に戻り、平然と言い放つ。

「当然だ。お前を観察するために、手元に置いているのだからな」

何度も聞いてきた言葉であるが、そのたびに新たな怒りを覚えてしまう。ディンゴが事の発端となれば、なおさらだ。自慰の最中シメオンの名を呼ぶのがシャクに障り、できるだけ口にしないようにしていたことだけが今となっては救いだが。

「下品な言い方をしないでください！　僕はただ、あの人を心配しているだけで……」

「あいつはお前のことなど、心配していないだろう」

緑の瞳を無機質に光らせ、シメオンは断言した。

いいかげんにしろ、本当はもう分かっているだろう？　そう言い聞かせるような眼光だった。ディンゴは役立たずのコンセプションを見捨てて逃げたのだと。

きつく奥歯を嚙《か》み締め、唇を引き結ぶ。切り裂かれた心が悲鳴を上げているのに、体が半身に引きずられて熱くなりかけているのが、ひどくみじめだった。

「悪かった」

ふと、ワスレナを苛《さいな》むインペリアルの存在感が弱まった。びりびりと空気を帯電させるようなシメオンの怒りも少々鎮まっており、長い指先がそっと紅茶色の髪を撫《な》でる。

「泣くな」

「……泣いていません。涙は出ていないでしょう？」

触れてくる指を素っ気なく払うと、シメオンは素直に引き下がった。しかしその目はじっとワスレナを見つめている。

「だが、傷ついた」

「……分かっているなら、もう二度と、そういうことを言わないでください」

少しは共感能力が育ったかと思えばこれだ。ため息を堪えて頼むと、シメオンがまたムッとした気配が広がる。

「ならば、お前も俺の前で、ディンゴの話をするな」

「……それはつまり、僕に二度と、あの人の話をするなと？」

カイが代弁してくれたように、ワスレナは常にシメオンと一緒にいる。最近は同じ空間にいてもそれぞれ無言で資料を読んでいることが多く、穏やかな空気にうっかりと心地よさを感じたりもしているが、ディンゴの話題が出るといきなり雰囲気が悪くなるのだ。

ディンゴ様だって、あなたから見れば貴重な実験体なのでは？　と言いかけて、ぎりぎりで思い止《とど》まる。下手なことを言って本気にされたら困る。サンスポットを離れてすでに二週間、ディンゴが助けに来てくれる妄想からは脱していても、やはり彼には捕まってほしくない。

「そうですね。分かりました。ええ、僕の半身はあなたですからね」

「そうだ」

やけくそで発した言葉に力強くうなずかれて、気が抜けた。機嫌が直ったのなら結構とばかりに立ち上がろうとしたワスレナだが、その寸前で手首を摑まれ引き戻される。

「……なあ、ワスレナ」

なんの真似だと抗議する前に、シメオンの全身から噴き出したオーラに包まれた。いまだ摑まれたままの手首から伝わる体温が、火傷《やけど》しそうなほど熱く感じる。

「は、はな……あっ」

突然のことに防御できず、痺《しび》れた体を太い腕の中に引き寄せられた。強引にあごを取られて引き上げられ、ぎらぎらと輝く瞳を直視させられる。

「お前を抱きたい」

ストレートに告げられて、体の奥がじゅんと重く湿ったのを感じた。

表面上はすっかり平穏になったシメオンとの生活に、時折さざ波が立つことがある。一つは特定の相手が話題に上った時。もう一つは、シメオンがこうやって肉欲を露《あら》わにする時だ。

「発情期が近いのか？　お前から、強くコンセプションのフェロモンを感じる……」

匂《にお》いの元を辿《たど》るように、首筋から耳の後ろにかけて高い鼻先を埋められた。大型犬にじゃれつかれるような接触だけで、びくびくと体が震える。

「……ぼ、くは、半身を得た……コンセプションですよ。発情期は、来ません……それに、ご存じだと思いますが、平均的な発情期の周期は三ヶ月……」

動揺を抑え、必死に平静を装うが、その実厚い胸板に爪《つめ》を立てることもできない。体にまったく力が入らない。シメオンが意識的にインペリアルのオーラを放ち、ワスレナを誘惑しているせいだ。

「だが、発情期が来なくなるのは、半身のみを誘えばいいからだろう……？　つまりお前は、俺を誘うために、そのフェロモンを振りまいているのか……？」

耳朶《じだ》を甘く噛むようにして紡がれるウィスパーボイス。この距離からこの声でこんなふうにささやかれては、コンセプションでなくても腰が蕩《とろ》けてしまうだろう。

「そもそも、あ、あなた……コンセプションのフェロモン、感じないん、じゃ……」

「そのはずなのだが……半身だからか？　最近、お前のものだけは分かるようになった……お前がそれだけ俺を呼んでいる、求めているからだろう……？」

「……あなたの半身としての僕は、ね！」

渾身《こんしん》の力を込めて、両腕を突っ張った。実際はごく緩く彼の胸を押したにすぎなかったが、拒絶の意志は伝わったようだ。シメオンがぐう、とうめくような声を漏らしながら身を離した。

無論、ワスレナに押されたことが応えたわけではないだろう。白いコートの陰、はっきり兆した欲望の昇華を拒絶されたからだ。

……拒絶されたから、どうだというのだ。赤ん坊以下の抵抗など足蹴《あしげ》にして、初めて出会った時のように、無理やり抱けばいいのに。

半身をほしがる自分の声を無視して、ワスレナは努めて事務的な謝罪をした。

「申し訳ありません、僕も自分の発情周期は把握していますが、半身を得たことがなかったので油断していました……抑制剤を飲みます」

以前カイが「お守り代わりだ」と用意してくれたものがあるのだが、出所は言わないほうがいいだろう。ついでに立ち上がろうとしたワスレナだったが、シメオンの手が再びその手首を握り締めて引き留めた。

「私は自然な状態のお前を観察したい、と言ったはずだ。半身のインペリアルを誘うのは、コンセプションの本能だろう……？」

堪えても消せない情欲に、彼の瞳は潤んで見えた。吐息を孕《はら》んだ語尾が甘くかすれている。

「触るな！」

引きずられていく己自身を打つように、ワスレナは彼の頬を引っぱたいた。やはりほとんど力は入らなかったが、バチン、という音は想像より大きく広い室内に響き渡った。

シメオンが驚愕《きょうがく》したように瞳を見開く。まさか叩《たた》かれるとは思っていなかったようだ。

ワスレナだってうっすら残った自分の指の痕《あと》に狼狽《ろうばい》しているが、それより彼を拒絶せねばという強迫観念めいたものが勝った。

「あなたが求めるまま足を開くコンセプションが必要なら、今すぐ僕との半身誓約を解除して放り出してくれ!!」

途端に心臓を締めつける怒りの気配。とうとう本気で怒らせたのかと思ったが、シメオンは子供のようにプイと目を逸《そ》らして吐き捨てた。

「……嫌だ。俺は、お前との誓約を解除するつもりはない」

ここまでインペリアルのプライドをコケにされて、それでもまだ、自分などを半身にしておきたいのか。

大した研究者根性だと無理やり嘲笑《あざわら》おうとしたが、上着の中にしまったドングルの存在が妙に意識された。その重みに負けて、再び座り直してしまう。

「ど、どうでもいいですが、あなた、時々自分のことを『俺』って言いますね」

ムードを変えたくて無理やりひねり出した話題に、シメオンは「……ああ、そのようだな」とうなずいた。

「お前といると、昔に戻る気がする。腹が減るし、イライラする……」

「……それはどうも、すみませんでした」

新手の皮肉かと頬を引きつらせたワスレナであるが、シメオンは首を横に振った。

「いや、不快ではない。不快なこともあるが……満足感もある。これが、半身を得るということなのだな」

ひどく感慨深げにつぶやくと、彼はじっとワスレナを見つめた。

「こんなことなら、もっと早く半身を作るべきだった。お前は俺に、何も求めてこない」

「……それなりの給金はもらっていますけどね」

強烈な引力に抗《あらが》うように、彼との取り決めで作った二つの口座のことを思い浮かべた。

「お前の三倍の給料をやったのに、夜中に勝手に俺のベッドに忍び込んできたインペリアルもいたぞ」

苦い口調で零《こぼ》したシメオンの声に、また感慨深げな調子が戻った。

「半身との生活は……心地いいものだな。ジョシュア兄貴やセブラン兄貴が、半身以上である片翼《ベターハーフ》を大事にするわけだ」

「……どうしたんですか、今日は。お昼に食べたいものでもあるんですか？」

体のどこかに触れられているわけでも、インペリアルのオーラによる攻撃を受けているわけでもないのに、腹の底がくすぐったい。だが、不快では、ない。

「オリエンタル・フードがいい」

「またですか。まあいいですけどね、僕も結構あれは好きですし……じゃあ、夜も」

そういえば先ほど、セブランが「お前、夕食も食べるようになったらしいな？」と確認を取っていたと思い出した。

「あなたはもしかして、もともと食事はかなり不規則だった？」

「用事がなければ朝しか食わなかった。後はサプリだな。だが、お前が作った飯は可能な限り食べたい」

「……分かりました。じゃあ、用意をします」

これを機会にと立ち上がったワスレナは、まず寝室に入って抑制剤を飲み、背中に突き刺さるシメオンの視線を感じながら厨房に入った。買い置きしていたミソの残量を確かめつつ、恨み言を漏らす。

「……太らせてやる……」

別段体を鍛えている様子などないのに、均整の取れたシメオンの肉体を思い出してしまった。自分の迂闊《うかつ》さを呪《のろ》いながら、怒りを込めてキャベツの千切りを開始する。

時折、錯覚してしまいそうになる。運命とまではいかないが、シメオンと自分は比較的相性のいい半身で、この穏やかな日々がどこまでも続いていくのだと。

下らない考えも一緒に、包丁で次々と野菜を切り刻む。馬鹿げている。あり得ない。

頭はそう理解しているのに、体はそう言っていない。本当に発情期が近いのかもしれない。料理への集中を邪魔する奥のうずきが忌々しくて仕方がなかった。

一日オフはありがたい反面、どのタイミングでこの熱を処理しようかと思うと気が滅入《めい》る。普段ならさすがに同席できないような会議もあり、その隙《すき》にトイレやシャワールームに駆け込んですませてしまえるのだが。

おまけにシメオンは、ワスレナの自慰をどこからか観察しているというのだ。スターゲイザー内には、目には見えずとも無数のカメラやセンサーが張り巡らされているのだろう。ショッピングの際に何度か逃げ出すことも考えたのだが、実行しなくてよかった。

きっとあっという間に捕まって、シメオンのところに連れ戻される。怒れる半身は、ついに誓約の解除を行うだろうか。それとも誓約の強化をしようと、初めて会ったあの日のように……。

「……ん、んんっ……っ！」

戦慄《せんりつ》めいた甘美な痺れが背筋を駆けた。ソープ・オペラ後半の山場、ヒロインのコンセプションに惚《ほ》れているインペリアルが、彼女を片翼《ベターハーフ》にしようとしてシャワールームに閉じ込め事に及ぼうとする場面が浮かんでくる。都合良くヒーローのインペリアルが助けに来てくれるのだが、相手がシメオンならそうはいかないだろう。

……いっそ、と願う気持ちを振りきるために、また二つの口座のことを無理やり思い出す。シメオンがワスレナが後で設定した口座名に言及してこないので、最低限のプライバシー程度は守ってくれているのかと思ったが予想は外れたようだ。まだそこまでの情緒は育っていないらしい。

それでも出会った頃に比べれば、彼はずいぶん親しみやすくなった。その分面倒《めんどう》も増えてはいるが、ハウスキーパーの真似事程度なら許容範囲だ。

「……彼のような地位にある人間が少しでもコンセプションを大事にしてくれるようになれば、何か変わるかもしれないからな」

そう遠くない未来、半身誓約の解除という形で別れは来るだろう。ならばせめて、ゴールデン・ルールの重要人物であるシメオンのコンセプションに対する心証を良くしておきたい。

両親の元にもディンゴの元にも帰れない。スターゲイザーを出ることもできぬまま、半身の気まぐれにすがるしかないワスレナだ。同族たちの未来に少しでも貢献できるなら、それでよしとすべきだろう。

発情期めいた昂《たか》ぶりを覚えてから、さらに二週間経った夕方のことだった。二週間前同様、今日は一日これといった用事もなく、二人で部屋にこもってそれぞれの作業を行っている。

窓の外には雨に濡《ぬ》れたインペリアルシティ。気象管理局によって定められた定期降雨の日なのだ。そのため移動を伴う行事がほぼ行われず、自然とオフになったのである。

「……出席率だけはいいんだがな……」

ソファに座ったシメオンは、昼すぎからパソコンのディスプレイを見つめて眉間《みけん》にしわを寄せている。先日の講義の際、学生たちから集めたレポートの出来が気に入らないのだろう。一度ワスレナがざっくり確認し、連絡先やホームパーティの招待状などの不純物は排除してから彼のアカウントに転送したが、出来映えまでは口を挟めない。

いつもなら、半身の機嫌下降を感じ取ったワスレナがコーヒーの支度でも始めるところである。そもそも雨の日はワスレナ自身の気分も沈みがちだ。ダウンタウンで雨に打たれながら死にかけていたあの日のことを、どうしても思い出すからだ。

まして今、側《そば》にはあの日の自分を助けてくれたディンゴはいない。いるのは遙《はる》かな高みから自分を見下ろしていた、忌々しいインペリアルだけだ。

だが本日のワスレナは忌々しいインペリアルの向かいに腰かけ、その名の由来になった瞳をキラキラと輝かせながら、自分用に用意されたパソコンのディスプレイをじっと見つめている。

「ワスレナ、そろそろ夕食の用意をしたほうがいいんじゃないか」

「……」

「おい、ワスレナ」

「は、はい！」

数度シメオンに呼ばれ、ようやく返事をしたワスレナは、ディスプレイの端に表示された時刻を見てハッとした。

「うわ、もう六時か……すみません、つい夢中になってしまって」

「熱心なのは結構なことだが……今度は何を見ていたんだ？」

例のドングルを受け取って以来、ワスレナは時間があれば様々な資料にアクセスし、貪《どん》欲《よく》に知識を貪《むさぼ》っている。サンスポットやゴールデン・ルールの機密事項を目にするような権限はないにせよ、延々と同じソープ・オペラを見るしかなかった身には信じられないほどの膨大な情報に接することができるのだ。

アクセスのたびにシメオンの名をパスワードとして打ち込むことに若干反感を覚えたが、変更可能と聞いてはいるものの、なんとなく変更はしていない。その代わり、他の仕返しを思いついた。

「ええ、今日は大変貴重な映像を見つけました」

含み笑いをしたワスレナは、ディスプレイをシメオンに向けた。

「昔のあなたは、本当に天使のようですね」

「……そんなものまで資料として蓄えられていたのか」

盛大に顔をしかめたシメオンが不服そうに下唇を噛む。ディスプレイの中の少年シメオンが、緑の瞳を輝かせながら飛行機を見上げてはしゃいでいるのとは雲泥の差だ。二十年前、インペリアルシティの端にあるエアポートの改装完了記念に撮られたものだと、注釈が入っていた。

「見なくていい」

「ええ、仰せのままに」

澄ましてうなずくワスレナを睨みつけながら、シメオンは無言でキーボードに指を滑らせている。おそらく自分の情報に制限をかけているのだろう。

生憎《あいにく》、ワスレナの権限で見ることができる情報は全て閲覧した後だと、アクセス解析を確認すれば分かってしまうだろう。プレス用に撮られた写真を時系列順に眺め、ゴールデン・ルール一族の三男として生まれた少年が、次第に輝くような笑みを失っていく様を見てしまったと。

しかし、気づけば彼と出会ってもう一ヶ月。仮にあの頃、同じ画像を突きつけたとして、同じ反応を得られただろうか。

「あなたもずいぶん、人間味が出てきましたね」

せっせと秘書まがいに世話を焼いてきた甲斐《かい》があっただろうか。ふふ、と微笑んだワスレナを見て、シメオンの唇がわずかに綻《ほころ》んだ。

「そうだな。お前の態度も、柔らかくなった」

口の端をほんの少し持ち上げただけの笑みではあったが、嘲笑《ちょうしょう》ではない、染み入るような感情の一端である笑顔に心臓が跳ねた。輝かしい未来を疑わぬ少年のものとも違う、大人の男の笑みだった。

「……なあ、ワスレナ」

そっと伸びてきた手がワスレナの指先に触れた。彼の笑顔に見惚《みと》れていたため反応が遅れ、慌てて引き戻そうとした手をぎゅっと摑まれ、引き寄せられる。

「今夜」

「な、なんですか。嫌だ、抱かせませんよ！」

その手に乗るものか、とばかりに拒絶しても、シメオンは手を放してくれない。

「分かっている。自分で処理する。だから、お前が処理するところを私に見せてくれないか」

いい加減シメオンの唐突さに慣れたつもりだったワスレナも、この要望には度肝を抜かれた。手を振り払うことも忘れて見つめ返すと、シメオンが心なしか瞳を伏せた。

「この間は悪かった。あれ以来、お前がしているところを勝手に見たりしていない。だが……そろそろ、限界だ」

何が限界を迎えているのか、おそるおそる視線を下に向けて後悔する。彼のボトムを押し上げる肉塊の熱を思い出し、コクリと喉《のど》が鳴った。

口の中に唾液《だえき》が溜《た》まり始めたのが分かる。このたくましいものをくわえ、思いきり愛したい。そして十二分に育てたもので、奥の奥まで愛されたい。

「……嫌、だ」

熱に浮かされた頭を振ると、シメオンの眉が悲しそうに下がった。まるで飼い主に叱《しか》られた大きな犬のようだ。

だからつい、こう続けてしまった。

「ぼ、僕だけなんて、フェアじゃない……でしょう」

しゅんと曇っていた緑の瞳が、現金にもきらっと輝く。

「なら……」

嬉《うれ》しそうな声が、無粋なインターフォンによってかき消された。ワスレナはびくっと震えてシメオンから離れ、シメオンはひどく忌々しげに顔をしかめる。

「誰だ、こんな時間に。また兄貴か？」

「いや、セブラン総帥代理じゃないでしょう。あの方は、こんなに落ちついたインターフォンの鳴らし方をしません」

ならば答えは一つだ。頬の火照《ほて》りを冷やすように冷静な声を出したワスレナは、さっと立ち上がって戸口に向かった。

「よう」

案の定、インターフォンに備えつけのカメラに映っているのはカイである。だが一瞬、ワスレナは己の目を疑った。

もともときらびやかな美貌《びぼう》を持つカイなのだが、今日の彼は一体どうしたことだ。カメラ越しにも違いが分かるほど、滴るような色気にあふれている。

「おい、ワスレナだろう？　そこにいるのは。開けてくれ」

「あっ、は、はいっ！」

声すらも少しハスキーで、聞いているだけでドキドキしてしまった。頬の熱が蘇《よみがえ》ってきて、慌てふためきながら解錠すると、カイが心配そうな顔でこちらを見ていた。

「……おっと。悪い、邪魔したか？」

「い、いえ……」

「……無理するなよ、嫌ならちゃんと嫌って言えよ」

「大丈夫です、ちゃんと言っています！」

つい先ほど、限定的なOKを出しかけたところだ。カイが来てくれたことに感謝しながら首を振ると、彼は「ならいいが」と言って話を変えた。

「なあ、今日はオフなんだろう？　俺とセブランでメシを作るから、よかったら一緒に食わないか」

「断る」

言ったのは、いつの間にか後ろに立っていたシメオンである。にべもない態度に呆れ、ワスレナが抗議しようとする前に、カイが彼を睨みつけた。

「シメオン、お前はずいぶん、ワスレナを気に入ったみたいだよなあ？　セブランが飯に誘えばシャットアウト。この間のショッピングは承知はしてくれたが、まさかのお前付きとは恐れ入ったぜ。ステフは久々にお前に会えて、喜んでいたけどな」

「そうだな。ワスレナはとても優秀なコンセプションだ。よく気がつき、勉強熱心で、飲み込みがよく、うまいメシを作ってくれる」

真後ろからべた褒めされて、ワスレナの頬に血が集まってきた。人の気も知らないで、このインペリアル様ときたら!!

「……まあ、確かに、思っていたよりは、だいぶまともな扱いをしているようだな」

前回のショッピングの際、シメオンとの生活をあれこれ探られたことを思い出す。驚くような高給を与えられ、どこに行くにも連れ回され、いちいち「私の半身だ」と紹介されて辟易していると。

『なあ、一応聞くが、のろけているんじゃないんだよな？』

『違います！』

猛然と抗議したワスレナの髪をくしゃりと撫でて、カイは肩を竦めていた。

『……似た者兄弟だぜ、まったく』

セブランとの過去を思い出しているのか、はにかんだ笑顔はドキリとするほど魅力的だった。直後にシメオンに腕を掴まれ、その痛みに抗議している間に話はうやむやになってしまったのだが。

「でもな……その、シメオン、ちょっとは自重しろよ。今のお前、魅力的を通り越して、怖いぞ？　いいところを邪魔しちまったようで、悪いが……」

カイはシメオンが放つオーラに少しだけ怯《おび》えた顔をしている。どういう思い違いをされているか分かり、ワスレナの頬がさらに熱を持った。

「抱いていない」

いつもの口調でシメオンが断言するものの、カイは胡散《うさん》臭そうに瞳をすがめた。どう見ても疑っている。当たり前だろう、無理やり半身にされて一ヶ月、ほとんどずっと側にいるのだ。

シメオンもカイの不審を感じ取ったらしく、ご丁寧につけ足してくれた。

「抱きたいとは思っているが、許可を得られないのでしていない」

瞬間、いつもより一層艶《あで》やかな色気をにじませていたカイが、丸く口を開いた間抜けな表情をした。

「……お、お前……」

「……博士！」

数秒後、ワスレナは目を三角にしてシメオンを怒鳴《どな》りつけたが、口を閉じたカイは感慨深そうな微笑みを浮かべている。

「……そうか。本当に、大事に、してるんだな」

そりゃ今は半身ですからね、という言葉をぎりぎりで飲み込んだ。下手に切り返せば、すっかり恒例になった「俺はお前との半身誓約を解除する気はない」が飛び出し、自分たちを包む空気はさらに生温《なまぬる》いものになるだろう。

だが、安心するのはまだ早かった。

「先ほど、マスターベーションを見せ合うことは許可をくれた」

「博士っ⁉」

仰天したワスレナがひっくり返った声を上げるが、シメオンはまたぽかんと口を開けているカイを威嚇《いかく》するように見つめて話し続ける。

「だから俺たちは、飯を食ったらすぐ帰る」

「ふ、ざけるなっ。冗談じゃないッ、許可なんかしてない‼」

「僕だけなんてフェアじゃない、というのは、つまり私もすればと」

「黙れ黙れっ‼　じゃあ取り消す‼」

「なにっ」

全身を真っ赤にしたワスレナが火を噴くように叫ぶと、シメオンもカッと目を剝《む》いた。

「ふざけるな！　さっきは確かに」

「言った！　言いましたけど!!　何もカイさんにしゃべらなくたって……!!」

「……どうしてお前は、そんなにカイが好きなんだ!!」

「それは、だって、カイさんはここにいる唯一のコンセプションですし、ずっと優しくしてくれたし……!!」

「分かった、分かった、もういい、落ちつけ二人とも!!」

下らない言い争いに割り込んできたのはカイだった。その顔には再び滴るような色気が戻りつつある。

「シメオン、ワスレナ。悪かったな、二人の邪魔をしてしまって」

そのまま引き下がるかと思いきや、彼は意外な方向に話を運んだ。

「だが、今夜じゃないと、セブランと予定が合わねえんだ。だから今夜だけは、俺の顔を立ててメシに付き合ってくれ。な？」

まるで先日、食事に誘ってきたセブランのようなやり方だ。一瞬顔を見合わせたワスレナとシメオンであるが、二人の間にはある共通認識がある。すわなち、セブランよりカイの頼みのほうが断りにくい。

「……分かった」

学生たちの出来損ないレポートを見ていた時の十倍渋い顔で、シメオンが重々しくうなずいた。


カイに導かれるままスターゲイザーの最上階まで昇ったワスレナたちは、部屋で待っていたセブランに笑顔で歓迎された。給仕などの人影はなく、室内には四人だけ。本当に身内のみの食事会に招いてくれたのだ。

今日はパスタだぜ、と言われ、まだオリエンタル・フードブームが継続中のシメオンの眉間にしわが寄ったが、一度承知したことだ。不服そうな感情は伝わってきたが、表面上はおとなしくしていた。

「なあワスレナ、お前、その首から提げてるのはシステムアクセス用のドングルだよな？」

「あ……はい。すみません、どうも体から離していると不安で……」

「気持ちは分かるぜ。セブランのやつも、ちょっと方向性は違うが、プレゼント攻撃が得意だからな……」

一方ワスレナは、カイと話しながら料理を作ることが楽しくてすっかり盛り上がってしまった。海鮮類をたっぷり使ったパスタやパエリアにはあまり馴染《なじ》みがなかったが、カイのセンスで飾りつけられたそれは見た目も華やかで食欲をそそった。途中で台所に乱入してきたセブランは邪魔するだけかと思いきや案外器用で、カイの指示に従って味を調えたり、娘の分の料理を取り分ける姿は様になっていた。

「ステフともなかなか時間が合わねーんだよなぁ。でも、メシだけはカイちゃんか俺が作って送るようにしてんの」

台所の隅にあるトランスポーターシステムのポートに料理が載ったトレイを差し入れ、送り先の位置を指定しながらセブランが説明してくれた。このシステムを使えばスターゲイザー内の指定ポートへ、瞬時に物を届けることができるのだ。

ステファニーは普段はスターゲイザー内の別階にて、セブランの両親である祖父母に面倒を見てもらっているという。忙しく、また敵も多い両親と一緒にいるのは危ないという配慮からだが、「寂しい思いをさせちゃってるよなあ……」とセブランはしみじみつぶやいた。

「……あなたのほうが、寂しそうです」

思わずワスレナが言うとセブランはにやっと笑い、あることを耳打ちして離れていった。

かくしてテーブルの上には海鮮メインの料理がずらりと並び、セブランがとっておきの白ワインを奮発してくれた。ゴールデン・ルール総帥代理が奮発するワインの値段に思いを馳《は》せると味が分からなくなりそうだったので、素直に礼を述べて飲んだ。ワインというものへの認識が変わりそうな、芳醇《ほうじゅん》な味わいだった。

ディンゴも高級な赤ワインが好きで、時折飲ませてくれた。記憶の棘がちくりと胸を突いたが、それより楽しさが勝った。

会食でもないプライベートな席で、シメオン以外の人間と語らいながら食事をするのはショッピングの際以来である。あの時もカイと一緒だったのは昼までで、シメオンにせっつかれて夕食前には別れたのだ。

半身の感情の動きは気になったし、この空間に馴染めば馴染むほどつらい思いをするだけと分かっていても、カイもセブランもシメオンと違って話がうまい。当たり障りのないやり取りにさり気なく挟まれる気遣いは、素直にありがたかった。

ただ、直球にすぎるシメオンの言葉やまなざしに慣れてしまったせいか、少し物足りなく思う瞬間があった。当のシメオンは少々面白くなさそうな様子ながら、話しかけられればそれなりに受け答えし、食事もきれいに平らげていたが。

「あー、うまかったぁ。やっぱりカイちゃんの料理が一番だな‼」

食事会を始めて二時間が経過し、テーブルの上にあるのは食後のコーヒーのみ。満足そうに腹をさすったセブランが感想を述べれば、向かい側のシメオンが静かにつけ加える。

「ワスレナも手伝ったぞ」

「うんうん、もちろんもちろん。つーか、俺だって手伝ったし！　何もしなかったのはお前だけだからな、シメオン!!」

「……博士に料理を期待しないほうがいいですよ、総帥代理。下手なことをされると僕の手間が増えるだけなので、座っておいてもらったほうが効率的です」

洗い物を一通り片づけ、エプロンを外して戻ってきたワスレナが口を挟めば、セブランが緑の瞳を丸くした。

「つーことは、アレだ。お前、料理の手伝いをしようとしたことがあったわけ……？　あー、もー、スゲー!!　ワスレナちゃんスゲー!!　サイコー!!」

何がツボに入ったのか、ゲラゲラ笑い転げている兄を見て片眉をひそめたシメオンが景気よくコーヒーカップをあおった。

「もう片づけはすんだな？　帰るぞ、ワスレナ」

「ああ、そうだな。もう九時すぎてるし」

お開きとしては丁度いい頃合いだろうと、セブランもあっさり納得した。含みのある視線が隣のカイへと動いたことを感じ、ワスレナはほんのりと頬を染める。彼が先ほど耳打ちしてきた内容を思い出したのだ。

『ステフが寂しくないように、今夜は二人目を作る予定なんだ』

カイのただならぬ色香は、発情期に入ったせいだという。

ワスレナもカイも半身を得たコンセプションである。誰彼構わずフェロモンを振りまくようなことはないが、そもそも半身誓約は子を作るためのもの。長期に亙《わた》ってセックスをしないと、相手を誘うためにフェロモンを出すことがあるのだとか。

『この二週間、俺もカイちゃんも忙しくて、まとまった時間を取れなかったからなー。この間のオフは半分譲ったんだから、今夜は遠慮してくれよ？』

先日のショッピングのことも含めて釘《くぎ》を刺されてしまったのである。ワスレナもこの後シメオンの機嫌を取ってやらねばならないし、さっさと退散しようと思った時だった。

「そのことなんだがな、セブラン、ちょっと」

おもむろに立ち上がったカイがセブランを手招いた。二人で部屋の隅に行き、ひそひそと話し始める。

「えぇー!?　でも！　今夜は久々に時間取れるからって、二人だけで、ゆっくりじっくりしっぽり……」

不満たらたらなセブランの大声が聞こえたが、カイに叱られたらしい。あっという間に声は勢いをなくし、やがて盛大なため息が漏れた。

「……ちぇ、分かったよ、カイちゃん。確かに俺も、これはシメオンにとっていい機会だと思うし……」

どうしてシメオンの名前が聞こえたのだろう。嫌な予感を覚えながら見守っていると、セブランが一瞬チラッとこちらを見た。

日頃はゴールデン・ルール総帥代理とはとても思えぬ、どちらかといえばカイの尻《しり》に敷かれているように見えるセブランである。そのギャップのせいもあってか、ぞくりとするようなオスの色香を漂わせた表情に心臓が跳ねた。

「その代わり、覚悟しとけよ？　カイ」

「……の……望むところ、だ」

別の半身を持ったワスレナでさえ刺激の強い顔だ。片翼《ベターハーフ》であるカイには相当効いたのだろう。強気な台詞《せりふ》を震える語尾が裏切っている。

コンセプションとしてのカイは期待を抑えきれないらしく、周囲を惑わす危うい色香が一層強くなった。彼が半身を持たないコンセプションであれば、どんなインペリアルもむしゃぶりついてしまったに違いない。

……シメオン博士以外はな、と思わず心の中でつけ加えてしまったワスレナを見てにやりと微笑み、セブランは「ＯＫ」とうなずいた。

「言質は取ったーっと！　来いよ、カイ」

「あ、てて、こら、調子に乗るな!!」

いささか乱暴に腕を摑まれたカイが文句を言ったが、セブランはすっかり勢いに乗っている。

「シメオン、ワスレナ。そういうわけだから、総帥代理権限発動!!　今夜は帰さないぜ」

「あ？」

今にも帰ろうとしていたシメオンの顔が歪《ゆが》んだ。ダウンタウンをうろつくギャングもかくや、とばかりの凶悪な面構えになっていたが、セブランは平気で告げた。

「お前らひよこ半身に教えてやるよ。片翼《ベターハーフ》のセックスの良さってやつをな」


セブランとカイの私室は、ワスレナとシメオンが暮らす部屋によく似ていた。広々としたベッドルームもほぼ同じ作りである。

キングサイズのベッドまでカイを無理やり抱えて運んだセブランは、その上に覆い被《かぶ》さるなり深く口づけた。互いの唾液を混ぜ合わせるような卑猥《ひわい》な舌使いが、くちゅくちゅと生々しい響きからよく分かる。

カイも十分背が高く、しっかりした体つきをしているはずなのだが、こうして折り重なっていれば体格差は歴然としていた。ということは、自分とシメオンなどは正しく捕食者と被捕食者に見えるのだろう。

頭の片隅でそんなことを思いながら、ワスレナは目の前の光景を呆然《ぼうぜん》と見つめていた。

シメオンと並んで腰かけたもう一つのベッドはステファニー用であるらしく、豪華な作りではあるがあまり大きくはないので、横にある体温が気になって仕方がない。

「ン……ふっ、こら、セブラン……！」

首を振ってキスから逃れたカイは、タイトなセーターを性急なしぐさでまくり上げる手を押し留《とど》めた。

「乱暴にするな、馬鹿……！　分かってるだろ、今夜はワスレナたちのために……!!」

「心が通じ合ってる二人なら、ソフトＳＭだってプレイの一環だろ？　……お前だって本当は、ちょっと乱暴にされるぐらいのほうがイイくせに」

低い声でささやいたセブランが、無理やりセーターを押し上げて頭まで引き抜いた。だがあえて袖《そで》は残したため、カイは頭上に両腕を上げて拘束された状態になった。

「ちょ、てめ、何しやがる！」

本気で慌て始めたカイだがセブランは止まらない。セーターの下に着ていたタンクトップを鎖骨が見えるまで押し上げ、覗《のぞ》いた淡い色の乳首に唇を寄せる。

「んっ」

ぢゅ、と音を立てて吸われ、カイがくぐもった声を漏らした。ワスレナも思わず胸元を押さえて身を竦める。

「んはっ……、あ、ぁ、セブラン……」

右胸のとがりを口に含んだセブランが、濡れた舌先でこねるように乳首を転がす。同時に左の乳首を人差し指と親指で摘《つま》み上げ、挟み込んですりすりと刺激を加えた。

シメオンに一度だけ抱かれた時のことを思い出してしまい、触れられてもいない乳首がきつく凝《こご》るのを感じる。隣のシメオンも同じ時のことを思い出しているのか、ごく、と唾《つば》を飲む音が聞こえた。張り出した喉仏の動きが生々しい。

「あ……、は、ァ、ワスレナ……」

と、カイが熱っぽい声で自分の名前を呼んだ。代わる代わる両方の胸を吸われながら、その目は弟分を安心させるように微笑んでいる。

「そんな顔、するな……大丈夫だ、俺とセブランは、ちゃんと愛し合ってる、か、らっ、ぁンっ！」

説明が甘い悲鳴で途切れた。カイのボトムを下着ごと膝《ひざ》まで押し下げたセブランが、彼の性器を一息に口に含んだのだ。

「んぁ、あっ!?」

強い刺激にカイの声が跳ねた。拘束された腕を必死に前へ回そうとしているが、肩がうまく動かせないらしい。じたばたともがくだけだ。

狼狽する片翼《ベターハーフ》の姿に瞳だけでニヤリと笑ったセブランは、片手でボトムが絡んだ足を押し広げながら、ゆっくりと頭を上下させる。力強く全体を吸い上げては吐き出す、を不規則に繰り返されて、カイは悲鳴を上げた。

「やっ、セブラン、だめだ、先っぽやだ、やぁ、あっ、あーっ……!!」

とどめとばかりに鈴口に舌をねじ込まれたカイは、甲高い声を上げて片翼《ベターハーフ》の口の中に放ってしまった。

「うわ、早……」

意外そうな声を出したセブランは、唇を濡らすカイのものを舐《な》め取りながら顔を上げた。

「いつもなら、もーちょい我慢できるのに。自分から言い出すだけあって、カイちゃんてばギャラリーがいるほうが燃えるクチ?」

「うる、さいっ……馬鹿野郎……」

はぁはぁと荒い息を吐きながら、カイは赤く染まった顔を横に逸らす。その拍子に彼と目が合ったワスレナは、知らず己の膝頭を握り締めていた手を振りながらうつむいた。

「す、すみません!」

「……馬鹿、いいんだよ、お前たちに見てもらうために呼んだんだからな……」

次第に呼吸が整ってきたカイは、真面目な口調で語り始める。

「なあ、ワスレナ……お前ももうちょっとだけ、素直になったらどうだ……?」

「え?」

「抗えない引力みてーなもんを、感じてるだろ……隣の馬鹿野郎に。こいつら相手じゃ、認めがたいのも分かるけどな……」

長い睫毛《まつげ》に縁取られた瞳が、意味ありげにシメオンを見た。シメオンは条件反射のようにむっとした顔になったが、カイは年上、というより先達の余裕で微笑んでいる。

「こいつらルミナリエ兄弟は能力はあるんだが、こと恋愛に関しちゃガキ以下だからな。ただ突っ立ってるだけで相手は入れ食いなんだ、辟易する気持ちも分かるが……」

「……ジョシュア兄貴は、エリンさんを子供の頃からずっと大事にしているぞ」

エリンとは、ゴールデン・ルール総帥ジョシュアの幼馴染みである女性だ。コンセプションながら、そこそこ格式のある家に生まれた彼女は幼い頃からジョシュアと親しくしており、当たり前のように結ばれたとワスレナも聞いている。

セブランとカイに比べればドラマティックさに欠ける、などと勝手なことを言われたりもするが、そんなものは傍観者の感想だ。ワスレナだって可能なら早めに半身に、片翼《ベターハーフ》に出会い、守られていたかった。

「……ジョシュアさんはお前たちに比べれば相当にまともだが、元はといえば、あの人がディンゴの気持ちを汲《く》んでやらなかったから……」

——自分のように偉大な人間をただの影武者として扱ったジョシュアが許せないと、何度も語ったディンゴ。その底に流れる気持ちを、カイも気づいていたのか。

唇を噛み締めてうつむいたワスレナであるが、次の瞬間カイが「うあぁっ!?」と悲鳴を上げて仰《の》け反った。

「こ、ら……！　セブラン、馬鹿、いきなりっ……!!」

「ごめんねー、カイちゃん」

カイの奥に二本の指をねじ込んだセブランは、ちっとも悪いと思っていない声で謝罪した。

「盛り上がってるとこ悪いけどぉ、いーかげん大事な片翼《ベターハーフ》をほったらかしすぎじゃないー……？」

「んあ、ああっ！」

内部に潜り込んだ人差し指と中指が、ぬちゅりと音を立てながら蠢《うごめ》き始める。前立腺《ぜんりつせん》のふくらみを二本の指で代わる代わる叩かれ、カイはビクビクと体を震わせた。

「カイちゃんが優しいのは分かってる！　ワスレナが可愛《かわい》いとも思ってる！　でもさぁ、カイちゃんの一番は、いつだって片翼《ベターハーフ》である俺じゃなきゃヤなわけ。なあ、この気持ち、分かって……？」

駄々っ子のような物言いとは裏腹に、その愛撫《あいぶ》は実に的確だ。長い時間をかけて自分に馴染んだカイの性感帯を刺激し、一見インペリアルにも見紛うしっかりした体格の彼から、オスをほしがるメスの淫蕩《いんとう》さを引き出していく。

「んっ……は、ぁ」

やがて、たっぷりと前立腺を可愛がった指が体液の糸を引きながら抜け出ていく。ぷくりとふくらんだ乳首を差し出すように、カイは背をしならせてあえいだ。ワスレナも、思わずもじっと腰をくねらせてしまった。

「馬鹿……加減、しろ……お前、オーラ、強すぎ、る……」

「だぁーめ。片翼《ベターハーフ》のセックスのよさ、教えてやるんだろ」

なぁ？　といやらしく笑うセブランが意図的に放射する、強烈なインペリアルのオーラ。緑の瞳をぎらぎらさせながら、セブランは不意にカイを抱え上げた。まだ腕にセーターが絡まったままのカイはろくに抵抗もできず、されるがままだ。

「本当は誰にも見せたくねーんだけど、こーなったらとことん見せつけてやるぜ。お前ら初心者半身には真似できない、愛の営みってやつをよ」

カイを背中から抱くようにして座ったセブランは、彼の足を大きく広げ、ワスレナとシメオンに見せつけた。

「セブラッ、んァッ⁉」

「はは、もうトロットロ」

さすがに抗議しようとしたカイだが、軽く性器の先を撫でた指先が二本、再び奥に潜り込んできた感触に悲鳴を上げる。セブランは入り口付近を浅く出し入れしてもてあそんだ後、蕩けた肉の輪をくぱりと開いてみせた。

太股《ふともも》や臀部《でんぶ》の清らかな白さが嘘のように、内壁は紅い。奥から湧《わ》き出る粘液にまみれ、浅ましく収縮する様さえよく見えた。

自分の中も、今はこんな状態なのだろうか。

「……っ！」

熱い呼気が漏れそうになり、慌てて手で口を塞《ふさ》ぐワスレナだが、腰がゆらゆらと揺らめいてしまった。寝台越しに伝わった艶《つや》めかしい振動に、シメオンも無言で足を組み替える。

「あん、ん、や……馬鹿……ぁ、拡《ひろ》げ、る、なぁ……」

「嘘つき。見られたくてあいつらを引き留めたの、カイちゃんでしょ？」

耳元でささやいたセブランの指がカイの穴から離れた。ほっとしたのも束《つか》の間、彼の指がカイの腰に左右から食い込んだ。

「ほーら、だっこしてやるよ。よぉーく見えるよーに、なぁ！」

「なっ、やめっ……あぁっ⁉」

ぐいっと持ち上げた細腰をあぐらをかいた足の上に落としたセブランは、嫌がるカイの足を強引に開いて固定した。再び指を這《は》わせた穴は、嫌がるどころか甘えるように彼の指に吸いついてくる。

「はは、俺のを注ぐ前から、もうぐっちゃぐちゃ。奥からどんどん垂れてきてんじゃん。期待しすぎじゃない？　カイちゃん」

「てめぇ、も、だろ……‼」

汗ばんだ額にハニーブロンドをまだらに貼《は》りつけ、カイがかすれ声で抗議する。なめらかな背で後ろの男を押しやれば、セブランが小さく息を詰めたのが聞こえた。

「さっきから、人の背中を汚しやがって……!! てめえだって、俺に入れたくてしょーがねーんだろーが……!!」

「……ああ、そうだ。とっととぶち込みてーし……」

カイの痴態に興奮し、下着からはみ出したものを摑んだセブランは、片翼《ベターハーフ》の背骨のくぼみに濡れた先端をこすりつけた。

「弟とその半身とはいえ、本当はお前のこんな姿、誰にも見せたくねーよッ……!!」

ぬるんと滑らせたソレで当たりをつけておいてから、再びカイの腰を持ち上げる。垣間《かいま》見えたその大きさにワスレナがぎょっと目を剝いた次の瞬間、剛直の全てがカイの中にねじ込まれた。

「アーーーーッ!?」

衝撃に、カイの悲鳴が長く尾を引く。自分が愛撫を受けているかのように瞳を蕩けさせていたワスレナは、今度は彼が感じている苦痛を思って血の気が引いた。

しかしカイが苦しげなのは一瞬だった。根元まで埋め込まれた瞬間は確かに苦しんでいたはずのカイの表情は、セブランが腰を揺すり始めるとすぐに甘く解けていく。

「あっ……、ン、ァ……」

ぐぷ、ぬぽぉと水っぽい音を立てながら、カイの中を出入りするセブランの性器。薄々分かっていたが、シメオンと同じぐらいたくましい彼の一物は、弟と同程度の長さと太さを備えている。

「……な、これ、脱げよ……」

ゆさゆさと揺さぶられながら、カイがくいっとセブランのライダースーツの裾《すそ》を引いた。普段の彼とは違う、幼くさえ見えるしぐさにワスレナの胸まできゅんとする。

「カイは本当に、俺の体が好きだよなあ」

「うん、好き……お前の体、たくましくて、あったかくて、大好き……だから、脱いで……?」

大好きだから、隔たりなしに感じたい。可愛らしい願いを聞いたセブランは、上半身の衣服を景気よく脱ぎ捨てた。

そこに現れた肉体は、普段のだらしなさが嘘のように引き締まっている。ゴールデン・ルールの人間は筋肉がつきやすい、恵まれた体躯《たいく》の持ち主ではあるのだが、やはりセブランもああ見えてきちんと体を鍛えているのだろう。

あるいはカイとのセックスが……と考えて、鼻先を赤くしているワスレナをよそに、セブランは裸の胸にカイの背を抱き込んで幸福そうにしている。

「うん、俺も、カイちゃんの体も、しっかり者なところも、割と血の気が多いところも、セックス大好きなところも、だーい好き」

こちらも子供のように邪気なく笑った。だがカイの腰を抱え直し、ずるずると自身を引き抜いていく高さに容赦はなかった。

「あっ馬鹿、アーーーーっ……!!」

濡れそぼった粘膜ごと引き出すように抜かれたと思ったら、自重によって根元までねじ込まれる。しかし、そんな乱暴な扱いを受けても、カイの表情には喜悦の色しかなかった。

「あー、めちゃくちゃ締まる……見られながらのプレイ、ハマっちまう、なよっ!!」

セブランも具合の良さを楽しみながら、一定のリズムで何度か抜き差しをしたかと思えば、深々と埋め込んで奥のほうをグリグリといじめ抜く。時折カイの腫《は》れた乳首や性器を捏《こ》ね回し、違う刺激で鳴かせる。どんな愛撫を受けても、カイは逆らうことなく、素直に快感を享受していた。

「ああ……好き……好きだ、セブラン、好き、好きぃ……」

薄く開いた唇から、ひっきりなしに漏れる愛の言葉。いつの間にかカイの腕を拘束していたセーターも外され、自由になった腕は後ろ手に背後の片翼《ベターハーフ》に触れている。セブランの顔を引き寄せ、窮屈な姿勢で振り向いてはキスをねだるその表情は幸福そのものだった。

「ん、俺も好き、だーい好き、愛してる、カイちゃん……カイ……」

首から下では下手なアダルトチャンネル顔負けの濃厚な濡場が展開しているのに、二人の唇は子供のようなバードキスを何度も何度も繰り返す。互いへの愛を口移しに循環させ合うようなそれは、絵に描いたように幸せな片翼《ベターハーフ》の姿だった。

「ワスレナ……」

声もなくセブランとカイの交合に見入っていたワスレナは、至近距離から呼びかけられて飛び上がった。

「えっ、あっ、博士……なにッ」

はっと彼のほうを向いたワスレナは、迫ってくる厚い胸板に驚いて手を突っ張った。だが、物理的な圧迫よりもシメオンが放つインペリアルオーラに抗えない。腕にまったく力が入らず、その胸板に額を打ちつける勢いで押し倒されてしまった。

「……たまらない匂いだ……」

興奮に声を上ずらせたシメオンが、高い鼻先を首筋に埋めてくる。フェロモンの元を辿るように伸びてきた舌が耳の後ろへ触れた。ぺちゃぺちゃと舐め回す音と濡れた感触に背筋がわななき、ワスレナは遮二無二首を振った。

「やめろっ……！　はな、んぅ」

叫んだ唇を唇で覆われ、間髪《かんはつ》を容《い》れず舌をねじ込まれる。上あごの天井を、舌の裏筋を、縦横無尽に舐めしゃぶられて口腔《こうこう》に二人分の唾液があふれる。息が苦しい。

それでいて、たまらなく気持ちがいい。

初めて抱かれてから一ヶ月。口づけを受けたのもそれから数日の間。以来ずっと接触を拒んできた身に、この口づけは甘すぎる毒だ。

だからこそ。

「……っぐ」

夢中でワスレナの唇を貪っていたシメオンが、不意に顔をしかめて身を引いた。ワスレナに舌先を噛まれたのだ。

ようやく解放されたワスレナは、濡れた唇を拭《ぬぐ》って必死に呼吸を整える。その名の由来である勿忘草《わすれなぐさ》色の瞳に涙を浮かべ、シメオンの顔をきつく睨みつけながら。

「そんなに、嫌か……」

ワスレナの体からは大量のコンセプションフェロモンがまき散らされている。カイがセブランを誘ったように、彼の本能も長時間性交渉に及んでいない半身を誘惑しているのだ。先輩たちの狂態に当てられたゆえだろうが。

しかしワスレナには、事ここに及んでもシメオンを拒む姿勢を崩すつもりはない。

「そこまで……俺が嫌いか」

たとえこちらを見つめるシメオンの目がひどく悲しげで、つぶやく声が胸に響くような切なさを帯びていてもだ。

流されてはいけない。正直、もう嫌いだと断言できないような気はしているが、それを口にしたらおしまいだ。今回ばかりはカイを恨む。

「……言っておくが、カイは見たとおり、兄貴のコンセプションだ。片翼《ベターハーフ》を得るまではノーマルを抱いたこともあるようだが、今ではすっかり抱かれる快楽に染まっているぞ」

突然シメオンの口調が忌々しげなものに変化したので、ワスレナはぽかんとした。

「え？　あ……ええ、そのよう、ですね」

うっかり応じてしまったワスレナの耳は、シメオンの暴挙により意識から離れていたカイの嬌声《きょうせい》を拾ってしまった。優しい兄貴分としての振る舞いはどこへやら、さかりのついた獣のように原始的な快楽に満ちた甘い叫び。

今さらのように赤くなるワスレナを、シメオンが不機嫌そうに睨みつける。

「コンセプション同士の恋など不毛だ、やめておけ。まして互いに半身持ちなのだから」

「ちょ、ちょっと、待って！」

ようやく彼が言わんとすることが理解できた。呆れればいいのか、怒ればいいのか、どっちつかずの気持ちをため息と共に吐き出す。

「あのですね……言っておきますが、僕がカイさんを思う気持ちは、兄に対するようなものだ！」

「なんだと？　だが、さっきは！」

「確かに、好きなのかって言われて否定はしませんでしたけど……あなたは僕の言うこと

った。

気抜けした顔で安堵《あんど》の息を吐いたシメオンだが、見る間にその表情は翳《かげ》りを帯びていっ

「……そうか」

を、いちいち真に受けすぎなんですよ!!」

「……なら単に、俺のことが嫌いなだけか」

先ほどと今、二度に亘り繰り返された「嫌い」という言葉が胸に染みこんで、心の水面に波紋を生み出す。すぐに消えるはずのそれは広がる一方で、必死に水平を保っていた彼への感情を不安定に揺らした。

インペリアルなんか嫌いだった。最上級のインペリアルであるゴールデン・ルールなんかもっと嫌いだった。その中でもあの雨の日、自分を見下ろしていたシメオン・ルミナリエなど世界で一番大嫌いだったのに。

「ワスレナ、お前は俺の何が気に食わない?」

尊大に自分の専攻を訂正していたのと同じ声で、真面目に質問してくるのはずるい。

「……あなたの気に食わないところは、僕に優しくて、甘いところ……です」

切れ切れに訴えると、シメオンの眉間に深いしわが寄った。

「……カイに懐いていたようだから、優しい男が好きなのだろうと思っていたが……やはり、ディンゴのようなやつのほうがいいのか?」

「ディンゴ様にだって、優しいところは……！」

反射的に反論しかけて、口をつぐんだ。シメオンの不機嫌を察したからであり、この男には迂遠《うえん》な言い回しなど通用しないと学習したせいでもあった。

「あ、あなたが、僕に優しいのも、甘いことを言うのも、今だけ、だから、だ」

ディンゴも最初は優しかった。お前こそ私の片翼《ベターハーフ》になれるコンセプションだと言われて、モルモットに徹し続けた。飴《あめ》があるから鞭《むち》に耐えられた。

「どうせ、あなただって、僕を捨てるんだ」

ワスレナは賢い人間だ。学習したのだ。誰かが自分に飴をくれるのは、後で鞭をくれるつもりだからだと。最早《もはや》こちらのことなど眼中にないのか、夢中でセブランが与えてくれる快楽を貪っているカイとは違うのだ。

「……？　相変わらず、お前の言うことは……」

また理解不能という顔をしていたシメオンの目が、わずかに見開かれた。

「お前は俺に捨てられるのが怖くて、拒んでいるのか？」

直截《ちょくさい》な表現にワスレナも目を見開き、遅れてかーっと頬を赤くした。羞恥《しゅうち》で顔から火が出そうだ。そういうことは、分かっていても口に出すべきじゃない!!

「あ……当たり前だ！　あなたに捨てられたら、今度こそ僕は死ぬかもしれないんだぞ!!」

片翼《ベターハーフ》ではないにしても、ディンゴ以上に深い繋がりを感じているのだ。この絆《きずな》を一方的に破棄されたら、と思うだけでゾッと肝が冷える。

「心配ない。お前は生涯、俺の半身だ」

毎度のように繰り返されてきた台詞が、またシメオンの口から出た。やはり分かっていない、と落胆するより前に、これまでになかった続きがつけ足される。

「ディンゴのような仕打ちはしない。たとえお前に片翼《ベターハーフ》とやらが現れても、お前は俺の半身だ」

少し早口に言いきったシメオンは、いつもまっすぐな視線を少しだけ横にずらした。

「半身だろうが、コンセプションだろうが、誰かにこんなふうに心を乱されたのは初めてだ。イライラして、腹が減って……だが、手放すことだけは考えられない」

星の輝きを集めたような瞳が、再びワスレナだけを見た。

「だからワスレナ、頼む……抱かせてくれ。お前がほしい……」

胸の水面に彼の大きさの爆弾が落ちてきた。波紋どころの騒ぎではない。その気になればワスレナなど、権力でも財力でも腕力でもねじ伏せられる男の懇願は、破壊力がありすぎた。

「……だめか？」

なんとも言えない顔のまま無言でいるワスレナを、シメオンが不安そうに見やる。主人の顔色を窺《うかが》う大型犬のようなしぐさに、心が決まった。

軽く上体を起こし、シメオンの首を抱く。初めて自分から触れた唇は格別に柔らかく、温かいものに思えた。

「……これで……分かって、くださ、んむっ！」

拙《つたな》い口づけはたちまち数倍になって返ってきた。敷布に頭が沈む。喉奥に達しそうなほど深々と突き込まれた舌が口の中で激しく暴れていた。

「ん……っふ、ら……め、ここ、ステフ、ちゃ、の……」

オートベッドメイキングシステムが働くだろう。ここで実際にステファニーが寝泊まりする日はごくわずかだとも聞いているが、年端もいかぬ幼女が使用するベッドで事に及ぶのは気が引けた。ただし本人は両親がオープンなせいかかなりマセていて、先日会った時には「ねえねえ、シメオンおじさんとうちのパパと、どっちがスゴいの？」と興味津々に聞いてきたりもしたが。

半ば言い訳でもあったのだが、ワスレナの気後れを悟ったシメオンはすばやくその体を抱き上げた。一ラウンドを終え、まったりと後戯を楽しんでいた先輩半身たちと同じベッドに移動する。

「お、お許しが出たのか」

ニヤニヤと嬉しそうなセブランの声が遠く聞こえたが、ここならいいだろう、とばかりにのしかかってきたシメオンの存在感が圧倒的すぎてまともに聞き取れなかった。

セブランとカイの視線も感じるが、唇を半身のそれに塞がれるともう他のことが意識から消える。頑丈な筋肉に鎧《よろ》われた男の体は重く、熱くて、身動きできないほどに抱きしめられると苦しかったが、全てから守られているような安心感も覚えた。

考えてみると、正面からこうして抱き合うのは初めてだ。初めての時はワスレナも発情期であり、シメオンはコンセプション研究を行う学者にすぎなかった。彼も欲情したからこそセックスが行えたわけであるが、終始シメオンのペースであり、ワスレナはただ嵐《あらし》がすぎるのを待っていただけだ。

今は違う。ワスレナも興奮は覚えているが、シメオンのがっつきようがすごい。一回り体格の違う半身をしっかりと抱きしめ、飽きもせず唇を貪り続けている。

「ふぁっ……、は、ぁ」

濡れた舌先をねちねちと絡ませては、口腔中を舐め回す執拗《しつよう》なキスからようやく解放された。酸素を取り込もうと忙《せわ》しなく上下するワスレナの胸を、シメオンの手が服の上から這い回る。

「んんっ!」

口づけに反応し、上等なシャツの下で凝っていた乳首を親指の腹でぐにぐにと揉《も》まれる。もう片方にはシメオンが顔を伏せ、布地ごと含んで吸い上げた。

「あっ！　あっ、んやっ」

種類の違う刺激はどちらも官能を煽《あお》ったが、布越しの中途半端な刺激がもどかしい。それに、せっかくカイが選んでくれた服が汚れてしまう。ふうふうと熱い息を吐きながら、ワスレナは彼の胸を押しやって身を起こし、自らシャツのボタンに手をかけた。

「待って……脱ぎます、から……」

「……そうだった」

まるで、ワスレナが服を着ていたことに今気づいたような言い草だった。少しだけ理性を取り戻したシメオンは、向かい合わせに座ったワスレナをしばらく眺めていたが、やがて二つ目のボタンまで外したところで彼の手を摑んだ。

「待て。俺が脱がせたい……」

器用な指先が三つ目から先のボタンを次々と外していく。この器用さがどうして家事に生かせないのか、とワスレナも少しだけ冷静になったが、体の奥にくすぶる熱がすぐに心をぐずぐずにする。

だが、何もかもなげうって彼を求める前に、しておきたいことがあった。

「あなたも、脱いで……」

初めてのあの時の繰り返しはもう嫌だ。支配する者とされる者ではなく、せめて今ぐらいは対等でいたい。

ワスレナのシャツのボタンを外し終え、袖を引き抜こうとする動作に協力しながら、ワスレナもシメオンの服に手をかけた。薄紫のシャツにずらりと並んだボタンに苦心している間に、シメオンはワスレナの細腰を強調するようなベルトに手をかけ、一気に引き抜いた。

「あっ、ちょ、待って！」

もたもたしている間に、シメオンは下着ごとボトムを引き抜いてしまおうとしている。足を上げてやりたいが、このままだとシメオンのシャツの前を開く前にこっちだけ丸裸だ。焦った指がもつれ、彼のボタンを引きちぎりそうになってしまった。

「あー、その服、慣れないと面倒くせぇんだよなぁ。旧時代の貴族の服がモチーフだから、召使いがいないと脱着が難しいとかなんとか」

カイとじゃれ合いながら初心《うぶ》なやり取りを見守っていたセブランが、横合いから助け舟を出そうとした。ところがシメオンは、ムッとした顔になって兄の手を叩き落とす。

「兄貴は手を出すな。全部ワスレナにやらせる」

「んだよ、俺がせっかく」

ブツブツと零したセブランに目線だけでそっと謝ったワスレナは、急いでシメオンのシャツのボタンを全部外し終えた。露出したたくましい胸板、くっきり割れた腹筋やがっしりした腰が目の毒すぎて、手が止まってしまう。

「どうした？　もういいのか」

ごく、と生唾を飲んでその体を凝視していたワスレナは、はっと顔を上げた。視線が合った瞬間、緑の瞳が意地悪く細められる。

「俺の体が気に入ったか。……カイのように？」

たくましいとは思っていたが、きっちり着込んだ白い衣裳の下に隠れていた肉体は彫刻のように見事な造形だった。若干贔屓目《ひいき》が入っているかもしれないが、セブラン以上ではないか。最初は単純に自分だけ剝かれるのが嫌だったのだが、今は揶揄《やゆ》されてもとっさに違うと言えないぐらい、見惚れてしまった。

「そんなことより、博士、万歳して……、あ、ちょっと！」

今度は彼に協力してもらおうとしたら、なぜかシメオンは腕を上げずに下げた。大きな手が今度こそワスレナのボトムを下着ごと引き抜いてしまう。

「博士！　ずるいです!!」

抗議しても、「どうせ全部脱ぐだろう？」と軽くいなされてしまった。脱がせた服を脇に寄せ、全裸のワスレナをもう一度抱き寄せたシメオンは、膝立ちになったその小さな尻の肉を分けるようにして左右から掴んだ。自然と開いた足の間に彼の太股が入ってきて、閉じられないようにされてしまう。

「ずるいって言ってる！　やめ、そっちも脱いで、あ、ぅンッ」

尻肉の狭間《はざま》に両手の指を潜り込ませたシメオンが人の悪い笑みを漏らした。一度勢いを止めてしまったのがよくなかったのか、気がつくとまたペースを握られつつある。

「もう、俺を迎える準備はできているようだな」

「言わない、で……」

半身の欲望に当てられて、ワスレナの子宮はすでにオスを歓迎する準備をしていた。太いものをほしがる奥のほうからはしたない液が漏れて、谷間をなぞるシメオンの指をしとどに濡らしていくのが分かる。

「こんなに濡れているんだ。もう、お前の中に入ってもいいだろう……？」

興奮に息を荒くしたシメオンがぐいっとワスレナを抱き寄せた。裸の胸に頬を寄せる結果になり、声が高くなる。

「あっ！　んっ、やぁ、まだ、だめだ、博士、脱いでな……っ、あぁっ!!」

ワスレナの意向を無視して、左右の人差し指がぐいっと中に侵入してきた。数度いたずらに穴の縁を引っ張られ、濡れた肉壁に空気が入り込んでぶるっと身震いする。

「や、変なことしないで……！」

「それは悪かった。では、お前が好きなことを……」

急に右の指だけ引き抜かれた。と思ったら正面から彼の手が戻ってきて、直接触れられてもいないのに角度を変えた性器の先を優しく撫でる。んん、とワスレナが声を詰めたところでその手は呆気《あっけ》なく離れ、陰嚢《いんのう》の下を潜って再び奥の穴へと侵入した。

「ひゃっ⁉」

粘液の助けを借りて深く入った右手の人差し指が、腹側にある前立腺をすりすりとこすり始める。たちまち背筋を駆け上がる快感に、ワスレナは声も出せずに彼にしがみついた。

「あ、ひゃ、あっ！　あぁっ‼　んや、あぁ、だめ、そこ嫌ッ、すりすりだめぇ……！」

動きは小さいが、効果は絶大だ。一気に角度を変えたワスレナの性器の先から、とぷとぷと先走りがあふれ出た。

「あっ！　あっ！　イッちゃ、イッちゃ……」

一息に絶頂へと駆け上がりかけたところで、唐突に指を抜かれた。

「は、ひっ……？」

いきなりの仕打ちに、呆《ほう》けたような声が出てしまう。戸惑《とまど》っているワスレナを愛《いと》しそうに見つめ、シメオンは楽しそうに笑った。

「そうだな。まだ、だめだ」

膝裏を持ち上げられ、あぐらをかいた彼の足の上に完全に乗せられてしまった。子供をだっこするような姿勢が恥ずかしくてならないのに、いつの間にかボトムの前を寛《くつろ》げていたシメオンのものが開いた足の間に覗いて仰天する。

「どうせなら、俺のコレでちゃんと気持ちよくしてやりたい」

生々しく立ち上る彼の匂いに目眩《めまい》がする。一も二もなくうなずきそうになったが、気づけば自分だけまた裸で、彼は胸から腹と性器をさらしているだけだということを思い出した。

「おい、シメオン。気持ちは分かるが、ワスレナの頼みもちゃんと聞いてやれよ」

今度はカイが苦笑しながら手を伸ばす。

「せめて上はちゃんと脱げ。せっかくワスレナが、そのしち面倒なボタンを外してくれたんだから」

シメオンのシャツをしなやかな指先が摑もうとした。その瞬間、ワスレナは反対側からシャツを引っ張って、カイの指先を空振りさせた。

「だっ、だめ……です」

カイもシメオンも驚いた顔をしているのに、服のことでも愛撫のことでも希望を通してもらえなかったせいだろうか。子供じみた発言を制御できなかった。

「カイさんは、手を出さないでください……僕が、ちゃんと……！」

「そーよぉ、カイちゃん」

不満そうな声を出したのは、カイの下になって人間マットを務めていたセブランである。

「その調子じゃ、まだ元気じゃん。俺たちももう一回、しよ？」

隠し立てのない嫉妬《しっと》をにじませた目をして、セブランがカイと体位を入れ替える。「馬鹿」「やめろ、絶倫！」などと、カイがわめく声は今のワスレナの耳には入らない。

「……嫉妬してくれたのか」

それは嬉しそうなシメオンの声しか聞こえない。

「……僕……」

「悪かった。ほら……、脱がせてくれ。全て」

羞恥で死にそうなワスレナに、シメオンはおどけたしぐさで万歳してみせる。少し迷ったが、ここまで来たらもうやけくそで、だいぶしわになってしまったシャツをその手から引き抜いた。

「下、も……全部、です」

「分かった」

一度ワスレナを膝から降ろしたシメオンは、長い足を投げ出すようにして座り直す。セブランとカイの第二ラウンド開始でキシキシと揺れるベッドの上で、ワスレナはおそるおそる手を伸ばしてシメオンの白いズボンと下着を引き下ろした。

「腰を上げてください……」

「ああ」

こんなふうに脱がされたことはないのだろう。どこか面白そうな目をしているシメオンは言われるままに後ろに手をつき、腰を浮かせた。長い足を覆う長いズボンをずるずると引き抜き、ほっと一息ついたのも束の間、恥ずかしげもなく同じ姿勢で座っているシメオンを見て息を呑《の》む。

きれいだった。同性の裸を見て、こんなふうに思う日が来るとは思わなかった。コンディンゴだって十二分に美しいが、彼はワスレナを抱く際に全裸になったりしない。コンセプションの性質を磨くためだと、首魁に命じられワスレナを抱きに来る部下たちも同じだ。

ある意味、ワスレナは初夜を迎えようとしていた。自分を対等に扱ってくれる存在を自主的に受け入れるという意味において、今夜は間違いなく特別な夜だった。

「……んっ」

胸を満たした何種類もの感慨は、ごく単純な生理現象に帰結した。射精は伴わなかったが、ぶるっと身震いしたワスレナの反応はしっかりと半身に伝わった。

「お前……、まさか、俺の体を見ただけで達したのか？」

恥ずかしさにもう一度身震いすると、シメオンは生真面目にうなずいた。

「了解した。今度からお前を抱く時は、必ず全部脱ごう」

「いい！　いいです!!　服を着ていていい、僕……っ、ひゃあんッッ!!」

毎度毎度、彼が服を脱ぐだけで達していたら耐えられない。冗談じゃないと断ったワスレナは、次の瞬間、機敏に身を起こしたシメオンに押し倒されていた。

「ワスレナ」

ゆっくりと覆い被さってきた体が、ぴったりとワスレナを包み込む。さっきも同じ体勢になったが、その何倍もの安らぎと陶酔を感じた。

同性でありながら二人の体の凹凸は見事に嚙み合い、少しも隙間なく密着している。やっと故郷に帰ってきた、そんな気さえした。

「可愛い……」

親密さを込めた口づけが額に、頰に、そして唇へと舞い降りる。なだめるようなキスをしながら、シメオンの両手が膝裏を持ち上げ、大きく開脚させた。

とろとろに蕩け、くぱくぱと開閉している淫《みだ》らな穴に、待ち望んでいたものが与えられる。

「……っ、んッ、ぐ……‼」

心と体が受け入れ体勢を調えていたので、まったく痛くはなかった。ただやはり、最初は違和感があった。エラの張った亀頭《きとう》がしばらく使われていなかった隘路《あいろ》を拡げながら、じりじりと奥まで進んでいき、止まる。

「苦しいか？」

「平気、です……」

できるだけゆっくり呼吸し、少しでも異物感に早く慣れようとしていたワスレナは、心配そうなシメオンに微笑み返した。

「だから、もっと……う、んんッ!!」

「もっと」と口にした瞬間、腹を満たす長大なものが厚みを増す。見上げたシメオンの眉根がきつく寄っていた。

「……クソ、急に、可愛いことを、言うんじゃねえ……!!」

いささか乱暴な言葉遣いになったシメオンが、ワスレナの足を抱え直す。この口調はダウンタウンで覚えてきたのだろうか。野生動物めいてギラギラと輝く瞳に、観察者の余裕などどこにもなかった。

「分かった。もう手加減はなしだ。……行くぞ」

「は、ぃ……っ、あ！　ぐぅ、あっ！　あぁっ!!」

一度作った通路の中を、凶悪なものが肉壁を引っかきながら繰り返し奥を穿《うが》つ。少し戻って浅いところで前立腺を玩弄《がんろう》され、そうかと思えば腰を回すようにして最奥をいじめ抜かれて、強烈な快感に嬌声が止まらない。

「セブランッ、あっ、あぁ、イイ、そこすごくイイっ！」

隣のカイもセブランの上にまたがって、騎乗位で突き上げられる悦《よろこ》びに美貌を歪めて鳴いている。

「んー、イイ顔だね、カイちゃん。ナカもキッキッで濡れ濡れでサイコー……!!」

引き締まった腰を摑んで揺さぶりつつ、時折乳首や鎖骨にキスしたり嚙みついたりしていたセブランが、スナップを効かせて恋人の尻を打った。

「ッい……!」

指の痕がうっすら残るほどの力である。常日頃のカイなら即座に拳《こぶし》で仕返ししそうだったが、オスそのものの顔で抜き差しを繰り返すセブランを見つめる目はとろとろに蕩けている。スパンキングの痛みと屈辱さえ快楽に変換する様は、普段の精悍《せいかん》さが嘘のようだった。

ワスレナもさぞかし情けない顔をしているのだろうが、近づく絶頂に頭の中が断続的に白くなる。爪を立ててしがみついてもびくともしない、目の前の半身のことしか考えられない。

「あっ! あぅ!! う、はぁ、ああ、博士、シメオン、イッちゃ、もうイくぅッ……!!」

「ああ、イけ。俺も、そろそろ……!!」

シメオンも限界なのだ。変則的な愛撫をやめ、短いスパンで激しく腰を打ちつけながら、ワスレナの両手に己のそれを絡める。右手と左手、左手と右手を握り合ったまま、二人は同時にその時を迎えた。

「あーっ……！　あ、つ、ぅ……」

はぁ、と色っぽい声を漏らしたシメオンの動きが止まり、ワスレナの中に大量の子種をまき散らす。

汗だくの胸に貼りついた彼の皮膚を感じながら、ワスレナは心地よい痺れに支配された四肢を投げ出した。


スターゲイザーの上層部、ゴールデン・ルールとその側近だけが入ることができるエリア内には小規模なショッピングモールまで用意されている。低層階にあるものよりさらに選りすぐられたハイブランドばかりであり、馴染みがなさすぎて最初ワスレナにはその価値が分からなかった。シメオンの瞳によく似たきれいなグリーンのジャケットを見つけ、何気なく値段を確認し、ズラリと並んだゼロの数で遅ればせながら震えがきた。

「ど、どうせここに入れるような人には買い物に来る時間もないでしょうし、オンラインカタログで十分なんじゃ……！」

趣味良く飾られたショーウインドウから慌てて離れたワスレナに、隣を歩くカイが相槌を打った。

「俺もそう思うが、安全な場所で外商の人間と話すのが楽しみって人たちもいるのさ。俺たちのダディやマミィみたいにな」

カイのいうダディやマミィは、本日もステファニーを預かってくれているセブランの両親のことだ。カイを生んだ両親は二人ともすでに亡くなっているが、父さん、母さんと区別して呼ぶ。

先輩たちのお膳立《ぜんだ》てに乗り、シメオンと再び体を繋いでから一週間がすぎていた。本日は四人ともそれぞれに仕事はあるのだが、セブランやシメオンと違って二人のコンセプションには数時間の自由時間があったため、ウィンドウショッピングでもしないかとカイに誘われたのだ。

無論、それがただの方便であることは、以前本当に服を買いに行った時とは違う階層を指定されたことでワスレナも気づいている。金銭感覚はワスレナと同じであるカイが、このショッピングモールで心から楽しめるとは考えにくい。正直話を聞いてもらいたいとは思っていたので、「俺も行く」と言い張るシメオンを置いてやって来たのだった。

「うまくいってるみたいだな、ワスレナ」

「……ちっともです」

カフェに移動したワスレナは、ラウンドテーブルを挟んで腰を下ろすなり始まった会話に素直に応じた。中途半端な時間のせいか周りに人の目もないので、つい言葉があけすけになる。

「やっぱり許すんじゃなかった……あの人、あれ以来事あるごとに誘ってきて……！　前みたいに拒んでも、三回に一回は素直に引き下がってくれないんです!!」

「そうだな。三回に一回はお前も許してるんじゃ、結構な回数になっちまうもんな」

図星だった。ぐっと詰まったワスレナに代わり、カイが品良く近づいてきたウェイターにアイスカフェオレを二つ注文してくれる。

「いいじゃねーか。きれいになったし、表情も明るくなったぜ、お前。……シメオンもな」

今までずっと、シメオンのワスレナに対する態度に文句ばかり言っていたカイである。だが今、彼の名を呼ぶ響きには、ワスレナへ呼びかける時に勝るとも劣《おと》らぬ愛情が感じられた。

「なあ、ワスレナ。俺だってずっと、コンセプションに生まれたことを呪っていた。性別ごときで俺の人生を決められてたまるかと、反発し続けていた。……セブランに会ってしばらくは、特にな」

不意に少しだけ身を乗り出してきたカイが、自分たちの馴《な》れ初《そ》めについて話し出した。ソープ・オペラでは様々なパターンを聞かされてきたが、実際にカイたちが馴れ初めについて公表したことはない。断片的な情報を繋ぎ合わせたドラマではなく、本人の口から語られる真実に思わずワスレナも身を乗り出してしまう。

「あの馬鹿野郎、人がオチるかどうかを賭《かけ》の対象にしてやがって……絶対になびいてやるもんかと、ずいぶん葛藤《かっとう》したぜ。だが……いつの間にか、懐に入りこまれちまった。ま、あっちが先に俺にオチたと認めたから、勘弁してやったけどな‼」

「そ……そうだったんですか」

自分とシメオンの馴れ初めも最悪だが、カイとセブランも大概だ。それなのに、今、彼らはどこからどう見ても幸せそうだ。

これが片翼《ベターハーフ》の引力というものか。

チクリと生じた胸の痛みにうつむけば、カイの声が力づけるような色を帯びた。

「なあ、シメオンのためじゃなく、俺のために、あいつの半身でいてくれないか。インペリアルがほとんどのスターゲイザーでの暮らしは、やっぱりちょっと、息苦しいところもあるんだ」

わざと下手に出て、うんと言いやすくする。セブランとも共通する話術であるが、ワスレナはそこにもう一つの意図を汲み取った。

「……カイさんは、シメオン博士のことも、大事に想っていらっしゃるんですね」

ワスレナのことを気遣ってくれているのは間違いないが、先ほど透けて見えたシメオンへの感情。一見それほど交流のない、むしろシメオンはおかしな誤解をして一方的にカイを敵視さえしていたが、カイにとっての彼は大切な片翼《ベターハーフ》の弟なのだ。

「……そりゃ、あいつは、セブランの弟だからな。ある意味セブラン以上に手のかかる、わけの分からんやつだし、ずっと心配はしていたんだ。下手にフェロモンも効かないせいで、コンセプションとの交流も皆無でなあ……ああいうのに限って、タチの悪いのに引っかかるんじゃないと気を揉んでいた」

「それは……すみません」

カイに限って嫌味ではなかろうが、少々身が縮む思いがした。そういう意味じゃねえよ、と苦笑いしたカイは、途中で言い替えた。

「いや……そうだな、無自覚ならば本当にタチが悪い。お前は当たり前のように人の心に入ってくるな、ワスレナ」

心持ち居住まいを正したカイが真剣な目でこちらを見た。どきりとして、ワスレナも背筋を伸ばすと、カイは思いきったように口を開いた。

「ちょっと踏み込んだ話で、申し訳ないが……俺は、お前たちの子供に、うちのステフと仲良くしてほしい」

「……えっ」

自分と、シメオンの、子供。

仮にも半身なのだ。言われてみれば当たり前のことであるが、なにせこの半身誓約自体いつまで保《も》つのか皆目見当がつかなかった。リングを装着しているという前提もあり、今まで想像の埒外《らちがい》だったことが突然現実味を帯びてくる。

シメオンが、自分の半身は生涯ワスレナだけ、などと言うからだ。

「僕は……」

どう応じればいいか分からず、膝に視線を逃がしたワスレナの耳にアップテンポなジャズナンバーが流れ込んできた。

「あの馬鹿、今日はワスレナと水入らずだって言っておいたのに‼」

手首にはまったウェアラブル端末を見つめ、悪態をついたのはカイである。言わずもがな、セブランからの緊急連絡が入ったらしい。

「ワスレナ、ちょっと待っていてくれ。お前な、今回の資料は事前にちゃんと送っておいただろ⁉」

声が聞き取りにくいのか、片方の耳に手を当てながらカイが立ち上がる。一週間前は高レベルインペリアルの色香でカイを骨抜きにしていたセブランであるが、普段の彼は相変わらずの様子だ。

「……博士は大丈夫かな」

条件反射で自分の半身のことを思い出したワスレナは、一人で顔を赤くした。

カイとの時間を作ってくれる代償として、シメオンと約束させられたのだ。今夜は彼の好きなようにさせる、と。

『楽しみだ。早く帰ってきてくれ』

朝っぱらから閨《ねや》の中で見せるべき表情をして、半身はワスレナを送り出してくれた。夜への期待を隠しもしない笑顔に拳を入れてやりたかったが、控えたのはカイを待たせたくなかったからだ。

「卑怯《ひきょう》、者……」

余計なことを思い出したせいで、後ろのうずきを感じてしまったのはシメオンが時間があれば誘惑してくるからである。ワスレナが自分を嫌っていないと分かった後の彼は、出会った当初とは違う図々しさを発揮してきてずるい。

あの顔で、あの体で、あの声で、インペリアルオーラを全開にされて逆らえるはずがない。三回に二回でも拒みきれているだけ、褒めて欲しいぐらいだ。

「ち、がう……僕は、カイさんと二人で会いたかっただけで……変なことを期待している、わけじゃ……」

シメオンは側にいないのに、一度彼のことを考え始めると二人の間にある繋がりをひどく鮮明に感じる。こうして距離がある現実が悲しく思えるぐらいにだ。

オリエンタル・フードの発祥地には「子はカスガイ」なる諺《ことわざ》がある、と聞いたことを思い出した。カスガイがなんなのかは失伝しているが、子の存在が夫婦を結びつけるという意味だそうだ。

「子供……なんて」

子供の存在が仇《あだ》になって壊滅する夫婦関係もある。ワスレナ自身の両親が卑近な例だ。

そう否定する一方で、ステファニーに蕩けそうな笑みを見せるカイの顔が浮かぶ。

自分もシメオンの子供に、あんなふうに笑いかけたりするのだろうか。そして、シメオンも……。

「ずいぶんと締まりのない顔をしているな、ワスレナ」

突然、冷たい揶揄が頭上から降ってきた。ワスレナの瞳に花の名を見出した、彼の声だった。

無意識にカイの表情をなぞっていたワスレナの顔が凍りつく。いつの間にかカイが座っていた席に、彼より一回り体格のいい男が腰を下ろしていた。

「見苦しいぞ。凍った花のように美しいお前は、一体どこに行ってしまったのだ？」

カイのハニーブロンドとは色合いの違う、後光のように荘厳な金髪がカフェを彩る間接照明を弾いていた。

……馬鹿な、とうめくような声が漏れたが、ワスレナが「彼」を見間違えるはずがない。

シメオンやセブランといった、生まれついてのインペリアルのオーラに慣れた今でも、「彼」の存在は格別だ。元ノーマルでありながら下手なインペリアル以上の風格を漂わせたその姿は、古い記録にある神に弓引いた堕天使のようである。

「ディンゴ、様……どうやって、ここに……」

「いくらでも、やりようはある。ゴールデン・ルールは世間にそう思われているように、完全無欠の一枚岩ではないからな」

うそぶいて艶然《えんぜん》と笑うディンゴの向こう、しきりにウェアラブル端末のボリュームを調整しているカイを見てワスレナは瞳を険しくした。

タイミングからして、カイの話し相手は本物の彼の片翼《ベターハーフ》ではあるまい。スターゲイザーに乗り込み、カイのウェアラブル端末に偽の連絡をできるぐらいの力をディンゴはまだ有しているのだ。ここに来る前のワスレナであれば、単純に「さすがディンゴ様」と感動できただろう。

しかし今、ワスレナの心は驚くほどに平静だった。

「……カイさんをだましたことまでは勘弁して差し上げますが、あの人に危害を加えるのはやめてください。僕もセブラン総帥代理も承知しませんよ」

ディンゴも予想外の反応だったらしい。「ほう?」と少しだけ瞳を見開いた。

「だまされるのは、セブランのやつの日頃の行いが原因だと思うが……それにしても」

ワスレナの顔をジロジロと眺め回したディンゴは、口の端を引き上げて皮肉げに笑った。

「ずいぶんいい目をするようになったじゃないか、ワスレナ。私の前ではいつも、借りてきた猫のようだったのになぁ」

自覚はしている。名前と居場所をくれた神の寵愛《ちょうあい》を繋ぎ止めようと、ワスレナはいつも必死だった。

だが一度自分を拾ったこの神は、アジトが襲撃を受けたあの日、半身誓約の解除と発情に苦しむワスレナをあっさりと見捨てたのだ。

ぎゅっと唇を噛んだワスレナの心情など分かっているに違いないのに、ディンゴは素知らぬ顔で誘いかけてきた。

「さあ、おいで、ワスレナ」

「……なんのつもり、ですか」

喉の渇きを意識しながら聞き返すと、ディンゴはわざとらしく話の矛先《ほこさき》を変えた。

「まさかお前が、あのシメオンの半身に収まるとはな」

「そう……だ。今の僕は、博士の……半身だ」

「その通り。今のお前はな」

今の、に強くアクセントが置かれた。

「完全なものではなかったとはいえ、お前と何度も誓約を交わした私には分かる。お前たちはまだ、完全な半身同士ではない。少なくともお前の心の一部は、あいつを拒んでいる」

いきなり心臓に刃を突き立てられた。表情を取り繕うことができず、顔を強張らせたワスレナを、冷たい瞳が舐めるように観察しているのが分かる。

「それは、最高級のインペリアルであるあいつを信じきれないからだ。いや……自分自身の価値を信じきれないから、と言うべきか？　なにせお前は、親にも捨てられたコンセプションだからな」

心臓に突き刺さったままの刃を小刻みに揺すぶり、出血を強いる声。我知らず握り締めた拳の指先が白んでいる。

「……完全なインペリアルになれなかった、あなたとさえ……半身誓約を結べなかった、僕ですからね」

サンスポットを離れる前であれば、思っていても決して口に出さなかった言葉。それを喉の奥で縮こまった舌に力を入れて押し出してやれば、ディンゴの目が鋭くなった。

だが彼はふっと微笑むことで、一瞬漂った険を霧散させた。嫌になるほど覚えている大きな手が、不意打ちでワスレナのそれに重ねられる。

「理由はもう一つある。お前はまだ、私を信じているからだ」

二本目の刃が心臓に突き立てられ、新たな傷口から血が噴き出す。

分かっている。以前と比べれば、ずいぶんと反抗的な態度を取った。大それた口もきいたが、それでもワスレナは大声を出して、ここにサンスポットの首魁がいるとカイに教えたりしないのだ。

生温かい雨と一緒に降ってきた奇跡はまだこの胸にある。何より、神はまた自分の前に戻ってきて、ぎゅっと手を握ってくれている。

「ディンゴ様……僕、は」

理性を総動員して振り払おうとしても、ディンゴの指は巧みに絡みついてワスレナの抵抗を封じてしまう。そうして追いかけられることには、確かな喜びがあった。

「私もだ、ワスレナ。置いて行ったりして悪かった……」

拾われた直後、慣れない暮らしに緊張しっぱなしだったワスレナをなだめるために、ディンゴは時折優しく抱きしめてくれた。こうして手も握ってくれた。……初めての半身誓約実験のために抱かれた時も、ひどく痛くてつらかったが、行為とは裏腹に優しいディンゴの声が唯一の慰めだった。

「そのドングルは、ゴールデン・ルールの中枢部にアクセスするためのものだな？　この短時間で、よくもまあこんなものまで手に入れたものだ」

思い出に気を取られていたワスレナは、ディンゴが目敏《めざと》くも見つけたものに気づいてはっとした。体から離すのがためらわれたドングルは、付属品である金のチェーンをつけて首から下げているのだ。人目につかぬよう、シャツの下に入れておいたのに、さすがの洞察力である。

「やはり私にはお前が必要だ。私が見出し、名づけ、育てたタイプ・コンセプション。先ほどは締まりのない顔、などと言ったが、あれはつまらぬ嫉妬から出た嘘だ……今のお前は、以前とは比べ物にならないほど美しい」

吐息混じりの感嘆に嘘はないと思えた。ワスレナも、複雑な思いながらそれは事実だと感じているのだ。シメオンという最高級の半身を得、じりじりと心を通わせた彼と何度も肌を重ねることで、ワスレナはコンセプションとして磨かれていっている。

「どうかもう一度、私のところへ戻ってきてくれ」

じっと目を見て懇願され、緩急を込めて手を握られる。ずるい、ずるいと心の底から湧き上がる声は実際の言葉にはならない。冷たくさらりとした、は虫類のようなその指の感触がじわじわと肌に染みこんでいくのを見守ることしかできなかった。

カイさん、と唇だけでつぶやいた。だめだ、僕はまだ単独ではこの人に逆らえない。シメオンと半身誓約を結び、心の距離が近づいていくにつれて、意識しなければディンゴを思い出すことも少なくなっていた。このまま忘れてしまうのかとさえ思っていたが、現実はこうだ。

「戻ってきてくれるな」

黙ってされるがままの反応を色好《いろよ》きものと解釈したディンゴが、手を握ったまま立ち上がった時だった。

「ワスレナ!!」

通りのいい声が無人に近いカフェいっぱいに響き渡る。全身の毛が逆立つような衝撃が走り、ワスレナは感電したように身を震わせた。

その拍子にディンゴの手が離れたことにも気づかないほど、ワスレナの五感を占めているのは半身の気配。染み一つない白いコートの裾をなびかせ、駆け寄ってきたシメオンの瞳はまぶしいほどの怒気に満ちていた。

「博士！ どうしてここにッ……今日は僕と、カイさんの二人きりだって……‼」

かすれ声を絞り出しながら見回せば、カイの姿は側になかった。セブランの偽物に誘導され、カフェを出て行ってしまったようだ。彼もよもや、スターゲイザーの中でもさらにセキュリティの厳しいこの場所にディンゴが踏み込んでくるとは思わなかったのだろう。

「……まさか、あなた、また僕たちを見張っていたんですか？」

なんとも言えない気分で問い質《ただ》すと、シメオンが若干気まずそうな顔になった。

「……カイと二人きりになることは許可したが、そいつと二人きりになることは許可していない」

強引に話を逸らされ、腕を引かれて広い背に庇《かば》い込まれてしまう。ワスレナも今はシメオンの行動を追及したり、ましてやほのかな喜びなど感じている場合ではないと頭を切り換えた。

視界から消えたワスレナを追うことなく、ディンゴはニヤニヤとシメオンを眺めやる。

「久しぶりだな、シメオンぼうや。まだ飛行機が好きなのか？」

「黙れ、貴様にぼうや呼ばわりされる覚えはない!!」

この二人は面識があり、かつジョシュアの側近だったディンゴはシメオンの子供時代を知っているのだ。やり取りを聞いて今さら不思議な気分になっているワスレナをよそに、シメオンは詰問を始めた。

「ワスレナに何をした」

「まだ、何も？」

ワスレナの心臓に言葉の串《くし》を突き刺したことなど、何かした範疇《はんちゅう》には入らないようだ。ディンゴにとっての自分がどういう存在なのか、改めて思い知らされたような気がしてきつく唇を噛むと、その感情が伝わったらしい。目の前の白い背中から、熱い憤怒《ふんぬ》の念が放出された。

半身であるワスレナにもダイレクトに伝わってきたが、怒りを交えたインペリアルのオーラは大抵の者にとって見えない壁に押しつけられたように感じられるはずである。ところがディンゴは余裕綽々《しゃくしゃく》に笑っている。

「ワスレナも何もしていないな。私がここにいると、カイにも、半身である貴様にも、誰にも教えようとしなかった」

途端にシメオンの中に生じた衝撃が、ワスレナの心臓に三本目の串となって突き刺さった。

だがシメオンは胸の内にある嵐に振り回されることなく、口調は少々粗暴ではありながらも冷静に言い返した。

「詳しいことは兄貴と一緒に、ゆっくり聞かせてもらおうか。てめえを捕まえたと報告すれば、ジョシュア兄貴の病状も改善されるかもしれないからな」

「……フン」

ジョシュアの名前に一瞬だけ、ディンゴの意識が逸れた。そこを見逃すシメオンではなかった。

すばやく伸びた手がディンゴを拘束しようと迫る。コートの袖に隠れたウェアラブル端末が青白い光を放っていた。この端末にスタンガンの機能が仕込まれていることを思い出したワスレナは、反射的にシメオンの背に取りすがって叫んだ。

「ディンゴ様、逃げてください！」

危ういところで難を避けたディンゴがおや、という顔をし、シメオンが怒りに燃えた目で振り返る。

「ワスレナ！　どういうつもりだ、どうして……！」

「博士!!」

分かっている。彼の驚きと怒りは誰よりもワスレナの胸を刺す。

それでも。

「博士……お願いです……こっちへ」

ディンゴに、あるいは彼の命令以外では出さない種類の声が幾ばくかの緊張を帯びつつも喉から滑り出た。甘く誘う、いかにもコンセプションらしい声。

それだけであれば、たとえ半身らしさを増していたとはいえ、裏切りに激怒したシメオンを動かすことはできなかっただろう。しかし、ワスレナは自分の勝利を確信していた。

ねっとりと絡みつくように香るコンセプションのフェロモン。半身を得た現在、半身だけに誘いかけるフェロモンは、コンセプションを孕ませたいと願うシメオンのインペリアル性を直撃する。

ぐ、とうめいたシメオンは必死にその場に踏み止まったが、するりと距離を取ったディンゴを捕まえようともしなかった。

「大したものだ、ワスレナ。半身になったとはいえ、お前のフェロモンは、その男にまで通用するのか！　さすが私が見込み、育てただけあるなぁ!!」

哄笑《こうしょう》したディンゴがカフェを出て行こうとする。だがその前に、見慣れた青年が立ち塞がった。

「てめえ、待ちやがれ!!」

端整な顔を怒りに歪ませたカイだった。

「フン、さすが世に名だたる片翼《ベターハーフ》。あまり長時間はだませなかったか」

「うるさい！　てめえ、よくもセブランの偽物なんぞで、俺を引っかけようとしやがったな……！」

怒りに燃えたカイがディンゴに掴みかかる。体格的にはカイのほうが幾分小柄ではあるものの、セブランの護衛も兼任するカイだ。彼はワスレナのフェロモンで足止めすることもできない。

だがそこへ、どっと人影が雪崩《なだ》れ込んできた。ぎょっと目を見開いたカイを、高位のインペリアルやその付き人と思《おぼ》しき身なりのいい人々が弾き飛ばす。

「なんだ⁉」

尻餅《しりもち》をついたカイに目もくれず人々が手を伸ばす先には、長く鈍い銀色の髪の青年がいた。今のディンゴに似た髪色だが、日陰の花のように陰鬱《いんうつ》な美貌は彼とは正反対だ。

「ヴェニス……！」

サンスポットの構成員であり、ディンゴの側近であるヴェニスだ。彼の登場にも驚いたが、彼が振りまく異様なフェロモンにもワスレナは愕然《がくぜん》とした。

「な……んだ、これ、は……‼」

互いにコンセプション同士である。発情期のコンセプションフェロモンはインペリアルや、時にはノーマルまで惑わせるが、コンセプションには効かない。そのはずなのに、一瞬ぐらっと心が揺れた。

「いいタイミングだ、ヴェニス」

「ありがたき幸せです、ディンゴ様」

　奇妙なフェロモンで大勢の人々を従えたヴェニスは、おとぎ話の笛吹男のように彼らを連れたままディンゴと共に駆け出した。

　ラウンド・ガーディアンや生身の警備員が駆けつけてきたが、生身の者はヴェニスのフェロモンに引きずられ、陶酔した目で彼を追いかけ始める始末。ラウンド・ガーディアンは手出し禁止の高位インペリアルがヴェニスに従っているため、どうすることもできず動きを止めていた。

　大混乱を拡大させながら、サンスポットの幹部二人はスターゲイザー内を駆けていく。

　派手好きのディンゴだ、ワスレナを連れ戻せようが戻せまいが、最後ははなからこうやって逃げるつもりだったのだろう。

　郷愁めいた感情に胸の底をくすぐられながら、ワスレナはディンゴではなく、ヴェニスに向かって悲痛な声で呼びかけた。

「ヴェニス！　お前、また……改造を!!」

　元が低レベルのコンセプションであるゆえに、半身誓約実験から外されたヴェニスである。だが同時に、ワスレナと並んで実験による精神崩壊を免れたコンセプションでもある

のだ。ディンゴ以外は歯牙《しが》にもかけぬ、頑丈というより神経が繋がっていないような印象のある彼は、半身誓約実験とは別に様々な改造を受けていた。

「それが、ディンゴ様の望みならば」

後ろ姿のヴェニスとワスレナの間には、彼が見境なく振りまくフェロモンに群がる群衆がいる。実際の声が聞こえたわけではなかったが、サンスポット時代から幾度となく聞いてきた言葉だ。唇のみを動かして、淡々と語る様がありありと見えた気がした。

「くそっ、一体どうやって潜り込んだのかと思ったら、違法改造コンセプションのフェロモンか……!! なんて真似しやがる、下手すりゃあのコンセプションがレイプされるだけだってのに……!!」

舌打ちしたカイが、ウェアラブル端末を操作しながらディンゴたちを追って駆け出した。本物のセブランに連絡をつけるつもりなのだろう。

ワスレナを一瞬見た彼の瞳にはやるせなさが満ちていたが、今声をかけても無駄だと思ったのか、まずはディンゴたちを捕まえるのが先だと思ったのか、何も言わずに行ってしまった。

「……ワスレ、ナ」

全てに置いてけぼりを食ったような気分で立ち尽くしていたワスレナは、ふと背後から聞こえてきた呼び声にぞっと肝を冷やした。

「博士……うぁっ！」

抱きつく、などという可愛いものではなかった。白いコートに包まれた強靭《きょうじん》な腕の力でぎりぎりと締めつけられ、己の腕が肋骨《ろっこつ》にめり込んでしまいそうなほどに痛い。

すでに意図的にフェロモンをまき散らすことはやめている。フェロモンに引きずられて発情しているわけではなかろう。シメオンの胸中を満たすのは沸騰しそうな怒りだ。

「ご、ごめん……、なさい」

体をその腕に、心をその怒りに締め上げられたワスレナの唇から子供のような謝罪が零れたが、シメオンに耳を貸す様子はない。一種の拘束具のようにワスレナを抱き竦めながら、大きく口を開いた。

うなじに深く食い込んだシメオンの歯の感触に、全身を締めつける痛みすら忘れた。

「っぐ……！」

ディンゴに散々痛めつけられた痕跡《こんせき》は、シメオンの手当てによってすっかり薄くなっていた。そこに刻まれた苦痛の歴史を掘り返すように、歯がギリギリと皮膚を噛む。

すでに半身である二人なので、その行為にさしたる意味はない。ただシメオンの怒りと悲しみを発散させるためのものでしかなかった。

くっきりと浮かび上がった傷ににじんだ血を、熱い舌がべろりと舐め取る。はあ、と漏れた呼気が傷口に染みたが、身長差の関係で腰骨の上あたりに押しつけられている感触に意識が集中している。ワスレナ自身も体の奥が濡れてくるのを感じていた。

「……発情しているのか、てめえ」

乱暴な口調で吐き捨てられることでさえ、不謹慎な性感を煽る。どこまでも救いがたいコンセプションの性を突きつけられたような気分だった。

「俺を裏切っておいて、発情しているんだな？　ああ？」

「ごめ……、な、さ、うんッ」

いきなり体を反転させられ、あごを摑んで上から唇を押しつけられた。ぐっと突き入れられた舌が呼吸を阻害する。本気で窒息させるつもりではと危ぶむほどに、口の中は彼の舌と送り込まれる唾液でいっぱいになった。

「……っ、はーっ、はーっ……」

ひどく長く感じた口づけであるが、実際は数十秒のことだっただろう。キスだけで腰が抜けそうになっているワスレナの体を、シメオンは軽々と肩に担ぎ上げた。まるで、初めて出会ったあの日のように。

一瞬抵抗しかけたが、シメオンの肩が腹に食い込んでくる痛みを訴えることもなく、されるがままにしていた。騒ぎを聞きつけたシメオンの部下がバラバラと駆け寄ってきたが、シメオンは特に説明もなく歩みを止めない。

「シメオン博士！」

「ワスレナ様はどうしたんですか、負傷され、あっ」

「ディンゴの追跡は兄貴とカイに任せている。私はこれから、ワスレナと大事な話がある」

取りつく島もない態度と、一種の防御壁のように彼を包んだインペリアルオーラが追及を許さない。割れた人垣の中を当たり前のように歩き、シメオンは二人の部屋へと向かっていった。


ゴールデン・ルール専用エリアに続くエレベーターに入った瞬間、シメオンは無言でワスレナを降ろす。完全に荷物を降ろすやり方だったので、うまく着地できず危うく転びかけた。

実際に転びはしなかった。シメオンの右手が腰を支え、左手があごを摑んで口づけを始めたからだ。

「……っ、ぅ、ふ……」

セブランとカイがセックスの最中に交わしていたキスを思い出す。あれが互いの愛情を交換し合う行為であるなら、今自分たちがしているのは、否、受けているのは懲罰だ。ワスレナが誰の持ち物なのか思い知らせるような、奴隷《どれい》の焼き印めいた口づけにさえ脳が痺れる。

「……ぐっ」

不意に後頭部を摑まれて、唇を引き剝《は》がされた。目を上げれば、目元をかすかに赤く染めて睨みつけてくるシメオンの顔がある。

彼も怒っているだけではなく、欲望を感じてもいるのだ——そのことに奇妙な喜びを覚えた矢先、手袋に包まれた大きな手が乱暴に胸を摑んだ。

「いたッ」

コンセプションとはいえ、体の作りは基本的に男である。簡単に摑めるほどのふくらみはないし、そもそも今のシメオンの力で摑まれては、誰でも痛いとしか思えないだろう。

それなのに、厚い手の平の下で乳首がピンととがっていく。単純な刺激を受けたせいではないのは、ワスレナ自身が一番よく分かっていた。

「こんな扱いをされて感じるのか?」

せせら笑ったシメオンが、ワスレナの背を壁に押しつけ、自分の体との間に挟んで床に崩れ落ちないよう固定する。それから両手でさらに強く、周囲の肉を無理やり持ち上げるようにして平らな胸を揉み始めた。

「いた……っ、んっ、やめ……て、くださ……」

シメオンほどではないが、ワスレナの体も引き締まった若い筋肉に覆われている。脂肪のまろみが少ない肉は余剰がなく、女性のそれのように容易に伸び縮みしない。

しかし実際には勃起《ぼっき》した乳首がシャツの布地を押し上げ、ボトムのほうもすっかり張り詰めてしまっている。シメオンの膝頭でぐりり、と意地悪く押さえつけられる、それだけで弾けてしまいそうなほどだった。

「いやらしい乳首だ」

「んや、あ、摘まない、で……っ……」

左右の乳頭をぎゅっとひねられて、鋭い痛みとそれを凌駕《りょうが》する快感に腰をくねらせる。

「……こんな体で、よくも」

ひどく忌々しげにシメオンがつぶやいたところで、エレベーターが目的階に着いた。腕を摑まれ、問答無用でまた担がれて、部屋まで連れて行かれる。

ベッドルームまで一直線に向かったシメオンは、キングサイズのベッドにワスレナの体を落とした。上等な寝具のおかげで痛みはなかったが、最近ひどく丁寧に扱われていた分、落差に胸が苦しい。

もっとも、今ワスレナの胸にある苦しみの半分は、緩く開かれた太股の上に体重をかけてのしかかってきたシメオンのものだ。間接照明に照らされた美しい顔の眉間に、黒々と縦じわが刻まれていた。

「一応、聞いておこう。お前は何をしたか分かっているな？」

すでに裁判は始まっている。現行犯で捕まった罪人には、おとなしく懺悔《ざんげ》する道しかなかった。

「……わ、かって、います。ディンゴ様は……僕を捨てた」

自ら事実を口にすることで、いまだ心臓に残った杭《くい》からまた血が吹き零れる。その痛みはシメオンにも伝わり、彼の唇がきつく引き結ばれた。

「でも、戻ってきてくれた。おいでって、言って……、ん、ぐぅっ」

突然重力が増し、体が寝台に沈み込んだ。

一瞬そう錯覚したほどに、シメオンから放たれる怒りのオーラは凄《すさ》まじかった。ぬっと伸びてきた手がシャツの襟首を摑んで左右に拡げる。

ひ、と喉を鳴らして逃げようとしたワスレナだが、半身の憤怒が四肢を束縛する。太股に乗り上げられた状況では満足な抵抗もできず、敷布の上をかいただけで終わってしまった。

高価な布地でできた生地は紙を裂くように引きちぎられた。衝撃で飛び出したドングルが胸板の上で踊る。本来の用途に使われないそれはただの金属であり、肌に何度もぶつかって痛い。

剝き出しになった胸の上を、エレベーターの中でされたように手が這い回った。まだ勃起したままの乳首の先を爪で弾かれる。それによって生まれた熱い痺れは、もう痛いのか快感なのかよく分からない。

「……あ、あ……いや、い、たいっ……！」

ひとしきり指でいじめた乳首に、シメオンが顔を伏せてくる。ぬるんとした感触に包み込まれた、と思ったら、きつめに歯を立てられて血の気が引いた。

愛撫の強さを越えている。このまま噛みちぎられるかもしれない。

「……ふん」

ワスレナの恐怖を察したシメオンの手が、性急なしぐさで細い腰を留めつけたベルトを引き抜き、下着ごと強引に下半身を剝く。露わになった白い太股から膝頭へと、すべすべした感触を確かめるように数度手の平を這わされた。

それだけで、剝き出しにされた性器が角度を増してしまう。

「ハ、俺の目の前であいつを逃がしておきながら、俺に少し触れられただけで……」

「ンッ」

気まぐれな爪の先が、先走りに濡れた鈴口を数度押し込んだ。直截な刺激に震えるソレは、とろとろと体液を滴らせ、半身を誘いかける。

「もうこんなだ」

浅ましい、と言外に吐き捨てた彼の指はあっさり性器を離れ、その根元へと向かっていった。期待に震える小さな穴に、いきなり二本の指がねじ込まれる。

「い、っん、く……!!」

一連の制裁めいた愛撫によって、そこはすでにシメオンを迎えるための準備を調えていた。くちゅっと粘ついた音を立てただけで、苦もなく太い指を受け入れてしまう。体は痛まなかったが、心は言いようのないやるせなさに軋《きし》みを上げた。

「ここも、すっかり準備ができているようだ。便利だな、コンセプションというのは」

蔑《さげす》みに満ちた言い方にはっと目を見開く。

ワスレナを無理やり半身にしたあの時でさえ、シメオンは観察者の態度を崩さなかった。それはそれで腹が立ったが、コンセプションであることを、こんなふうに罵《ののし》られたのは初めてだ。

悲しかった。罵られたことよりも、彼にそんなことを言わせてしまったのが悲しかった。

「博士……あ、ン、そんなっ！」

具合を確かめるだけ確かめて出て行った指が、シメオン自身のボトムを寛げる。ブルンと勢いよく飛び出したものは天を向いてそそり立ち、グロテスクなほどに血管が浮いていた。

ワスレナのコンセプションである部分があれがほしい、とわめいている。ただの青年である部分が、こんなふうに繋がりたくないと叫んでいる。

ここ一週間ほど、毎日のように抱かれてはいたが、いつもシメオンは服を全部脱ぐか脱がせるかしてくれていた。使うところだけ出す、という真似はもうしなくなっていたのに、今日は手袋さえはめたままだ。

「嫌だ、待って、話……っ、あっ、やだ……!!」

自分のためではない。シメオンのためにこそ少し時間を取りたいという願いは、ひたりと押し当てられた砲身の熱さにかき消された。

「何が嫌だ。先に俺を誘ったのはお前だ、ワスレナ」

薄暗い顔で、声で、シメオンが嘲笑う。表情の乏しさを気味悪く思ったこともあったが、今自分を見下ろす顔に比べれば何倍もましだと思った。

「そもそも、約束していただろう？　今夜はお前を好きなように抱く、となッ!!」

いきなり胸につくほど足を折り曲げられ、シメオンのものを根元まで突き込まれた。

「あっ、あぁぁっ……!!」

静脈が透ける白い太股の裏に長い指先が食い込む。腰が少し浮くぐらいに足を持ち上げられ、斜め下から突き上げるようにして容赦なく前立腺を、精嚢《せいのう》を抉《えぐ》られた。

「ヒア、あ、やぁっそこばっかりぃぃっ」

普通の男でも女のような快感を得られる場所である。コンセプションの身にはなおのことたまらず、ジンジンと広がる快楽に腰骨のあたりから溶け崩れていくような錯覚を覚えた。

「やらぁ、やめ、てッ、激し、イッちゃ、すぐイッちゃう、やぁ、ああっ!!」

敏感な神経の塊をごりごりと突かれ、さすられるたび、腹の奥で口を開けた子宮から愛液があふれてシメオンのものを濡らす。彼のカウパーと混ざり合ったそれは抜き差しされることにより卑猥に泡立って、結合部をぬめぬめと輝かせていた。

「何が嫌だ……っ、恥ずかしげもなく、びしょびしょに濡らしやがって……!!」

二箇所の性感帯の間にぴったり亀頭を当てた位置で、シメオンはいったん動きを止めた。五本の指の痕がくっきり残った太股を摑み直し、小刻みに腰を揺らし出す。

「激しいのが嫌なら、ゆっくりしてやろうか」

「あっ」

乱暴な出し入れから一転、つるりとした性器の先で精密機械のように性感帯だけを責め抜かれる。精神をひたひたと浸食するような快感に侵され、ワスレナの背がアーチを描いた。

「あっ……アァ、ンッ、だめぇ、これもだめっ」

自分自身を抱きしめるようにして悶絶《もんぜつ》する。自由な上半身が蛇のようにくねり、敷布に複雑な波を生み出した。固定された下半身は半身の雄に串刺しにされたまま、執拗な愛撫にヒクヒクと痙攣《けいれん》し続けている。

「激しいのもゆっくりなのも嫌なのか？　わがままだな、お前は。出来のいい半身だと思って、少し甘やかしすぎたか……」

ぎゅうぎゅうと締めつけられる快感に、うっすらと頬を紅潮させたシメオンがうそぶいた。聞こえていたが、反駁《はんばく》するだけの余裕がない。

臍《へそ》を突くように反り返ったワスレナの性器の先からは、だらだらと蜜《みつ》が零れ続けていた。指一本分ほど開いた唇からも唾液が止まらない。

男と女の頂点すれすれを行ったり来たりしている状態だった。あともうちょっとだけ、同じところを突いてくれたら極めることができるのに、その寸前で愛撫の矛先が変わる。八割まで高まった快楽を放置され、もう片方をいじめられる、を延々と繰り返された。

「も、許ひ、て、これいじょ、あたま、ばかに、なっちゃ……っ、あぅっ」

自らの唾液に溺《おぼ》れそうな舌が絡む。拙い語調で解放を訴えると、唐突にシメオンが腰を摑んだ。

ガツン、と深く、最奥に太いモノを叩き込まれる。

「アーーーーーっ!?」

口から彼のものが飛び出すかと思った。鳥の餌《えさ》として木の枝に突き刺された哀《あわ》れな虫の画像が、脳内で焦点を結ぶ前に再び衝撃が来る。

直腸の奥をいきり立ったもので乱暴にノックされるたびに、稲妻《いなずま》のような悦びが四肢を痙攣させた。首から下がったドングルが宙を舞い、胸板や時に顔まで叩く痛みも気にならない。

「ンや、ぁ、ああ、奥、奥、も、やっ……‼」

「嘘をつくな、こんなに締めつけておいて……！　嘘ばかりだな、お前はッ‼」

怒りに任せ叫んだシメオンが、ねじるように腰を使ってワスレナの奥深くまで侵入する。入ってはいけない部分にまで亀頭がめり込み、吐き気を覚えたところで彼がぶるるるっと胴震いした。

「あっ、あ、あ……」

嘔吐《おうと》衝動によりブレーキがかかり、極めることができなかったワスレナの中にどくどくと熱いものが注がれる。ふーっと大きく息を吐いたシメオンが、やっと一度出て行ってくれると思ったら、甘かった。

「……っ‼　嫌、まだ、出て……っ」

結合部から精液がポタポタと染み出している。避妊リングの効果で子宮へ精子が入りにくくなっているせいかもしれないが、それを踏まえても十分な量を注がれたはずだ。それなのにシメオンは荒い息を吐きながら、延々と射精を続けている。

「や、らぁ……も、いっぱ……出さな、で……」

「……どうしてだ？　どうせ、子を孕むわけでもあるまいに」

「そ、だけど……リングも完璧《かんぺき》じゃない……こんな、いっぱい、できちゃ、よぉ……」

極上のインペリアルの精子が高濃度のアルコールか媚薬《びやく》のように作用している。朦朧《もうろう》とつぶやけば、シメオンが奥歯を噛み締めた苦い表情になった。

「……俺の子を産むのは、そんなに」

そこで言葉を切ったシメオンは、まだワスレナと繋がったままで尋問を始めた。

「ディンゴはどこに逃げた。言え」

突然頭の切り替えを求められたワスレナは、困惑して彼を見上げた。思いがけず無垢《むく》な目で見つめられたシメオンは、わずかに瞳を伏せる。

「言え。言ったら……許してやる」

「し、知り、ません」

酷使されてつぶれた喉を庇い庇い、ワスレナは声を絞り出した。

「あなたも、見ていたなら、分かるでしょう……あの人は……ヴェニスの手を借りて、ここに来た……僕には、何も……」

「見ていたが、俺もディンゴの野郎の侵入には気づけなかった」

最早、監視を取り繕うつもりはないらしい。それを前提に、シメオンは疑いの目を向けてきた。

「本当は、お前が手引きしたんじゃないのか」

平らな腹を滑り上がった手が、鎖骨の窪《くぼ》みに埋まったドングルを摘み上げる。

「俺がやったこれで、お前は……」

裏切りの痛みに、彼の顔が翳る。同じ痛みに加え、信じてもらえない痛みにワスレナの胸は強く締めつけられた。

その痛みが、皮肉にも理性を取り戻す。まだ余韻に痺れた手を伸ばし、ドングルを摘んだシメオンのそれにそっと重ねると、彼もビクッと震えた。

「……分かっているでしょう。権限を制限されたこれに、そんな力はないし……それに僕は……僕を信じて、これをくれたあなたを、裏切るつもりはない……」

金だの宝石だのとはわけが違う。下手をすればシメオンだけではなく、ゴールデン・ルール全体を終了させかねない危険な物だ。当たり前のようにくれたのでびっくりしたが、シメオンはシメオンなりに考えて、自分にこれを渡そうと考えてくれたはず。

本当はもう、分かっていた。

無理やりに繋がれただけの心と体が、いつしか変容し始めたことを。

全てに恵まれたインペリアルであるがゆえに浮世離れした、おそらくはそう追い込まれた面もある男は、無自覚のうちにワスレナを完全に受容しつつあると。……ワスレナも、そうなりつつあると。

それでも、それでも、それでも。

「でも……ディンゴ様がいなければ、僕は、あなたと会う前に、ダウンタウンで死んでいた……」

　全てはあそこから始まった。ディンゴの存在を自分の人生から引き抜くことはできない。処刑されると分かっていて、見すごすことなどできやしない。

「お願いです。あの人を捕まえてもいい、それは仕方がない！　でも、どうか、命だけは助けて……!!」

　ぶちっと音がした。

　切れた金鎖が胸の上にわだかまる。ワスレナからドングルを奪い取ったシメオンは、それをベッドルームの壁に叩きつけた。ガツンという鈍い音を最後に、まぶしい金色の輝きは視界から消滅した。

「俺も、お前を、信じたかった」

　無理やり引っ張られた鎖が首に食い込んだ痛みなど消し飛んだ。シメオンから吹き上がる痛みと悲しみはそのまま怒りに転換し、ワスレナの心臓と脳を直撃する。

「うあっ……！」

　心を鈍器で殴られたような衝撃を覚え、思わず手で頭を庇ったワスレナの腰を大きな手が摑む。

「腹が減っても、イライラしても、お前にずっと、側にいてほしかった……！」

「ひ、ぎっ!?」

散々精子を放出し、ほとんど萎《な》えていたはずのシメオンの一物がいきなり復活した。自らが吐き出した体液の海をかき分け、先端が子宮口に食い込む。

「うあ、あっ……やっ……らぁ、やめ、だめっそこ入らないで、だめ……‼」

インペリアルを求めて下がってきたポルチオを亀頭の先で殴りつけられ、白目を剝きそうな快感が頭の天辺《てっぺん》まで突き抜けた。シメオンは容赦なく腰を打ちつけながら、無様に蕩けたその顔を、そしてあごを摑んで固定する。

憎しみに濁っていてさえ、なお美しい翠緑《すいりょく》の瞳と目が合った。

世界にひびが走る。


「ぎ、あ、アアアアアアアアアアアアアアっ‼」


怪鳥のような絶叫がワスレナの喉から迸《ほとばし》った。

凶悪なまでに締めつけられ、シメオンが思わず二度目の熱を胎内に放ったことにも気づけない。シメオンと二人の世界で生きてきた自分がバラバラに解体され、そこら中に飛び散っていく。

死んだのかと思った。そのほうがよかった、とも。

しかし、住み慣れた孤独な世界へまき散らされた体は徐々に再構築されていく。四肢に

もゆっくりと感覚が戻っていく。

その過程で苦痛が鮮明になり、嚙み殺せなかった苦鳴が喉から漏れた。助け起こされることも、気遣いの言葉や水を与えられることもなかった。

全身から全ての体液が噴き出している。特に顔はひどい有様だろう。がくがくと震える手を上げ、涙や鼻水その他でべちゃべちゃの顔を覆うと、手の平の向こうからシメオンの声がした。

「……死ななかった、な」

悲しみと落胆と喜びと絶望と怒りと。数多くの感情の坩堝《るつぼ》である声は、いっそ平坦に聞こえた。

「やはり、俺たちは……」

きらめく瞳を伏せたシメオンは、無言でワスレナから自身を引き抜いた。

静かに立ち上がると、互いの体液が飛び散って汚れた白いコートに今さら眉をひそめる。ゴールデン・ルールの象徴であるそれを床に投げ捨て、ついでのように側に転がっていたドングルを拾い上げた。

「……今までお前にやったものは、これ以外手切れ金としてくれてやる。それが最後の情けだ」

振り向いたその目は、あの雨の日、ワスレナの窮状も知らずに空の高みから降ってきた声よりも冷たかった。

「汚らしいコンセプションめ。お前に相応しい住処《すみか》へ戻るがいい」


別段期限を切られもしなかったが、体が満足に動くようになったワスレナはすぐにシャワーを浴び、着替え、少し迷ってからカイと一緒に買った服を全て荷造りした。シメオンと自分では体格の差があるため、置いて行っても無駄だと判断したからだ。

シメオンが与えてくれた専用のノートパソコンも持っていくことにした。ドングルを挿さなければ、これはただのパソコンである。閲覧制限があるような内容はキャッシュの保存もしない設定になっているし、最悪売ってしまえばいい。

「……何年か暮らせる程度の金はあるけどな」

手首に残されたウェアラブル端末を見つめ、ワスレナは独りごちた。

スターゲイザーを出て五日がすぎていた。スターゲイザーの敷地外に出る際、「今後、中に入ることはできなくなります。よろしいですか?」との警告が流れた。

かなり大きな声だったのでビクッとしたが、周囲でも似たような音声を聞いている人々が何人かいた。用事のために期限付きの滞在を許された訪問者は多いようだ。

中にはワスレナの顔を知っている者もいて、怪訝《けげん》な目を感じもしたが、振り返らずに外に出た。確認したところ、インペリアルシティへの滞在に制限がかけられた様子はなかったが、ここにはワスレナがシメオンの半身だったと知っている者も大勢いる。長居する気はなかった。

シメオンに渡されたウェアラブル端末はスターゲイザー内だけでなく、外に出てからも当たり前のように使用できた。どこでもほぼフリーパス、オンライン銀行に紐《ひも》付いた二つの口座は自由に利用可能。今後の入金はあるまいが、二ヶ月分の振り込みが行われていた口座の預金額は合計一千万リュクス。アッパータウンでも一年、ミドルタウンならその数倍は何もせずとも暮らしていけるだろう。

もっとも、金があればアッパータウンで暮らせるわけではない。インペリアルならとにかく、ノーマルでも厳しい審査を突破しなければ居住許可を得られないエリアなのだ。コンセプション、それも反ゴールデン・ルールを標榜《ひょうぼう》する組織にいたコンセプションなど言語道断。第一ワスレナ自身が、シメオンとの思い出だらけの場所にいたくない。

かといって、ミドルタウンに行けば何かの拍子に両親と鉢合わせる可能性がある。あれからもう何年も経っているのだし、互いに顔を見ても分からない気もするが、足が向かなかった。

アッパータウンにはいたくない。ミドルタウンにも行きたくないとなれば、残った場所は一つしかなかった。

サンスポットのアジトからシメオンに連れられてアッパータウンに入り、スターゲイザーまで連れて行かれたルートは、ゴールデン・ルールのために用意された超法規的なものである。シメオンに捨てられた身に同じ経路は使えなかったが、ディンゴもアッパータウンに攻め込む作戦を何度か立てていた。そのための資料を作成したこともあるワスレナが、当時調べたルートを逆走するのはそう難しくなかった。

「これを使えば、もっと簡単だろうけどな」

ミドルタウンの端、ダウンタウンへ繋がるゲートを潜《くぐ》りながら、袖に隠れた金色のウェアラブル端末をチラリと眺める。

スターゲイザー以外ならどこでも入場許可を得られるこの端末であるが、その代わりログが残ってしまう。ワスレナはシメオンがくれた口座から全ての金を引き出した後、端末の内部機構を破壊して追跡できないようにしていた。ゲートを潜るために使ったパスは、サンスポットも御用達のバイヤーから買い取ったものだ。

最早これは、ウェアラブル端末とは名ばかりの、ただの金色の腕輪。捨ててしまおうかとも思ったが、アクセサリーとしても通用するような代物である。下手に手放すと売りに出されたりして、居場所が割れるかもしれない。

……シメオンが、自分を追ってくることなどないだろう。分かっているが、念のためだ。困った時に換金できる物は持っておいたほうがいい。

自分にそう言い聞かせながら、ゲートが締まる音を背中越しに聞いていた。アッパータウンからミドルタウンへ入った時も落差を感じたが、ミドルタウンからダウンタウンに移るとその思いは一層強くなった。たった一月ほど、離れていただけだというのに。

しかもミドルタウンとの境界であるこの場所は、公的な施設などが集中しているのでまだましなほうだ。次第に貧しく、物々しくなっていく景色を眺めながら、誰かの吐瀉物《としゃ》を避けて機械的に歩を進める。質のいい服を着たワスレナに早速ゴロツキたちが寄ってきたが、ここでもウェアラブル端末付属のスタンガン機能が役に立った。

「どこかで手頃な武器でも手に入れたほうがいいかな……」

声もなく泥濘《ぬかるみ》に突っ伏した中年男の体をまたいで、また歩く。何かに追い立てられるような、それでいて目的を持たない歩みはいつしか、来慣れた道を選んでいた。

程なくワスレナが辿り着いた場所は一見、なんの変哲もない路地裏である。ゴミを決まった場所に捨てる、という習慣を持たない付近の住人が窓からなんでも投げ落とすため、生ゴミに半ば埋まった汚い路地裏。

五年前、ここに倒れ伏して雨に打たれながら、初めてシメオンの姿を見た。

ゆっくりと体温を奪われていきながら、かのまばゆきタイプ・インペリアルが、自分に一目惚れして助けに来てくれる妄想をしていたことを思い出す。あの妄想は、ある意味叶《かな》った。

ソープ・オペラでよく見るような、類型的な幸せではなかった。無理やり半身誓約を結ばれた後は、なぜか博士の秘書になり、不思議に満ち足りた時間をすごした。学術的で穏やかな関係を築くかたわら、抱かせろ嫌だのと攻防を続けていたが、セブランとカイの気遣いによって二人の関係は一歩前に踏み出した。片翼《ベターハーフ》とまではいかずとも、半身としてはそれなりにうまくいくのではと、夢を見ていた時期もあった。

「……この手で、壊した」

うつむいた目に映る、袖から半分顔を出したウェアラブル端末。陽光を弾いてきらりと金色に輝く。より強烈な黄金に輝いていたドングルはシメオンに取り返されてしまった。

だから、また、ここへ来てしまった。

「かわいそうなワスレナ」

「……ディンゴ……様？」

ぼんやりと佇《たたず》んでいたワスレナに、金髪の美青年が歩み寄ってくる。全て分かっている、そういう目をして。

雨は降っておらず、上空にゴールデン・ルールの宣伝をする飛行船は飛んでいないが、それ以外はあの日と同じだ。約五年の時を経た同じ場所で、ワスレナは神と再会した。シメオンは、いないのに。

いいや、あの日見たシメオンは、やはり録画だったと本人から聞いた。あの番組を収録したこと自体、ほとんど忘れている様子だったが。その程度のことだったのだ、最初から。ディンゴとの劇的な再会の最中だというのに、心はともすればシメオンに向かう。ワスレナの心がここにないと気づいたディンゴは、ウェアラブル端末の上から彼の手首を摑んだ。

「どうせこんなことになるだろうと思い、見張らせていたのだ。さあ、行こう」

「どうして、ここに……あなたはどこか、別のエリアへ逃げたのでは……？」

「一度、探索され尽くしたところにまた戻る、オーソドックスだがそれなりの効果はある手よ。ダウンタウンが一番身を隠しやすいからな」

にやりと不敵に笑ったディンゴがワスレナの腰を抱いた。新たに築いたアジトに連れて行くつもりなのだろう。

ふと、視線を感じた。あの日と同じところがもう一つあった。物陰から陽炎《かげろう》のごとく現れたヴェニスが、二人の背中を守るようについて来たのだ。

「……ヴェニス。体は、大丈夫か」

スターゲイザー内への特攻が可能なほどの、違法フェロモンをまき散らしていた彼だ。思わず問うが、返事はない。浅黒い顔は相変わらずの無表情であり、動じない態度は出会ったばかりの頃のシメオンを思い出させた。

パソコンを繋げば、あるいは点々としていたホテルにも備えつけられていた情報端末《キュービック・チューブ》を使えば、ゴールデン・ルールの表層的な情報は浴びるほど摂取できる。だからこそ避けていたために、ワスレナは現在シメオンがどこで何をしているのか分からない。分かりたくもない。

「……今日はきっと、カレッジで講義だろうけどな……」

アシスタント役の取り合いで暴動でも起きねばいいのだが。ふふ、と乾いた笑みを漏らしたワスレナの注意が、また自分から逸れていることに気づいたのだろう。腰を抱いたディンゴの手に力がこもり、よろけるほどに引き寄せられた。

戸惑って見上げたディンゴの美貌から、限りなくインペリアルに近いオーラが放射される。シメオンと離れて時間が経ったせいもあり、久しぶりの感触に呼吸が苦しくなった。

「あのシメオンを虜《とりこ》にしたお前は、コンセプションとしてさぞかし成長したのだろう。今度こそ……お前を私の半身……いや、片翼《ベターハーフ》にしてやる」

艶めく唇がそっとワスレナのそれに重なる。

一瞬身じろいだワスレナは、すぐに自分から積極的に唇を押しつけて、舌を絡めていった。

ディンゴが用意した新アジトは、大胆にも前のアジトとそれほど離れていない場所だった。もともと組織が拡充し、広さが足りなくなったアジトの補助施設として作られていたジオフロントだ。広さは前のアジトの三分の一しかないが、現在のサンスポットの規模から考えれば十分だろう。

そこには組織を成立させるために必要な施設がきちんと揃っていた。軍議を行うための会議室、アジト全体をコントロールするシステム管理室。ワスレナが大嫌いだったあの部屋も、ちゃんとあった。

「……っ、ぐ、う……!!」

以前より少し小さめのベッドで四つん這いにされたワスレナは、胎内に広がる熱とうなじに刺さった痛みに奥歯を噛み締めた。彼の上に覆い被さっていたディンゴはしばらく立てた歯に力を入れたり緩めたりを繰り返していたが、やがて「もういい」と投げ出すように言って身を離した。

ずるりと抜け出ていくものにほっと吐いた息を隠し、ワスレナは細い声で謝罪した。

「申し訳……ありません」

再びディンゴのところに帰ってきてから、すでに十日余り。本日は発情促進剤まで飲んで挑んだというのに、まただめだった。

少しもディンゴと繋がったように思えない。幾度となく繰り返しては破棄された、彼との擬似的な半身誓約さえ形成できずにいた。

「……お前が拒んでいるように感じたぞ」

ため息をついたディンゴが、汗ばんだ金髪をかき上げる。射精後の気怠《けだる》さを含んだ美貌は相変わらず、いや捨てられる前以上に魅力的だった。

ヴェニスへの新たな実験を行ったように、自分自身もさらなるインペリアル化実験を行っていたのだろう。ディンゴが放つオーラは最早神々しいと言ってよく、現在のサンスポットに残っている構成員たちは彼に心酔しきっている。

ワスレナも今や半身を持たないコンセプションである。その魅力にフラフラと引きずられて良さそうなものなのに、白いコートを翻すあのインペリアルの面影が消えない。

「……最上級のインペリアル様だったものな」

ディンゴはしょせん紛い物だなどと、卑下《ひげ》するつもりはない。ノーマルとして生まれたことに満足せず、自力で高みを目指すその姿勢こそが彼の魅力。そういう彼だからこそ、半身に、片翼《ベターハーフ》になれたらと切望したのだ。

しかし、やはりシメオンと比べると純粋な吸引力に欠けるのは事実。

「お前は優しい、いい子だな、ワスレナ。シメオンに同情してしまったのか？」

ふとかけられた声に引かれて顔を上げると、ナイトガウンを適当に羽織ったディンゴが側に座っていた。

また半身誓約に失敗したのだ。暴力も覚悟していたのに、ディンゴに手を上げる様子はない。代わりに、ワスレナが必死に目を逸らそうとしている事実に言及してきた。

「ルミナリエ一族には忌々しい魅力があるからな。世間知らずのお前がほだされてしまったのも無理はない……」

「違います！　僕はただ、あの人が最高のインペリアルだったから……！」

条件反射で口をついた反論にディンゴの目元が歪んだ。

「違う、そうじゃありません、あなたのインペリアル化実験を馬鹿にする意図ではないんです！　ただ……、ただ」

「あの人が忘れられないのだ」とは、口に出せなかった。

当面遊んで暮らせる金はあるとはいえ、シメオンが市民登録してくれたとはいえ、ワスレナは一般社会での暮らしを知らない。ましてこのダウンタウンで暮らすなら、相互扶助組織へ身を寄せることは絶対条件だ。ディンゴの機嫌を損ねたが最後、殺されないまでも放り出される可能性は高いのに、どうしても言えない。どうしても。

「……まあいい。結局のところ、コンセプションなどインペリアルの精神安定剤にすぎない。真の頂点に立つ者は、常に一人だ」

フン、と吐き捨てたディンゴの言葉の中、彼が意図したものとは違う部分が心を引っかいた。

精神安定剤。

あの口座。

「ワスレナ。お前ももう、十日後にゴールデン・ルールの連中が新型航空機のロールアウト式典を行おうとしていることは知っているな」

今度は正確にディンゴの狙《ねら》いが当たった。弾かれたように顔を上げたワスレナに、ディンゴがにんまり笑う。

天候さえも管理されたこの世界で、情報端末《キューピック・チューブ》をまったく見ずに暮らすことなどできない。ゴールデン・ルールの情報を避けていても、トップニュース扱いだといきなり目に飛び込んでくるので避けられないのだ。

シメオンの研究の粋を極めた新型航空機。あの日、いかにも気乗りしない様子で低俗なバラエティに出演していたのも、あれのお披露目のための布石だったと本人の口から聞いていた。

「あの式典で、ルミナリエ兄弟には死んでもらう。お前も手伝え、ワスレナ」

言うだけ言ってディンゴが立ち上がったため、ベッドが揺れた。

その動きに逆らえず、横倒しになったワスレナは尻の奥から彼の体液が零れ落ちる感触も忘れ、呆然としていた。

ワスレナがいなくなって早一月近く。ゴールデン・ルールの威信を懸けて用意されている新型機のロールアウト式典は、明日。

ラボにある己の研究室に引きこもり、延々と最終調整を行っているシメオンを訪ねてきたセブランは、真夜中ということを割り引いても鬱々《うつうつ》とした室内を眺めてうんざりした声を出した。

「おい、顔が死んでるぞ、シメオン。しっかりしろよ」

事前にメッセンジャーソフトで訪問の旨を告げても、部屋の前でインターフォンをしつこく鳴らしても無反応。やむなく総帥代理特権で無理やり認証を突破して入ってきた兄を、シメオンは虚《うつ》ろに見上げて一言応じた。

「……生きている」

「表情筋が死んでるっての。明日の主役はお前なんだからな、シャキッとしろよ？」

「主役は私が作った『タイムレスウイング』だ。私ではない」

新型機の名前を口にしたシメオンは、またパソコンのディスプレイに目を戻した。報道陣向けの公式発表資料を確認中らしいと見て取ったセブランは、隅に表示されたリストを指さす。

「作ったのはおめーだし、マスコミも久々におめーが出てくるっつーから張りきってんだぜ!! 見ろよ、この撮影許可申請の数!!」

現在、情報端末《キュービック・チューブ》で流れているチャンネルの全てから申請が来ているのではなかろうか。ゴールデン・ルール自体のお抱えメディアである公的ニュース、雑多なバラエティ、果てはアダルトチャンネルからまで申請が来ているのが笑えるが、シメオンは自嘲《じちょう》を漏らすのみ。

「半身を喪《うしな》った私を、嗤《わら》いたいのだろう」

あながち間違った見解とも言えず、セブランは苦笑した。

「……誰の目も気にせず生きてきたお前が、そんなことに怯えるようになったか」

「私は怯えてなどいない」

ムッとしたシメオンが言い返してきたが、セブランは無視して本題に入った。

「ディンゴが仕掛けてくるぜ。おそらく、ワスレナちゃんも一緒だ」

ディンゴがスターゲイザーは一枚岩ではない、と嘲笑ったように、サンスポットも完全な組織ではない。ディンゴの敗走により彼を見限った者も多く、そういった筋から彼らの情報は入ってきていた。

「ワスレナの居場所が分かったのか⁉」

にわかにシメオンが示した顕著な反応を、セブランは切なそうな目で眺めやる。

「……いや。お前がやった金は全部引き出されていたし、ウェアラブル端末自体を壊したのか、居場所の探知もできなくなっている。ただ、追えるところまでログを辿った結果、ワスレナちゃんがダウンタウンに行ったことは確かだ。別の筋の情報と合わせると、ディンゴがダウンタウンで再起を画策しているのは間違いないだろうな」

「……今度こそあいつの半身になって、私を殺しに来るのか」

虚ろだったシメオンの目に暗い情熱が宿った。

「上等だ。返り討ちにしてやる。あいつと一緒に……殺してやる。よくもこの俺がかけてやった情けを、裏切りやがって……‼」

はあああ、と盛大なため息を漏らしたセブランは、ただでさえピンピンと自由に跳ねた髪をかき回す。

「俺も人のことを言えた義理じゃねーが、お前はほんっとーに恋愛が下手だな‼」

「恋愛？」

初めて聞いた単語であるように、シメオンは鸚鵡《おうむ》返しにした。

「私とワスレナの話か？」

「この流れで他のやつの話をするかよ……」

「だから聞き返したんだ。私たちは恋愛などしていない。確かにあれは、非常に貴重で優秀なコンセプションだが……」

ひとしきり褒めておいてから、濃い眉根にしわが寄る。

「……いや……そうでもない。あいつといると、いつも感情が不安定になった。もっと優秀なコンセプションであるカイのことが気に障ったり……いなくなっても……まだ、元に戻らない。あいつのことを思い出すだけで、気持ちが乱れる。待ちに待った式典だというのに……！」

端整な顔を歪めてシメオンが吐き捨てる。十年以上ぶりに見た弟の激情を前にして、セブランの表情が引き締まった。

「どんな形であれ、お前はまたワスレナちゃんに会う」

眉をひそめたシメオンが言い返すため、息を吸ったところで彼はすばやく割り込んだ。

「殺すのも殺されるのもいいだろう、好きにしろよ。……そもそもお前は、あの子がどんな気持ちでお前の半身をやっていたか分かっていて、不安定な状態で放置してたんだもんな」

「あいつの気持ち？」

また、シメオンは意外そうな顔をした。

「なんの話だ。どうして兄貴のほうが、あいつの気持ちを知っているようなことを言う。

私とあいつは、仮にも半身誓約を結んでいたんだぞ」

「それで全部分かるなら、俺とカイちゃんがいまだに喧嘩《けんか》するわけが……あー、その前に聞くけどな。お前、ワスレナちゃんにオンラインの口座を持たせてたけど、口座名を決めたのは誰？」

ますますわけが分からない、といった面持ちになりつつも、シメオンは記憶を辿る。

「それは私だが、デフォルトの名前から変更した覚えはない。ワスレナの名で……待てよ」

「そう、もう一個、口座を作らせてやったろ。あれの名前は、知ってるんだろ？」

「……知らん」

精神安定のために口座を作らせてほしいと言われ、了承した。メイン口座を作ってしまえば、サブの口座はオンラインで簡単に作成できる。

「助手としての給料をサブに抜かせてくれ、ということだったから、『助手代』とかそういうものじゃないのか。いずれにしろ、許可だけ与えて、後は確認していない。あれのプライベートだろう」

「……マスかくところは覗いてたくせに、お前の気遣いは本当に謎《なぞ》だな」

「おい、ちょっと待て。どうして兄貴がそのことを知っている」

やべ、という顔をしたセブランは「まさか、兄貴も、俺たちのことを」と気色ばむ弟を強引にさえぎった。

「ま、まあいーや、そんなことだろうと思ったぜ」

何度目か、数えるのも馬鹿馬鹿しいようなため息を押し殺したセブランは、シメオンのパソコンに手を伸ばした。華麗なキータッチで画面がどんどん切り替わっていく。ゴールデン・ルールの総帥代理がその気になれば、誰のプライバシーもあってなきがごとしだ。シメオンも兄の行為に何がしかの意味を感じ取り、黙って見守っていたが、ワスレナに与えたオンラインバンクの口座が表示された途端大きく目を見開いた。

一つ目の口座名はそのまま、「ワスレナ」。もう一つは。

「……『葬式代』？」

「お前に半身を破棄されれば、あの子は死ぬかもしれないんだ。おとなしいけど誇り高い子だったもんな。いつ何があっても大丈夫なように、準備しておいたんだろう」

凍りついている弟を置き去りにして、セブランは戸口へ向かい始めた。

「ま、金はメイン口座と一緒に全部引き出されてるけどぉ？　そもそも月一で二十万だけメインからこっちに移るようにしてたみたいだから、残っていたって全然足りなかっただろうがな」

「……兄貴。待ってくれ」

「やだー。俺だって明日の準備があるんだから、今夜はもう寝まーす」

「兄貴!!」

椅子を蹴って立ち上がったシメオンに、セブランは冷たい目と声を突きつけた。

「ハッ、いつも意味もなく自信満々なくせして、やけに弱気じゃねーか。嫌われてないと分かってからの、あの強引さはどこに行ったんだよ。ワスレナちゃんがお前をだますために芝居をしていたなんて、まさか本気で思ってるのか?」

無言で唇を噛んだ弟を見て、セブランはハンと鼻を鳴らした。

「あの子の葬式を出してやるような人間は、俺たちしかいねーんだからさ。明日ワスレナちゃんを殺したら、せめて喪主ぐらいはてめーがやれよ。オニーチャンもカイちゃんも、そこまで甘やかしてはやんねーからな!!」

言いたいことを言い終えたセブランの姿が部屋の外に消える。

シメオンは力尽きたように椅子に座り直し、くそ、と彼らしくもなく毒づいて目元を手で覆った。

インペリアルシティの端にあるエアポートは朝から厳戒態勢下にあった。

出入りの際のチェックはもちろん、中に入ってからの導線まで完全に規定されており、少しのはみ出しも許されない。数ヶ月前から空のダイヤに関する制限を明言されていたものの、招待客以外は基本的に立ち入り禁止と知らない人々が詰めかけ、交通規制も相まって周囲は大変な混雑だった。

本日は新型航空機「タイムレスウィング」のロールアウト式典。スターゲイザーへ出入りする自由を持っていても、今日エアポートには入れない人々は大勢いる。ワスレナなどはいわずもがなだ。

しかし実際のワスレナはエアポートの片隅にある倉庫の中にいた。新型機の登場に合わせ、廃棄が決定された旧型機に関する部品やメンテナンス機材が格納されていた場所だ。あの子はまだ十分働けるのに、と嘆く旧型機のメカニックに猫撫で声ですり寄ったディンゴが秘密裏に手に入れ、必要な機器を運び込んだ場所である。

管制室のデータをジャックしているため、備えつけのモニターには粛々と進行するロールアウト式典の様子が映っていた。インペリアルシティの市長など、お歴々の演説が続いている。熱意はあるが形式的な挨拶《あいさつ》をＢＧＭにして、ワスレナは「タイムレスウィング」の美しい姿をじっと眺めていた。

「……きれいだな」

優美な流線型を描くなめらかな機体が、太陽光を浴びて白銀に輝いている。ゴールデン・ルールを象徴するカラーは無論黄金だが、さすがに目にうるさいと思ったのか、ゴールデン・ルールのメンバーが身に着ける白い衣裳をモチーフにしたのか、「タイムレスウィング」は白地に淡い銀色を散らしたようなカラーリングだ。尾の部分とそこから一筋、先端部分に向けて走ったラインが鮮やかな緑で、これはルミナリエ一族の緑眼を象徴しているのだろう。

まるで、シメオンそのもののような機体。

「ジョシュアのような色合いだな、悪趣味な」

同じくモニターを見ていたディンゴが唾でも吐きそうな口調で言った。はっと現実に引き戻されたワスレナに、彼は満を持した笑顔で命じる。

「さあ、ワスレナ。お前の権限で、ゴールデン・ルールのシステムに介入しろ」

「え？」

意外な命令に驚いたワスレナは、ふるふると首を振る。

「ぼ、僕のドングルはもう回収されました。この端末の機能だって、トレース防止のために……えっ」

二つの口座に振り込まれていた金は全て、サンスポットの活動資金として差し出した。ディンゴに処分しろ、と言われた金色のウェアラブル端末を外さないでいるのは、解除キーが設定されていて無理やり外すのが困難と判断したからだ。それだけだ、と聞かれていないことまで説明しかけたが、ディンゴが目の前に差し出してきたものが舌の動きを止めた。

「ディンゴ様、これを、どこから……？」

「お前のものではない。これは、私のドングルだ」

どこか硬い口調を聞いただけで、その出所が分かった。スターゲイザー内のカフェで再会した際に、自分がドングルを持っていると即座に言い当てた理由も。

「ジョシュア様から……？」

ワスレナと違い、かつてのディンゴは半身でこそないが、ジョシュアの正式な影武者だったのだ。そもそも優秀だったからこそ影武者になったのであり、このドングルを使ってゴールデン・ルールの運営に関《かか》わっていた時期もあったのだろう。

「私の権限は、とうに削除されているだろう。だが、こいつは権限が強大であるがゆえに、アクセス権の完全停止には時間がかかる。本来はゴールデン・ルールの人間だけが持てる代物だからな」

「ドングルそれ自体がキーとなるために、細かな制限をかけるのは難しいということですか……」

愕然としながらも相槌を打つと、ディンゴは優秀な弟子を見る目をした。

「やはりお前は飲み込みがいい。……皮肉なものだ。半身誓約実験で使い潰《つぶ》すには惜しい逸材だと、私に教えてくれたのがあのシメオンぼうやとは……」

運命の皮肉を嘲笑ってから、ディンゴは手にしたドングルをヴェニスに渡した。管制システムのジャックを含めた操作を任されていたヴェニスは、顔色も変えずに手元のパソコンにそれを挿す。

「お前の権限はまだ生きている可能性が高い。それを足がかりにして、一度侵入さえしてしまえばこっちのものだ」

心を絡め取ろうとする甘い声。それと裏腹に高まる疑似インペリアルオーラが、コンセプションの本能を抑えつけようとする。

「あ……ぶない、です」

圧迫に押し潰されそうになりながら、ワスレナは小さく首を振った。

「あなたが生きていると分かった以上、ゴールデン・ルールはこの式典がテロの標的になると予測しているでしょう。罠《わな》があるに違いありません。侵入に気づかれたら」

「当然だ。そう思わせるためにも、先日は私自らがスターゲイザーに乗り込んだのだからな」

当たり前だと、ディンゴはワスレナの忠言を切り捨てた。

「ジョシュアの治療が長引いていることにより、ゴールデン・ルールの支配を疑う声も出始めているからな。今回の式典を成功させ、綱紀を引き締めたいとは考えているだろう。その焦りが隙を生んだ」

ちらりとディンゴが目をやったのは倉庫の隅、彼らにここを提供したメカニックの哀れな亡骸《なきがら》だった。

「お前が嫌なら私がやってやる。パスワードを教えろ、ワスレナ」

詰め寄られて、ワスレナは下唇を噛んだ。

半身誓約に失敗しても無闇《むやみ》に怒ったりしなかったのは、これが目的だったのだ。分かっていても少しだけ胸が痛んだ、それが不服のサインを出してしまった理由の一つである。

だが、もっと大きな理由がある。

「もうやめましょう、ディンゴ様」

勿忘草の瞳に深い光を湛《たた》えて見上げれば、言葉を越えた何かが伝わったのだろうか。ディンゴがわずかに身じろいだ気配がした。仮初めでも、破棄を繰り返していても、魂のどこかを繋げ合った過去が初めて役に立った気がした。

「あなたは本当は、インペリアルじゃなくてコンセプションに……いいえ、ジョシュア総帥の片翼《ベターハーフ》になりたかったんだ。そうでしょう？」

ガタンと音がした。音を立てたのはディンゴではなく、モニターの前に置かれた石像のように振る舞っていたヴェニスだった。

私心を持たないアンドロイド、ディンゴの人形と呼ばれる男の胸中は気になったが、彼の気持ちまで忖度《そんたく》している暇はない。ワスレナは続けた。

「ジョシュア総帥はすでに片翼《ベターハーフ》持ちだ。あなたの求めるものは絶対に手に入らない。ディンゴ様がおっしゃるとおり、権威回復を望むゴールデン・ルールに捕らえられれば、あなたは確実に処刑される。今なら、まだッ……!!」

熱い衝撃が頬を横殴りにした。意図的にだろう、エンジニアの亡骸にぶつかるように跳ね飛ばされ、死後硬直も解け始めた体の異様な柔らかさに身震いする。

「……下らんことを。お前は本当に、ゴールデン・ルールに懐柔されてしまったのだな」

スターゲイザーを訪れた初日、カイに向かってワスレナがつけた難癖と似たものがディンゴの口から漏れた。同時に、強烈なオーラが起き上がろうとしたワスレナを床に押さえつける。

触れもせずにワスレナの抵抗を封じたディンゴは、モニターに目を向けて薄く笑った。

「……ふん、シメオンのやつ、妙に顔色が悪い。お前がいなくなってからというもの、スターゲイザーの外に出るようなイベントはほとんどキャンセルしているとの話だったからな。お前はつくづく大したコンセプションに育ったものだ、ワスレナ」

言われてワスレナも、思わずモニターを見た。そこには際限なく輝くフラッシュを受けて、一際白く輝くシメオンの姿があった。

化粧か何かでごまかしているようだが、グリーンアイの下に隠しきれないくまが覗いていた。少し痩《や》せた、と思った。それはきっと、この式典の準備に忙殺されていたせいだけではなくて。

「式典の最中にお前のバラバラ死体でも撒《ま》いてやれば、動揺は誘えるかもしれんなぁ」

ディンゴのオーラに冷気が交じった。体感温度が下がるような恐怖に体が硬直したが、不意にヴェニスの切迫した声が響いた。

「ディンゴ様！」

「ヴェニス、どうした」

「誰かがこちらに向かってきます。迎撃を」

言いながらヴェニスが立ち上がろうとした時、激しい打撃音が倉庫全体を揺らした。入り口を閉ざすシャッターが紙のように歪み、できた隙間から重機の先端がぬっと顔を出す。

「ワスレナ！」

呼び声に条件反射で心臓が縮こまる。一瞬シメオンかと思ったが、違った。

「カイさん……!? あなた、式典に出ているはずじゃ……！」

呆気に取られたワスレナが見つめたモニターには、シメオンの背後にセブランと並んでよそ行きの顔をしているカイが映し出されている。

右上に表示された時刻は現在の時刻と寸分違《たが》わぬはずだ。管制室と航空機で時間がずれていると危険なので、オペレーターが定期的に「ワン・ジーロウ・ツリー・ファイフ……」などと独特の発音で時刻確認を行っているのだから。

「偽の映像で逆ハックして時刻表示を被せただけさ。インペリアルの映像技術は偉大だぜ。

これでこの間の借りは返したからな‼」

前回偽セブランからの連絡に踊らされたことが、よほど悔しかったのだろう。まずは意趣返しとばかりに愉快そうに笑ったカイは、一転してまなじりを吊《つ》り上げた。

「ディンゴ‼　ここで会ったが百年目だ、絶対逃がさねえぞ‼」

高らかな宣言と共に号令が下り、破れたシャッターの隙間から完全武装のカイの部下たちが次々と侵入してきた。ディンゴの部下たちも慌てて迎撃を始める。

「チッ」

舌打ちしたディンゴは倉庫の奥へ逃げようとしたが、カイの準備は万全だった。奥にあった非常口も突破され、両サイドからの挟み撃ちが始まる。

「くそ‼」

顔を歪めたディンゴであるが、さすがの彼もこの場所に大量の部下は連れて来られなかった。

多勢に無勢、あっという間にサンスポットの構成員たちは重機で追い立てられ、スタンガンで気絶させられ、カイの華麗なハイキックであごを砕かれた。まだ起き上がるのがやっとのワスレナは、呆気に取られながら見守ることしかできない。

「やめろ、ディンゴ様に触れるな‼」

先陣を切ってディンゴに肉薄していくカイを睨みつけ、ヴェニスがアンドロイドじみた無機質さをかなぐり捨てて叫ぶ。その体から、大量の違法フェロモンがまき散らされた。

だが、同じコンセプションであるカイに効き目は薄い。構わず突っきってくるのに加え、その背後に続いたゴールデン・ルールの兵士たちにも以前ほどの動揺は見られない。

「てめえのフェロモンはもう解析済みだ。シメオン博士の頭を舐めんじゃねーぞ!!」

下手なゴロツキよりも迫力に満ちたカイの声が、不意打ちで彼の名を呼んだ。一瞬硬直したワスレナ目がけて、ゴールデン・ルールの兵士が突進してくる。

「貴様、よくもシメオン様を裏切ったな！」

血走った目には私怨が充満していた。ゴールデン・ルールを熱心に信奉しているようで、どさくさに紛れて個人的な復讐《ふくしゅう》を行う気なのだろう。避けられないだろうし、避ける気もなかった。

そこへ突然、進行方向を変えたカイが割り込んできて、兵士の腕を摑むなり強引にその身を反転させた。

「油断するな、こいつもコンセプションだ。俺に任せろ！」

え、と兵士と揃って間抜けな声を出した瞬間、カイに強く肩を押されて再び床に倒れ込む。またエンジニアの死体と抱き合うのは免れたが、厳しいカイの視線からは逃れられない。

「……」

一瞬、視線が絡んだ。何か言おうとしたが、言葉が出てこない。それはカイも同じ様子で、無言のままワスレナをうつ伏せにひっくり返し、後ろ手に電子手錠をかけた。先ほどの兵士は、悔しげな顔をしながら別のディンゴの部下の顔を殴り飛ばした。

「カイ様、ヴェニスを捕らえました！」

シメオン作の抗フェロモン剤を服用しているらしきカイの部下の一人が、意気揚々と報告してくる。

「でかした、後はディンゴだな!!」

明るいカイの声に悲鳴と破壊音が混じる。ぎょっとしたワスレナが仰け反るようにしてそちらを見ると、入り口の突破に使われた重機がカイの部下たちに襲いかかっているではないか。

「あの野郎……!!」

運転席にディンゴの姿を見かけたカイが猛ダッシュする。彼がワスレナやヴェニスの捕獲に気を取られている隙に、重機を乗っ取ったのだ。

だが、いくらカイでも巨大なアームを振り上げる重機にそう簡単に近づくことはできない。歯噛みする端整な顔を運転席から見下ろして、ディンゴが鼻で笑う。

「愚か者めが！」

吐き捨てた彼はなるほど、愚か者ではない証拠に、カイに拘泥せずさっさと近くの壁を破壊しにかかった。ワスレナやヴェニスの存在を無視した行動を見た途端、カイの表情が歪む。

「やめろ！　そっちにはジョシュア様が……!!」

先ほどシメオンの名を聞いた時のワスレナのように、ディンゴが操るアームが静止した。その隙を見逃すカイとその部下ではない。

アイコンタクトで連携を取った彼らは、左右から運転席に乗り込んだ。驚愕するディンゴをアームを操るレバーから引き離し、カイがしてやったりと笑った。

「卑怯な……！」

「どっちがだ、バーカ」

得意げなその顔は片翼《ベターハーフ》そっくりで、ワスレナは思わず目を背けた。

制圧にかかった時間は、せいぜい三十分程だった。重機の運転席から引き出されたディンゴは、ワスレナ同様後ろ手に電子手錠をかけられ、うつ伏せにされた上で頭に溶解銃を当てられた。

彼の横に、ワスレナも同じ格好で並べられる。ヴェニスも電子手錠はかけられていたが、フェロモンを止めるためにスタンガンで気絶させられていた。

床に額をこすりつけそうな状態のワスレナの前に、カイの靴先が置かれた。この世界でもっとも幸福とされるコンセプションの青い瞳が、半身を喪《うしな》ったコンセプション、インペリアルにもコンセプションにもなれなかったノーマルを静かに見下ろしている。

「……フン、ここまでというわけか」

「そうだな」

ディンゴのふてぶてしい自嘲に、カイがぞんざいな相槌を打った。

「カイさん！　あのっ」

一縷《いちる》の望みを賭《か》けて、ワスレナは助命嘆願を始めた。自分ではなく、ディンゴについて。

「ディンゴ様は……ジョシュア総帥のお名前を聞いただけで動揺されるほど、まだあの方を想っているんです。難しいとは思いますが、今一度」

「ワスレナ、余計なことを抜かすな!!」

ディンゴの怒号が響き渡り、首を竦めたワスレナをカイは静かに見下ろした。

「……お前はどうなんだ、ワスレナ。そうやって止めるってことは、まだディンゴがお前にとっての一番なのか？」

当たり前だと、ためらいもなく言えたのは、せいぜいが一ヶ月半前までだろう。現在のワスレナは返す言葉に詰まり、唇を引き結んでしまう。

「……そうか。だが、安心していいぜ。ディンゴは殺さない。少なくとも今は」

なに、とディンゴが柳眉《りゅうび》をひそめると、カイは最新型の溶解銃をプラプラと振りながら芝居がかったため息を漏らす。

「俺個人としては、今すぐこいつで自慢のお顔を溶かしてやりたいが、仕方がない。逆らえない筋からの命令なんでね」

ディンゴが形容しがたい表情で凍りつき、ワスレナは思わず彼の横顔を見つめてしまった。

ゴールデン・ルール総帥代理の片翼《ベターハーフ》であるカイに、ディンゴの助命を命じられる人間といえば。重機で逃げ出そうとしていたディンゴを止められる名を持つ、あの。

「……あのあまちゃんめ」

歯軋《はぎし》りに近いうめき声を聞いて、カイは肩を竦める。

「勘違いするなよ、ディンゴ。ジョシュア総帥は、お前の処刑もやむなしと判断したんだ」

言われてワスレナも勘違いに気づいた。そうだ、ジョシュアもディンゴの処刑を承知したのである。

なら一体、誰がそんな命令を出せるのか。視線の先で、ディンゴもワスレナと同じ結論に辿り着いたようだった。

「まさか……」

「ご明察だな。お前を殺さないでくれと言ったのは、俺の大切な義姉上様《あね》さ」

パチンときれいなウインクをしたカイを見上げて、ディンゴは「あのアマ……!!」と口汚く罵った。

「尋問も、エリンさんが自ら行うとさ。よかったな、ディンゴ。おい、連れて行け!!」

鋭い命令を受けたカイの部下たちが、訓練された動きでサンスポットの面々を引っ立て、連行していく。ディンゴはなおも抵抗していたが、恋仇《こいがたき》に思わぬ情けをかけられたことがよほど衝撃だったのだろう。案外おとなしく連れて行かれた。

「さて、ワスレナ」

気づけば倉庫内に残っているサンスポットの残党はワスレナだけである。静かな声で名を呼んだカイが後ろに回った。身を固くしたワスレナであったが、彼の影が背に落ちたと思ったら、手首の縛《いまし》めが解かれる。

少しこすれた手首をさすりながら顔を上げると、カイが当たり前のように手を差し出してくれていた。

「来いよ。お前の席は、セブランがちゃんと用意してくれている」

優しいその目に、セブランの護衛の長《おさ》として部下を率いる厳しさはない。どさくさ紛れの復讐から庇ってくれたように思えたのは、やはり間違いではなかったのだ。

「……そんな」

嬉しさは、確かにあった。カイとセブランはこんな自分を許し、帰ってこいと言ってくれている。その優しさに涙が出そうになる一方で、ここにいない、カイも口に出さない男に言及せずにはいられない。

「そのことを……シメオン博士は、ご存じですか」

案の定、カイは気まずそうな顔をした。真顔で恥ずかしい口説きを並べられるくせに、肝心なところで彼はどこまでも正直だ。

こういうカイだから、セブラン総帥代理は愛しているのだろう。微笑ましく思うことで、かすかな嫉妬に蓋《ふた》をする。

「なら、行けません。行く資格がない。僕は……博士を裏切ったんです」

「……そうだな。だがな、ワスレナ。お前はやっぱり、シメオンを完全に裏切ったわけじゃなかったんだ。ディンゴの要求をはね除《の》けるところ、ちゃんと聞いてたぜ。もちろん、お前贔屓の俺の証言だけじゃ、あの小うるさい理屈屋を説得できねーだろうから、お前らのやり取りはばっちり録画してある」

カイの仕掛けは逆ハックだけではなかったようである。驚愕するワスレナに、カイはにこりときれいに笑った。

「俺もセブランと付き合うようになってから、ずいぶんタチが悪くなったと思うぜ。これを見ればシメオンも機嫌を治すだろう。さあ、俺が仲介してやるから」

肩に触れようとした手を、ワスレナは身をよじってかわした。

「……僕はあなたとは違う。あの人に相応しいコンセプションじゃない」

「ワスレナ、俺だってな……」

苦笑したカイが慰めを与えてくれる気配がしたが、ワスレナは彼の優しさを蹴った。

「博士に半身誓約の解除をされてから……いえ、あの人に会う前からずっと、ディンゴ様に抱かれていました。僕はそうやって、生きてきた。ダウンタウンに店を持ち、立派に独り立ちしていたあなたとは違う!!」

カイとは違う。エリンとは違う。自分はハッピーエンドの主役にはなれない。

「第一、僕らは片翼《ベターハーフ》じゃないんです。抱かれてうなじを噛まれ、繋がった、とは確かに思いましたが、特別なものじゃなかった。現に僕は……半身誓約を解除されても、死ななかった……」

「ワスレナ、何か誤解が生じているようだが」

「助けてくれたことには感謝します、カイさん。ですが僕は、博士にはもう二度と会いません。あの人が無事なら、僕……うわっ」

何かに追いかけられてでもいるかのように、早口にしゃべり続けていたワスレナはいきなり胸倉を摑まれて驚いた。

「カイさん、何を！」

「うるせえ、ちょっと黙ってろ!!」

頭突きでも食らわせそうな勢いで反論を封じたカイの手首で、金色のウェアラブル端末のディスプレイに「stun gun」という表示が見えた。

「……昔の俺みたいなことを言うんじゃねえ。気絶させられるのが嫌なら、おとなしくしていろ!!」

美しいが誰にもオチないバーテンダーとして、ダウンタウンで孤高を保っていたカイ。その当時もかくやとばかりの眼光が胸を貫いた。

ワスレナとて、多少の脅しには相応の暴力で応じてきた。だが、悲しみが入り交じったカイの気迫には逆らいがたいものがあった。


カイに引きずられるようにして倉庫を出たワスレナは、「その格好じゃ浮くからな」とペールグレーのスーツに着替えさせられた。細身でシックなデザインは、ワスレナの紅茶色の髪と青紫の瞳を一層上品に見せてくれる。

まだ昼を回ったぐらいの時刻だが、ロールアウト式典はすでに終盤を迎えていた。サンスポット残党が起こそうとしていた騒ぎなどなかったかのように、お偉方の挨拶があちこちに備えつけられた巨大なモニターから流されている。

服装を整えたワスレナは関係者席の末席を与えられ、そこで一部始終を見守っていた。シメオンはこの後に控えたセレモニーの花形、限られた乗客だけを乗せた新型機のテスト飛行の最終チェックをするためだろう、こちらに気づいた様子なく途中で席を立ったが、久しぶりに生で見た美貌はワスレナを大いに満足させてくれた。

もうこれ以上、何も望まないと思えるほどに。

そこまでは素直にカイ、そしてセブランの温情を受け入れたワスレナであるが、さすがにここまでしてくれるとは思わなかった。

「……『タイムレスウイング』……」

3Dモデルも見た。ミニチュアモデルも見た。映像も何度か見ていたが、実機を目と鼻の先で見るのは初めてだ。夢のような威容に呑まれ、タラップの途中で立ち止まってしまったワスレナを、カイが後ろからグイグイ押しやる。

「おい、乗客を一人忘れているぜ。リストに名前があるはずだ。じゃあ、後は任せたからな」

「はい、ワスレナ様ですよね。お席は用意してあります」

いかにもインペリアル、といった美しい乗務員の女性が、笑顔で請け合ってくれる。ありがとう、とチャーミングに微笑んだカイの手の感触が背中から消えた。

「カイさん!!」

温《ぬく》もりの消滅で我に返ったが遅い。すでにカイはタラップを降りかけている。

「俺はセブランの側に戻らないとならない。しっかりやれよ、ワスレナ」

「もう出発します。他のお客様のご迷惑になりますから、こちらへ」

どうやら乗務員も共犯であるらしい。有無を言わせぬ口調で促されたワスレナは、豪華絢爛《けんらん》な新型機の内部へと足を踏み入れた。


下手なホテルよりも美しい内装に驚き、しっとりと肌に馴染むような生地を張られた椅子におずおずと腰かけてどれぐらい経っただろうか。

「アテンション、緊急降下。アテンション、緊急降下」

冷静さと切迫感が絶妙に配合されたアナウンスが延々と繰り返されている。

「……っ、ん、う……？」

ふと目を覚ましたワスレナは、胸のむかつきを覚えて盛大に顔をしかめた。

「なにっ……うぐっ」

喉をせり上がる胃液を、強烈な縦Gが助長する。スターゲイザー内を貫くエレベーターで移動する際に感じるものとは桁《けた》が違った。今にも足元がふわりと浮き上がりそうだ。

「急降下実験じゃ、ないよな……？」

ロールアウト式典にて「タイムレスウィング」への試乗が許されたのは、招待客の中でもさらに一握り。メディア関係者も多いが、ほとんどはゴールデン・ルールへの貢献著しい政界や財界の大物である。式典前の調整ならいざ知らず、彼らが乗っている時に急降下実験など行うほどゴールデン・ルールは、シメオンは、愚かではないはず。

そこまで考えたところで、意識にかかっていた白い靄《もや》がようやく晴れてきた。記憶が急速に巻き戻り、過去と現在が繋がっていく。

隣の席の上品な老婦人が、仰け反るようにあごを上げたままグラグラと頭を揺らしている。震える手でシートベルトを外し、重圧に逆らって立ち上がり見回せば、並んだ丸い窓の向こうを雲が下から上へと恐ろしい速さで流れていく。

急降下ですまされるスピードじゃない。

それなのに、誰も騒ぐ様子がない。「アテンション、緊急降下」というアナウンスは、等間隔で繰り返されているというのに。

まだ少し混濁した記憶を必死に辿る。ワスレナは「タイムレスウィング」に乗ってから、隣席の老婦人のおしゃべりに根気よく付き合っていたはずだ。ワスレナのことをよく知らないらしい彼女の話は、少々ループ気味ではあったが穏やかで、心が安らいだ。前方の特別席に腰かけたシメオンの、座っていても目立つたくましい長身を時々見やりながら、これが最後となるだろう一方的な逢瀬《おうせ》を噛み締めていたはずだったのに。

シューッと音がしたのは覚えている。その直後から記憶が飛んで、気づけば機内はこの有様だ。おそらくガスか何かを吸い込まされたのだろう。見渡す限り、ワスレナ以外に目覚めている人間は誰もいない。このタイミングでこんな仕掛けをしてくるのは、一人しかいない。

「くそっ、ディンゴ様……!!」

歯噛みしたワスレナは、逸《はや》る気持ちを抑え、意識のない老婦人の体をそっと乗り越えて通路に出た。

席にシメオンがいないのだ。眠っていてもあの長身である、少々頭を垂れた程度で見えなくなるはずがない。

彼もきっと戦っている。ならば、何もせずに座っているわけにはいかなかった。


気絶したゴールデン・ルールの配下たちが散らばった暗い部屋の中で、ディンゴは黙々とパソコンのキーを叩いている。違法なコンセプションフェロモンを出し尽くし、半ば意識のないままその足元に転がったヴェニスは、彼のキータッチを雨だれに耳を傾けるような安らかさで聞いていた。

「一部とはいえ、まさか私の権限を、昔と同じパスワードで残しておくとは……あのあまちゃんめ。……ふん、自分の名前で権限を利用され、破滅するのだ。相応しい結末よ」

エリンのところへ連行されるはずだったディンゴたちだったが、彼女もロールアウト式典に参加している。その後は豪勢なガーデンパーティを取り仕切る必要もあり、後ろ暗い仕事は後回しにされ、いったん警備室へ連れて行かれた。

その際、ひそかに目を覚ましていたヴェニスがコンセプションフェロモンを噴射。濃厚すぎるフェロモンによって見張りを昏倒《こんとう》させ、警備室を乗っ取ったディンゴは奪われていたドングルを取り返し、最後の賭に出たのだ。

「ざまあみろ、ジョシュア。貴様が病床からも援助をし続けていたあの飛行機は無様に落ちる!! お前の弟も、あいつが唯一執着したコンセプションも諸共《もろとも》な!!」

ディンゴがゴールデン・ルールのシステムに侵入し、行ったのは一つだけ。「タイムレスウイング」内に、テロ対策として備えられていた沈静化ガスを最高濃度で撒いたのだ。残された権限上、これ以上のことができなかったとも言えるが効果は絶大。

ヴェニスが放つフェロモンとまではいかないが、短時間で人間の意識を失わせるガスは乗客はもちろん、パイロットたちも標的にしている。テロリストに制御室を乗っ取られた際を想定しているからである。

「よかっ、た」

ディンゴの哄笑を聞きながら、ヴェニスは小さくつぶやいた。

乱暴な足音が近づいてくる。案の定、ここからハッキングを仕掛けたことがゴールデン・ルールにばれたのだ。彼らはきっと、この場で自分たちを射殺する。

「よかった」

目的完遂とはいかなかったが、ゴールデン・ルールの面子《メンツ》に泥を塗れたとディンゴは嬉しそうだ。彼に最大限貢献できた上で、一緒に死ねる。人権のないコンセプションとして命以外の全てを他人の好きにされ、最後の最後でディンゴに拾われた自分にこれ以上の幸福は訪れないだろう。よかった。

強烈な縦Gに逆らい逆らい、ワスレナはコックピット目指して機内を歩いていた。

さすがゴールデン・ルールが誇る新型機、この状況下でも内部の重力の制御を行っているようだ。物が飛んできたりしないのは救いだが、墜落しても無事とは思えない。

失神している乗客を揺すぶって起こしたい衝動も感じたが、今下手に目覚めてもパニックになるだけだろう。そもそも、急下降によりこれだけ揺さぶられていても起きないのだ。放っておくしかない。

だが、パイロットは別だ。状況的にパイロットの誰か、最悪全員が昏倒している可能性が高いが、彼らにはどうしても起きてもらわなければ。

揺れに苦労しながら歩くうちに、コックピットに続く扉が見えてきた。扉の前で険しい顔で話し込む三人の男女も見えた。

「……ワスレナ」

硬直したワスレナの視線に気づいた一人が、息を呑んで振り返る。相変わらずの白い衣裳に緑の瞳、夢のような美貌。

「……博士……」

いるならここだろうとは思っていたが、まともにその視線を受け止めると胸が締めつけられた。場違いな衝動に襲われ、立ちすくんだワスレナだが、二人はほぼ同時に立ち直った。とても悠長に再会の喜びに浸っている場合ではなかったからだ。

「カイから、お前を乗せたと連絡があったが……よく目覚めたな」

「博士、こそ。コンセプションフェロモンも効かないからですか……？」

「そうかもしれんな。お前の目覚めが早かったのは、半身誓約実験の効能か……」

可能性に言及したのは学者の本能だろうが、顔をしかめた理由はなんだろうか。はっきりしているのは、二人を含めたここにいる者たちに意識がある、その理由を追及している時間もないということだ。

「話は後だ。分かっているだろうが、この機は墜落しかけている。パイロットは全員昏倒しており、目覚めてくれそうにない」

見れば、コクピットに続く扉は半ばこじ開けられていた。内部の状況はすでに分かっており、これからどうするかという相談をしていたようだ。

「現在動ける者の中で、航空機に一番詳しいのは私とお前だ。やむを得ない、私が操縦する」

「えっ」

突然の宣言にぎょっとしたワスレナだが、すぐにほっとした。

「そうか、あなたが作った航空機ですものね！」

ところがシメオンは、ワスレナが抱いた安堵を台なしにする説明を始めた。

「いや、作ったことは作ったし、操縦のライセンスも持っているが、実機の操縦をしたことはない」

「な……なんで!?」

思わず聞き返すと、シメオンは平然と「私はゴールデン・ルールの一人だぞ」と言った。

「セブラン兄貴に何事かあれば、総帥代理をせねばならん人間でもある。ディンゴの野郎の暴走を反省して、身内以外の影武者は置かない方針にしたからな。そもそも航空機はパイロットに運転させるものだ」

どこまでもインペリアル様な説明に呆れていると、ぐいっと腕を取られた。空いた片腕でコクピットに続く扉を開けたシメオンは、内部にワスレナを押しやる。

そこはムービーなどで何度か見たことのある、天井までモニターと計器に埋め尽くされた部屋だった。管制室からの「応答せよ」「聞こえない、無線の周波数を変更せよ」などの必死の叫びが繰り返し流れている。

正面に大きく取られた窓の外には、広がる空と雲を鼻先で切り裂くようにしながら、機体がぐんぐん高度を下げていく様が怖いほどによく見えた。高所恐怖症などではないワスレナも、思わず背筋が冷たくなった。

「だが、今は他に手がない。お前にはアシスタントを務めてもらう、そこに座れ」

言いながら、シメオンがメインパイロットと思しきダンディな中年男性の体をシートから引き抜いた。無理やり起こそうとしたのか、頬に殴打の痕がある彼がさらに床に転がされる。

気の毒に思ったが、このまま落ちれば全員頬の殴打ではすまない。残された策は他にない。可能性が一パーセントでも、ゼロよりはましだ。

「わ……かり、まし、た」

やけくそになったワスレナは、サブパイロットと思われる中年女性のふくよかな体をシートから持ち上げ、そっと床に横たえた。

「こちら『タイムレスウイング』、アクシデントによりメインパイロットはシメオン・ルミナリエ、サブパイロットはワスレナが務める。現在、意図せぬ緊急降下中。オートランド機能では状況をカバーしきれない。緊急着陸《ランディング》について指示してほしい」

シメオンが管制官に向かって簡潔に説明する声を聞きながら、頭の中に航空関係の資料を必死に並べてみる。だが残念ながら、揚力制御の方程式がここで役に立つとは思えなかった。座って体勢が安定したことにより、今さらの吐き気まで込み上げてきた。

シメオンを責められた義理ではない。ワスレナだって航空機の作成まではとにかく、実際の操縦までは予想していなかったのだ。膝上で震える手を握り締め、頭上のオーバーヘッドパネルを見上げたが、無数のスイッチやセレクターが示すものが何一つ思い出せない。

「高度が下がりすぎている。燃料は十分だが、空中待機《ホールディング》は不可。緊急着陸《ランディング》以外に方法はないだろう。指示を」

真っ白になっているワスレナをよそに、シメオンは管制官とのやり取りを続けている。管制官も相当慌てているようだが、お互いに航空関係のプロであり、状況が状況だ。方針決定に要する時間は短かった。

「ワスレナ、やはり海に降りるしかない。これから緊急着陸《ランディング》に入る」

「ど……どうすれば」

「本来なら、私たち二人でランディング・ブリーフィングを行うところだが……お前に操縦の知識がないことは分かっている。シートベルトをして、黙って座っていろ」

思わぬ指示に、一瞬ぽかんとしてしまう。なんだそれは。自分を指名したのは、まがりなりにも知識を見込んでではなかったのか？

あ然としているワスレナをよそに、シメオンは操縦桿を握った。微妙な操作で機首の角度をわずかに持ち上げてから、スラストレバーをアイドルに戻す。その間も緊張に満ちた美しい緑の瞳は、まっすぐに前を向いている。

「ワスレナ」

その状態で、急に名前を呼ばれた。

「は、はい！」

焦ったワスレナが慌てて計器類に目をやると、彼は視線の方向を変えないで続けた。

「もう死ぬかもしれないので言っておく。……もう一度会えて、嬉しい」

重力と吐き気とストレスで締めつけられ続けている胸が、さらにぎゅうっと絞り込まれるようだった。

「お前がいなくなってから、ようやく分かった。俺はお前を愛している、ようだ」

馬鹿のように目も唇も見開いたままのワスレナをよそに、シメオンは落ちついた動作で計器を観察している。彼だけを見ていると、ごく普通の着陸を行っているような錯覚を覚えた。

しかし、今や眼前に広がるのは空だけではない。海だ。インペリアルシティのど真ん中への墜落は免れそうだが、まさかこのまま胴体着陸を行う気なのか。

「だから、このまま一緒に死ねるなら嬉しい。お前がいない世界で生きずにすむし、俺がいない世界で、ディンゴや他の誰かと半身誓約を結び……誰かの片翼《ベターハーフ》になるお前を見ずにすむ……」

神妙な口調でつぶやいたシメオンは、一瞬伏せかけた目を静かに上げた。悔いのないまなざしだった。

「お前の葬式の喪主も、務めずにすむ。兄貴とカイなら、きっと俺たちの葬式を二人まとめて執り行ってくれる。金はゴールデン・ルールが……」

「馬鹿‼」

たまりかねたワスレナが叫ぶと、シメオンが驚いたようにこちらを向いた。そのあごを摑み、もう一度「馬鹿‼」と怒鳴りつけて無理やり前を向かせる。

「料理も作らない、飛行機の運転をする気もない、傲慢なインペリアル中のインペリアル様が、何を弱気なことを言ってるんですか‼」

馬鹿じゃないのか。いや、馬鹿だ。顔も頭もいいくせにどこか子供っぽくて、浮世離れしていて、無自覚な行動と言動で散々振り回しやがって‼

「インペリアル嫌いの僕をここまで惚れさせたんだ、責任を取ってください‼　いつかは一緒に死にましょう、でもその前に、あなたともっと一緒に生きたい‼　だから、がんばれ……!!」

ふわりと、髪に大きな手が触れた。

一瞬だけ操縦桿から手を離したシメオンが、ワスレナの頭を撫でたのだ。

「――お前のためなら、俺はなんでもできる気がするぜ」

現金なもので、力強く断言したその顔は傲慢なまでの自信に満ちている。悔しいがやはり彼は、そういう態度が一番よく似合って見えた。

海は最早、目と鼻の先だ。遅ればせながら思い出した知識によれば、シメオンの着陸手順に間違いはない、はず。問題は急降下による減速不足と、着地場所が滑走路ではないことだけである。

ここまで来れば、後は神のみぞ知るというやつだ。重力制御システムの許容量を超えた縦Gに体は押し潰されてしまいそうだが、心は得も言われぬ昂揚に満ちている。何も怖くなかった。

シメオンも異常状況下による脳内ホルモンの働きか、今まさに海面に降りるというタイミングで陽気な声を上げた。

「ご褒美のキスは、お前から熱烈なやつを頼むぞ、ワスレナ!!」

まったくもって、厄日である。

口を開けば舌を嚙みそうで、案外お兄さんと性格が似てるんですね、などと突っ込む機

会を失ってしまったではないか。

　波の狭間で銀色の機体が輝いている。翼が水面に隠れているため、胴体と尾の部分だけを太陽光にさらした「タイムレスウィング」は、巨大な魚のようにも見えた。

「……だったら、船舶の免許が必要だったかな」

　ゴールデン・ルールのログマークが入った救助船にシメオン共々引き上げられたワスレナは、軽口を叩いた途端に体を支えていた力を失った。救助隊の装備である強力な乾燥機で濡れた服はすぐに乾かしてもらえたが、体力まで取り戻せるわけではない。

　脳内麻薬の大放出により感じずにいられた疲労と恐怖が、どっと押し寄せてきたのだ。今思い返すと正気の沙汰《さた》ではない。膝が砕け、座り込みそうになったところで、さっと手を伸ばしたシメオンに腰を抱かれる。

「い、いいです、あなただって疲れて」

「そうだ。だから、お前に触れていたい」

　さらりと言いきったシメオンは、ワスレナを後ろから抱きしめたまま救助船のへりに腰を下ろした。なおも抵抗しようとしたワスレナだったが、たくましい腕がわずかに震えているのを感じ、そっとその腕を押さえる。

「……お疲れ様でした。初お披露目の機体を初操縦、おまけに初胴体着陸とはね……」

震えの隠れ蓑《みの》ぐらい、務めてやろうというものだ。微笑んでよしよしと腕を撫でてやっていると、うなじに濡れた感触が触れた。

「ちょっ、なんですか、こんなところで……!?」

まだ救助活動が行われているこの場で、半身誓約を始めようと言うのか。いくらなんでも、と身もがいたワスレナは、優しく撫でるようにうなじを舐められてビクッとした。

「安心しろ、俺は兄貴と違って半身とのセックスを人に見せる趣味はない。それより、また、ここに傷がついているな……」

シメオンとの誓約を解除した後、ディンゴと繰り返した無為な実験による傷痕を痛ましそうに繰り返し舐められる。

「大丈夫だ、ここでこれ以上はしない……だが、早くもう一度、お前と繋がりたい……」

本当に、このインペリアル様ときたら！　猛烈に腹が立ったワスレナは、怒りに任せて振り返った。その勢いで肉厚な唇に吸いついてやれば、腰に回された腕が硬直した。

「とりあえず、ご褒美は先に支払っておきます」

蕩けそうな唇をたっぷり堪能《たんのう》した後、一拍遅れて潜り込んでこようとした舌からすばやく身を引く。

「半身誓約も……しましょう。僕だって、早く……あなたと繋がりたい」

「ワスレナ」

熱を帯びた緑の瞳の美しさに耐えかねて、うつむいた。

「……いつかあなたにも僕にも、本当の半身、いえ、片翼《ベターハーフ》が現れるまで……」

「……ワスレナ、何度も言ったが、俺はたとえお前に片翼《ベターハーフ》が現れようと……」

微熱に潤んだような瞳に陰が差す。だが次の瞬間、わずかな翳りなどものともしない、春風のような声が聞こえてきた。

「おや、君たちはまだ、そんな話をしているのか？」

突然頭上から降ってきた聞き覚えのない声に、ワスレナはぎょっと目を見開いた。

「あ、あなたは」

「ジョシュア兄貴!!」

愕然としたシメオンの呼び声に、もっと目を見開く。

そこにいたのは、二人の弟に負けず劣らず長身の青年だった。セブランほどではないが少し癖のある黒髪と見事な緑の瞳が、海面の照り返しを受けてキラキラと輝いている。

ジョシュア・ルミナリエ。ルミナリエ三兄弟の長兄。にこにこと人の良さそうな表情のせいか、セブランよりもさらに若い、典型的なおぼっちゃん風である。だがダークブルーのダブルを押し上げる肉体ははち切れんばかりであり、そのアンバランスさが不思議な貫禄《かんろく》を生み出していた。

「ゴールデン・ルール総帥……!?　あなたは、病床に」

「ああ、だいぶディンゴにやられてね。でも今はご覧のとおり、すっかり元気だよ。実は今日の式典のサプライズとして、僕の復帰を発表する予定だったんだ」

「なんだと?」

　このことはシメオンも知らなかったようである。眉根を寄せる弟に、「セブランがみんなをびっくりさせたいって聞かなくてね」と悪びれずに笑った。

「……ディンゴ様が不穏な動きをしていましたし、黙っていて正解でしたでしょうね」

　自身のカムバックが予定されていたからこそ、彼はディンゴの処刑を良しとしたのだろう。

　……ディンゴはルミナリエ兄弟の暗殺には失敗したものの、エリンの温情を袖にして、「タイムレスウィング」を墜落させようとしたのだ。幸い死者は出なかったものの、著名人の中にも怪我人《けが》は多く、責任は追及される。死は免れまいと奥歯を噛んだワスレナに、ジョシュアはおっとりと微笑んだ。

「ああ、ディンゴなら、一緒にいたコンセプションの青年と合わせて収監する予定だよ。怪我はひどいけれど、命に別状はないと思う」

「え?」

「ヴェニスといったかな。彼が射殺されそうになった時、ディンゴが庇って撃たれたんだって。それを聞いたエリンとカイが、僕とセブランに二人の助命をおねだりしてきてね。サンスポットで行われていた実験は僕たちにとっても興味深いし、この先どうなるかは二人の意識が戻ってから決めることになるだろうけど、とりあえず生きてはいるよ。……僕には絶対会いたくないと、言っているそうだけど」

慈愛に満ちた表情で笑ったジョシュアであるが、結びの一言を発した瞬間、その瞳はかすかに伏せられた。消せない葛藤を読み取ったワスレナは、思わず言い添えてしまった。

「……エリン様とカイさんが助命を願ってくれて、よかったですね」

ジョシュアはゴールデン・ルールの総帥だ。この世界の秩序の王だ。彼を裏切り、何度も傷つけようとしたディンゴを平和に牙《きば》を剝いた重罪人として裁くべき人間だ。

だが同時に、ワスレナは直観していた。あのディンゴがあれだけジョシュアに拘泥し続けていたのは、ジョシュアもまた、彼に複雑な想いを返していたからこそ……。

「さすがディンゴが側に置いていた子だ、勘がいいね。だが、その勘の良さを発揮すべき場面には少し気をつけたほうがいいかな？」

人の良さげな笑みを浮かべたまま、ジョシュアは何食わぬ調子で忠告してきた。セブランともシメオンともまた違う風格に呑まれてしまったワスレナに微笑んでから、「それより」と話を変える。

「さっき片翼《ベターハーフ》がどうとか言っていたけど、君はシメオンの片翼《ベターハーフ》だろう？　改めて、会え

て嬉しいよ、ワスレナ。今後ともよろしくね」

「え？」

ジョシュアは一体、何を言っているのだ。いつも傍若無人なシメオンも、同じく戸惑った顔をしている。

「兄貴、ディンゴたちのことは……まあいい。だが、俺とワスレナは……」

「だって、シメオン、ワスレナに一目惚れだったんだろう？　お前が性別にかかわらず、身内以外に興味を示すなんて初めてだったじゃないか」

あっけらかんと言われたワスレナとシメオンは、思わず顔を見合わせた。

あの日アジトで顔を合わせた際から、やけに視線の強い男だとは思った。コンセプションのフェロモンが効かないはずの彼が、ワスレナにだけは反応した。思い当たることがないとは言えないが……。

「だって、少なくとも僕は、出会った瞬間から薔薇《ばら》色の光に包まれたように感じたりはしなかった！　触れるだけで多幸感なんてとんでもない、そりゃあ……これほどのインペリアル相手です、欲情は……まあ、しましたが、体と心がバラバラで、いつも引き裂かれそうで……!!」

「薔薇色の光？　触れるだけで多幸感？」

ワスレナが口にしたキーワードを、ジョシュアは不思議そうに繰り返した。

「僕とエリンは幼馴染みだからね。気づいたらそこにいて、当たり前のように恋に落ちたから、少なくとも出会った日のことはそこまで記憶にないな。彼女に触れると、幸福はもちろん感じるけどね。カイとセブランなんか、悪い賭の対象として出会って……、あ、これ、言ってよかったんだったかな」

ぺろっと口を滑らせたジョシュアは、駄目押しのようにつけ加えた。

「君はきっと、ソープ・オペラの見すぎだね。僕も好きだから、特に僕たちを題材にしたものはよく見るけど、現実はそんなものだよ……おっと」

遠くから「総帥！」と呼ぶ声が聞こえた。「今行く！」と大きく手を振ったジョシュアは、話は終わったとばかりに破顔する。

「二人とも、この後の会食にももちろん出席してくれるだろう？　新型機は落ちちゃったけど、僕の復帰を大々的に報道すればプラスマイナスゼロにできるさ。初操縦のシメオンにも死者なしで胴体着陸させられるぐらい、安全性はばっちりだと宣伝もできたしね‼」

どこまでも前向きに笑ったジョシュアは、小型のボートに乗り込んで去っていってしまった。あ然としている弟とその片翼《ベターハーフ》を、置き去りにして。

「……そうか。俺は、一目惚れをしていたのか」

まだ頭の中が攪拌《かくはん》された状態にあったワスレナは、シメオンの独り言にかっと顔を赤くした。

「お前は俺の、片翼《ベターハーフ》だったんだな。そしてお前も、俺を最初から特別に意識して」

「ああ、もう！　うるさいな、黙ってください！　黙れ‼」

「嫌なのか？」

真顔で聞き返されて、どん、と厚い胸板を力いっぱい突く。

「嫌じゃないからっ……、んんんっ」

胸を突いた腕を掴まれ、引き寄せられた。ぽってりとした唇がワスレナのそれを覆い、はむはむと甘噛みする。舌先の侵入も今度は拒否しきれず、全開のインペリアルオーラに流されて受け入れてしまった。

「……畜生。なんだ、これ。嫌だ、こんな、陳腐な、ベッタベタな……」

「ハッピーエンドか」

「あなたはその、思ったことを全部口に出す癖を直したほうがいいですよ⁉」

カイへ無自覚な嫉妬をしたりと、自分の気持ちが分かっていない間は一人であれこれ思い悩んでいたようだったのに、いざ自覚したらこれか。気難しくて手のかかる、面倒な男だと思っていたが、実はめちゃくちゃ単純な性格なのではないか。

やけくそで叫んだワスレナであるが、シメオンに通じた様子はない。耳まで赤くなった顔を見て、彼は陽光きらめくこの海のような、まぶしくも快活な笑い声を上げた。

「そうだな。ハッピーエンドはまだ早い。ソープ・オペラの定番ならば片翼《ベターハーフ》が結ばれるだけではなく、子供を授かるまでが必要だろう？」

大きく目を見開いたワスレナを優しく見つめて、シメオンがそっとつぶやく。

「ワスレナ。いつかお前に、俺の子を産んでほしい」

もう一度近づいてくる唇。どこまでも優しい腕、衣服などないように伝わる体温と鼓動。

誰もが望み、繰り返されてきたからこそ、陳腐にもベタにもなってしまうハッピーエンド。自分からはあまりに遠いそれをずっと避けてきたが、もう逃げることはできそうになかった。

「あ……あなたなんて、出会い頭に人の服を剝ぐわ、拉致《らち》して無理やり半身誓約を結ぶわ、やたらと僕に食事を作らせたがるわ、だ、抱き、たがるわ……」

最後の抵抗とばかりにシメオンの悪行を並べ立てると、彼は不思議そうな顔をした。

「あんなに気持ちが良さそうだったのに、嫌だった、うぶっ」

「だから！　思いついたことをすぐ口に出すのはやめろって言ってるでしょうが‼」

まだ周りには救助隊もいるのだ。言動に気をつけろ、とその口に手を当てると、手の平をべろっと舐められ飛び上がった。

「しかし、愚かにも俺が何も言わずにいたから、危うくお前をディンゴに取り返されるところだった」

逃げようとするその手を摑んだまま、シメオンはあくまで真面目に続ける。

「もう、お前が嫌がることはしない。セックスも……お前が嫌なことは、しないようにする」

……セックスしないとは言わないんだな、と改めて彼が嘘をつけない性格であることに呆れていると、手の甲に恭しい口づけが降ってきた。

「改めて頼む。ずっと側にいてくれ。俺の人生にはお前が必要だ、ワスレナ」

何かに夢中になっていると食事すら平気で抜く男の人生に、必要とされた。

数度大きく瞬《まばた》きしたワスレナは、遠くのほうでセブランとカイが自分たちを呼ぶ声を聞きながら、強く、強くうなずいた。

「――喜んで、僕のシメオン博士」

薔薇色の光はまだ降りてこない。幸福を感じる一方で、この頭はいいが常識の欠落も著しいインペリアルを再教育せねばならぬとも考えている状況は、多幸感とは程遠い。

だが、ソープ・オペラの定番まで勉強してくれた律儀な片翼《ベターハーフ》を手に入れた今なら、二人でどこまでも高く飛んでいけそうな気がしていた。

あとがき

ラルーナ文庫では初めまして、雨宮四季《あまみやしき》と申します。またしてもご縁がありまして、こちらでも刊行させていただけることになりました。どうぞよろしくお願いいたします。

今作「黄金のつがい」は、分かる方には分かると思いますが、オメガバース設定をベースにしております。作品の内容に合わせて若干オリジナル設定が入っておりますが、オメガバースがお好きな方に楽しんでいただけると嬉しいです。前作までと違って今回は近未来が舞台ですが、広義のファンタジーとしてお読みいただけますと幸いです……。

相変わらず俺様黒髪攻×寒色系受が大好きなんですけど、今作のメイン攻であるシメオンは俺様に天然が加わっているので、可愛くもあり無神経でもあるキャラです。マイルールに従ってマイペースに動く人なので、ルールさえ押さえれば案外簡単な男でもあるんですが……。

そのため相手役のワスレナは彼が理解できず、分かり合うまでかなり遠回りしますが、そのもどかしさを楽しんで書きました。最終的には尻に敷かれる俺様が好きなので、ワスレナにはカイなどの先輩を見習って精進してほしいと思います。

サブキャラですがセブランとカイの過去、ディンゴとヴェニスのこれからなども、いろいろ妄想するのが楽しかったです。オメガバースはＢＬのみならず夢が広がる設定なので、個人的にはもっと流行してほしいですね。

最後になりましたが、イラストの逆月酒乱《さかづきしゅらん》様。色気があふれ返りつつも、どこか無機質さを感じさせる最高のシメオンと、可愛さと強気さと儚さを同居させた最高のワスレナをありがとうございました!!　表紙イラストから滴るエロスにクラクラしております。

それでは、また次の作品でお会いできれば幸いです。

雨宮四季

ワスレナとシメオン、ゼブランとカイの子供達が
仲良く遊んでいる未来を想像しながら、
あとがきを描かせて頂きました^///^
幸せな家庭を築いて欲しいなぁ…!
素敵な作品を担当させて頂き感謝です、
雨宮先生、担当様ありがとうございました!

ラルーナ文庫

この本を読んでのご意見・ご感想・ファンレターなどお待ちしております。〒110-0015 東京都台東区東上野5-13-1 株式会社シーラボ「ラルーナ文庫編集部」気付でお送りください。

※本作品は書き下ろしです。

黄金《おうごん》のつがい

2016年6月7日 第1刷発行

著　　者｜雨宮四季《あまみやしき》

装丁・DTP｜萩原 七唱

発 行 人｜曺 仁警

発 行 所｜株式会社 シーラボ
〒110-0015 東京都台東区東上野 5-13-1
電話 03-5830-3474／FAX 03-5830-3574
http://lalunabunko.com/

発　　売｜株式会社 三交社
〒110-0016 東京都台東区台東4-20-9 大仙柴田ビル2階
電話 03-5826-4424／FAX 03-5826-4425

印刷・製本｜シナノ書籍印刷株式会社

ISBN978-4-87919-894-5